青葱岁月

高梦龄◎编选

中国书籍出版社
China Book Press

图书在版编目（CIP）数据

青葱岁月 / 高梦龄编选 . —北京：中国书籍出版社 , 2014.6
（中国书籍文学馆·精品赏析）
ISBN 978-7-5068-3983-9

Ⅰ . ①青… Ⅱ . ①高… Ⅲ . ①散文集－世界 Ⅳ . ① I16

中国版本图书馆 CIP 数据核字（2013）第 305616 号

青葱岁月
高梦龄　编选

图书策划	武　斌　崔付建
责任编辑	赵丽君
责任印制	孙马飞　张智勇
出版发行	中国书籍出版社
地　　址	北京市丰台区三路居路 97 号（邮编：100073）
电　　话	（010）52257143（总编室）（010）52257153（发行部）
电子邮箱	chinabp@vip.sina.com
经　　销	全国新华书店
印　　刷	北京世纪雨田印刷有限公司
开　　本	710 毫米 ×960 毫米　1/16
字　　数	238 千字
印　　张	20
版　　次	2014 年 6 月第 1 版　2016 年 8 月第 2 次印刷
书　　号	ISBN 978-7-5068-3983-9
定　　价	39.80 元

版权所有　翻印必究

目 录

003 ● 为学与做人・[中国] 梁启超
008 ● 青年与人生・[中国] 李大钊
013 ● 希望・[中国] 鲁迅
016 ● 春的警钟・[中国] 庐隐
018 ● 我的梦，我的青春！・[中国] 郁达夫
023 ● 处女的恐怖・[中国] 许地山
026 ● 第二度的青春・[中国] 梁遇春
029 ● 生命从八十岁开始・[中国] 冰心
031 ● 给我的孩子们・[中国] 丰子恺
035 ● 卖花姑娘・[中国] 邱华栋
038 ● 写给少女的话・[美国] 华盛顿
040 ● 十八岁以下的决定・[美国] 戴尔・卡耐基
043 ● 快乐是一种选择・[美国] 阿戴尔・拉腊
045 ● 生命的起点在哪里・[俄国] 托尔斯泰
047 ● 青春的秘密・[俄国] 托尔斯泰
049 ● 生活是美好的・[俄国] 契诃夫

- 051 ● 青年与老年·[英国] 培根
- 053 ● 青春·[英国] 威廉·赫兹里特
- 055 ● 正当的享乐·[英国] 休谟
- 057 ● 圆心与圆周·[英国] 雪莱
- 059 ● 最简单的最好·[英国] 维康·巴克莱
- 061 ● 为快乐而工作·[英国] 罗素
- 063 ● 快乐的期待·[英国] 萨缪尔·约翰逊
- 066 ● 时髦·[法国] 蒙泰朗
- 068 ● 一心一意·[法国] 安德烈·莫洛亚
- 070 ● 这种动物叫做人·[德国] 图霍尔斯基

- 075 ● 导师·[中国] 鲁迅
- 077 ● 美丽的姑娘·[中国] 庐隐
- 079 ● 小苹·[中国] 石评梅
- 083 ● 书·[中国] 朱湘
- 086 ● 文学与年龄·[中国] 朱湘
- 090 ● 无忧花·[中国] 许地山
- 100 ● 人话·[中国] 朱自清
- 103 ● 记黄小泉先生·[中国] 郑振铎

107 ● 只因为年轻啊·[中国] 张晓风

110 ● 简单的生活·[美国] 爱琳·詹姆丝

112 ● 通向友人之路·[苏联] 普里什文

114 ● 我现在就付诸行动·[美国] 奥格·曼狄诺

117 ● 获得合作·[美国] 戴尔·卡耐基

119 ● 品格与个性的力量·[美国] 奥里森·马登

121 ● 修养的财富·[美国] 奥里森·马登

123 ● 严以律己·[美国] 弗洛姆

125 ● 机会在敲门·[美国] 魏特利·薇特

128 ● 一株橡树正在生长·[美国] 惠特曼

130 ● 胜利者·[美国] 穆丽尔·詹姆斯

132 ● 令人得益的社交·[美国] 休谟

134 ● 论友谊·[英国] 培根

139 ● 论迅速·[英国] 培根

141 ● 生命的春天·[英国] 塞缪尔·约翰逊

143 ● 穿衣打扮·[德国] 康德

145 ● 勇者无畏·[德国] 康德

147 ● 你的第一个责任·[德国] 费尔巴哈

149 ● 良心的微笑·[德国] 黑塞

151 ● 论友谊·[黎巴嫩] 纪伯伦

155	●	上海的少女·[中国]鲁迅
157	●	想飞·[中国]徐志摩
159	●	曼丽·[中国]庐隐
169	●	玉薇·[中国]石评梅
173	●	漱玉·[中国]石评梅
178	●	关于女人·[中国]瞿秋白
180	●	菊英的出嫁·[中国]鲁彦
184	●	凤子进城·[中国]缪崇群
187	●	不速之客·[中国]郑振铎
191	●	直到成功·[美国]奥格·曼狄诺
194	●	积极的进取·[美国]拿破仑·希尔
196	●	创造成功的机会·[美国]奥里森·马登
199	●	创造性天才·[美国]爱迪生
201	●	你不必完美·[美国]哈罗德·库辛
204	●	幸福是什么·[美国]丽莎·普兰特
207	●	抉择·[英国]休谟
209	●	求知·[英国]培根
211	●	路·[英国]劳伦斯
213	●	成功的代价·[英国]罗素
215	●	培养独立的人·[英国]爱因斯坦

217 ● 论坚毅·[法国]蒙田

220 ● 充满选择的人生·[法国]罗曼·罗兰

222 ● 一点不能再浪费光阴了·[法国]卢梭

225 ● 属于安乐的东西·[德国]歌德

227 ● 幸福的价值·[德国]费尔巴哈

239 ● 同样的天赋·[古希腊]柏拉图

231 ● 互异成趣·[日本]松下幸之助

233 ● 矜于细行·[古希腊]柏拉图

235 ● 心中的真理·[印度]泰戈尔

241 ● 未有天才之前·[中国]鲁迅

245 ● 碧伽女郎传·[中国]苏曼殊

247 ● 卖笔的少年·[中国]柔石

250 ● 小玲·[中国]石评梅

255 ● 男人和女人·[中国]庐隐

257 ● 女子装饰的心理·[中国]萧红

260 ● 小六·[中国]萧红

264 ● 论青年·[中国]朱自清

268 ● 眷眷草·[中国]缪崇群

- 271 自尊与自信·[美国]奥里森·马登
- 273 宇宙的习惯·[美国]拿破仑·希尔
- 275 简单的完美·[美国]丽莎·普兰特
- 277 自我尊敬·[美国]爱因·兰德
- 279 活得简朴与明智·[美国]亨利·梭罗
- 281 生活，就是追求力量·[美国]爱默生
- 284 把世界的喧闹变成音乐·[美国]富尔顿·沃斯勒
- 288 瞬间·[苏联]邦达列夫
- 290 心灵的气质·[英国]休谟
- 292 青年的成长·[英国]罗素
- 295 英雄崇拜·[英国]卡莱尔
- 297 雏菊·[法国]雨果
- 300 荣誉与快乐·[德国]黑格尔
- 302 男儿自强不息·[日本]松下幸之助
- 304 永不停航的船·[智利]聂鲁达
- 306 消极抵抗·[印度]甘地
- 309 走出的道路·[印度]泰戈尔

为学与做人 ·［中国］梁启超

青年与人生 ·［中国］李大钊

希望 ·［中国］鲁迅

春的警钟 ·［中国］庐隐

我的梦，我的青春！ ·［中国］郁达夫

处女的恐怖 ·［中国］许地山

……

青春的秘密

啊！青春，青春，你什么都不在乎，你仿佛拥有宇宙间一切的宝藏，连忧愁也给你安慰，连悲哀也对你有帮助，你自信而大胆……

——屠格涅夫

为学与做人

□ ［中国］梁启超

问诸君"为什么进学校？"我想人人都会众口一词地答道："为的是求学问。"再问："你为什么要求学问？""你想学些什么？"恐怕各人的答案就很不相同，或者竟自答不出来了。诸君啊！我请替你们总答一句罢："为的是学做人。"

人类心理有知、情、意三部分。所以教育应分为智育、情育、意育三方面，智育要教导人不惑，情育要教导人不忧，意育要教导人不惧。

怎么样才能不惑呢？最要紧是养成我们的判断力。想要养成判断力，第一步，最少须有相当的常识，进一步，对于自己要做的事须有专门智识，再进一步，还要有遇事能断的智慧。假如一个人连常识都没有，听见打雷，说是雷公发威，看见月食，说是蛤蟆贪嘴，那么，一定闹到什么事都没有主意，碰着一点疑难问题，就靠求神问卜看相算命去解决，真所谓"大惑不解"，成了最可怜的人了。学校里小学所教，就是要人有了许多基本的常识，免得凡事都暗中摸索。但仅仅有点常识还不够，我们做人，总要各有一件专门职业。这门职业，也并不是我一人破天荒去做，从前已经许多人做过，他们积了无数经验，发现出好些原理原则，这就是专门学识。我们有了这种学识，应用它来处置这些事，自然会不惑，反是则惑了。做工、做商等等都各有他的专门学识，也是如此。教育家、军事家等等，都各有他的专门学说，也是如此。我们在高等以上学校所求的智识，就是这一类。但专靠这种常识和学识就够吗？还不能。宇宙和人生是活的，不是呆的，我们每日所碰见的事理是复杂的、变化的，不是单纯的、刻板的，倘若我们只是学过这一件，才懂这一件，那么，碰着一件没有学过的事来到跟前，便手忙脚乱了，所以还要养成总体的智慧，才能得有根本的判断力。这种总体的智慧如何才能养成呢？第一件，要把我们向来粗浮的脑筋着实磨炼他，听他变成细密而且踏实。那么，无论遇着如何繁难的事，我想可以彻头彻尾想清楚他的条理，自然不至于惑了。第二件，要把我们向来浑浊的脑筋，着实将养他，叫他变成清明。那么，一件事理到跟前，我才能很从容很莹澈的去判断他，自然不至于惑了。以上所说常识学识和总体的智慧，都是智育的要件，目的是教人做到"知者不惑"。

怎么样才能不忧呢？为什么仁者便会不忧呢？想明白这个道理，先要知道中国先哲的人生观是怎样。"仁"到底是什么？很难用言语说明，勉强下个解释，可以说是："普遍人格之实现。"人格要从人和人的关系上看来。所以仁字从二人。总而言之，要彼我交感互发，成为一体，我的人格才能实现。我们若不讲人格主义，那便无话可说；讲到这个主义，当然归宿到普遍人格。换句话说，宇宙即是人生，人生即是宇宙，我们的人格，和宇宙无二无别。体验得这个道理，就叫做"仁者"。然则这种仁者为什么就会不忧呢？大凡忧之所从来，不外两端，一曰忧成败，二曰忧得失，我们得着"仁"的人生观，就不会忧成败。为什么呢？因为我们知道宇宙和人生是永远不会圆满的，所以《易经》六十四卦，始"乾"而终"未济"。正为在这永远不圆满的宇宙中，才永远容得我们创造进化。我们所做的事，不过在宇宙进化几万万里的长途中，往前挪一寸、两寸，哪里配说成功呢？然则不做怎么样呢？不做便连这一寸两寸都不往前挪，那可真真失败了。"仁者"看透这种道理，信得过只有不做事才算失败，肯做事便不会失败。所以《易经》说："君子以自强不息。"换一方面来看，他们又信得过凡事不会成功的几万万里路挪了一两寸，算成功吗？所以《论语》说："知其不可而为之。"你想，有这种人生观的人，还有什么成败可忧呢？再者，我们得着"仁"的人生观，便不会忧得失，为什么呢？因为认定这件东西是我的，才有得失之可言。连人格都不是单独存在，不能明确地画出这一部分是我的，那一部分是人家的，然则哪里有东西可以为我们所得？既已没有东西为我所得，当然也没有东西为我所失。我只是为学问而问，为劳动而劳动，并不是拿学问劳动等做手段来达某种目的——可以为我们"所得"的。所以老子说："生而不有，为而不恃。""既以为人己愈有，既以与人己愈多。"你想，有这种人生观的人，还有什么得失可忧呢？总而言之，有了这种人生观，自然会觉得"天地与我并生，而万物与我同一"，自然会"无入而不自得"。他的生活，纯然是趣味化艺术化。这是最高的情感教育，目的教人做到"仁者不忧"。

怎么样才能不惧呢？有了不惑不忧工夫，惧当然会减少许多了。但这是属于意志方面的事。一个人若是意志力薄弱，便有丰富的智识，临时也会用不着，便有优美的情操，临时也会变了卦。然则意志怎么才会坚强呢？头一件须要心地光明。孟子说："浩然之气，至大至刚。行有不慊于心，则馁矣。"又说："自反而不缩，名褐宽博，吾不惴焉；自反而缩，虽千万人，吾往矣。"俗语说得好："生平不做亏心事，夜半敲门也不惊。"一个人要保持勇气，须要从一切行为可以公开做起，这是第一著。第二件要不会劣等欲望之所牵制。《论语》记：子曰："吾未见刚者。"或对曰申枨。子曰："枨也欲，焉得刚。"一被物质上无聊的嗜欲东拉西扯，那么，百炼钢也会变为绕指柔了。总之，一个人的意志，由刚强变薄弱极易，由薄弱返刚强极难。一个人有意志薄弱的毛病，这个人可就完了。自己作不起自己的主，还有什么事可做？受别人压制，做别人奴隶，自己只要肯奋斗，终须能恢复自由。自己的意志做了自己情欲的奴隶，那么，真是万劫沉沦，永无恢复自由的余地，终身畏首畏尾，成了个可怜人了。孔子说："和而不流，强哉矫；中立而不倚，强哉矫；国有道，不变塞焉，强哉矫；国无道，至死不变，强哉矫。"我老实告诉诸君说罢，做人不做到如此，决不会成一个人。但做到如此真是不容易，非时时刻刻做磨炼意志的功夫不可。意志磨炼到家，自然是看着自己应做的事，一点不迟疑，扛起来便坐，虽千万人吾往矣，这样才算顶天立地一世人，绝不会有藏头躲尾左支右绌的丑态。这便是意育的目的，要教人做到"勇者不惧"。

　　我们拿这三件事作做人的标准，请诸君想想，我自己现时做到哪一件——哪一件稍为有一点把握。倘若连一件都不能做到，连一点把握都没有，哎哟！那可真危险了，你将来做人恐怕就做不成。讲到学校里的教育吗，第二层的情育，第三层的意育，可以说完全没有，剩下的只有第一层的知育。就算知育罢，又只有所谓常识和学识，至于我所讲的总体智慧靠来养成根本判断力的，却是一点儿也没有。这种"贩卖智识杂货居"的育，把他前途想下去，真令人不寒而栗！现在这种教育，一时又改革不来，我们可爱的青年，除了他更没有可以受教育的地方。诸君啊！你到底还要做人不要？你要知道危险呀，非你自己抖擞精神想方法自救，没有人能救你呀！

　　诸君啊！你千万别要以为得些断片的智识，就算是有学问呀。我老实不客气告诉你罢，你如果做成一个人，智识自然是越多越好；你如果做不成一个人，知识却是越多越坏。你不信吗？试想全国人所唾骂的卖国贼某人某人，是有知识的呀，还是没知识的呢？试想想全国人所痛恨的官僚政客——专门助军阀作恶鱼肉良民的人，是有知识的呀，还是没有知识的呢？诸君须知道啊，这些人当十几年前在学校的时代，意气横历，天真烂漫，何尝不和诸君一样？为什么就会堕落到这样的田地呀？屈原说的："但昔日之芳草兮，今真为此萧艾也！岂其有他故兮，莫好修之害也。"天下最伤心的事，莫过于看着一群好好的青年，一步一步地往坏路上走。诸君猛醒！现在你所爱所恨的人，就是你前车之鉴了。

诸君啊！你现在怀疑吗？沉闷吗？悲哀痛苦吗？觉得外边的压迫你不能抵抗吗？我告诉你：你怀疑和沉闷，便是因不知才会感；你悲哀痛苦，便是你因不仁才会忧；你觉得你不能抵抗外界的压迫，便是你因不勇才有惧。这都是你的知、情、意未经过修养磨炼，所以还未成人。我盼望你有痛恨的自觉啊！有了自觉，自然会自动。那么学校之外，当然有许多学问，读一卷经，翻一部史，到处都可以发现诸君的良师呀！

诸君啊，醒醒罢！养足你的根本智慧，体验出你的人格人生观，保护好你的自由意志。你成人不成人，就看这几年哩！

一九二二年十二月

佳作点评

这是梁启超在清华大学的演讲稿，他以一位长者的身份面对台下的学生讲演，饱含深情，可谓语重心长。与《少年中国说》相比，这篇《为学与做人》要通俗得多。文章开门见山，提出问题：进学校求学问的目的是什么？接下来作者给出自己的答案：学做人。然后，作者从智育、情育、意育三个方面的教育目的依次展开论述，层层递进，论证了"知者不惑、仁者不忧、勇者不惧"的观点。文章层次清晰，逻辑严密，说服力很强。

青年与人生

□［中国］李大钊

我今就现代青年活动的方向，稍有陈说，望我亲爱的青年垂听！

第一，现代的青年，应该在寂寞的方面活动，不要在热闹的方面活动。近来常听人说："我们青年要耐得过这寂寞日子。"我想这"寂寞日子"，并不是苦境，实在是一种乐境。我觉得世间一切光明，都从寂寞中发现出来。譬如天时，一年有一个冬季，是一年的寂寞日子。在此时间，万木枯黄，气象凋落，死寂，冷静，都是他的特色。可是那一年中最华美的春天，不是就从这个寂寞的冬天发现出来的么？一天有一个暗夜，也是一天的寂寞日子。在此时间，万种的尘嚣嘈杂，都有个一时片刻的安息。可是一日中最光耀的曙色，不是从这寂寞的暗夜发现出来的么？热闹中所含的，都是消沉，都是散灭；黑暗寂寞中所含的，都是发生，都是创造，都是光明。这样讲来，这寂寞日子，实在是有滋味、有趣意的日子，不是忍苦爱罪的日子，我们实在乐得过，不是耐得过。况且耐得过的日子，必不长久。一个人若对于一种日子总觉得是耐得过，他的心中，必是认这寂寞日子是一种苦境，是一种烦恼，那就很容易把他抛弃，去寻快乐日子过。因为避苦求乐，是人性的自然，勉强矜持的心，是靠不住的。譬如孀妇不再嫁，苦是本着他自由的意思，那便是他的乐境，那种寂寞日子，他必乐得过到底。若是全因为受传说偶像的拘束，风俗名教的迫胁，才不去嫁，那真是人间莫大的苦境，那种寂寞日子，他虽天天耐得过，天天总有耐不得跟着。乐得过的是一种趣味，耐得过的是一种矜持。青年呵！我们在寂寞的方面活动，不可带着丝毫勉强矜持的意思，必须知道那里有一种真趣味，一种真光明，甘心情愿乐得过这寂寞日子，才能有这寂寞日子中寻出真趣味，获得真光明的一日。

　　第二，现代的青年，应该在痛苦的方面活动，不要在欢乐的方面活动。本来苦乐两境，是比较的，不是绝对的。哪个苦？哪个乐？全靠各人的主观去判定他，本靡有一定标准的。我从前曾发过一种谬想，以为人生的趣味就在苦中求乐，受苦是人生本分，我们青年应该练忍苦的本领。后来觉得大错。避苦求乐，是人性的自然，背着自然去做，不是勉强，就是虚伪。这忍苦的人生观，是勉强的人生观，虚伪的人生观。那求乐的人生观，才是自然的人生观，真实的人生观。我们应该顺应自然，立在真实上，求得人生的光明，不可陷入勉强、虚伪的境界，把真正人生都归幻灭。但是，求乐虽是人性的自然，苦境总缘着这乐境发生，总来缠绕，这又当怎样摆脱呢？关于此点，我却有一个新见解，可是妥当与否，我自己还未敢自信。我觉得人生求乐的方法，最好莫过于尊重劳动。一切乐境，都可由劳动得来，一切苦境，都可由劳动解脱。劳动的人，自然没有苦境跟着他。这个道理，可以由精神的物质的两方面说。劳动为一切物质的富源，一切物品，都是劳动的结果。我们凭的几，坐的椅，写字用的纸笔墨砚，乃至吃的米、饮的水、穿的衣，靡有一样不是从劳动中得来。这是很容易晓得的。至于精神的方面，一切苦恼，也可以拿劳动去排除他、解脱他。这一点一般人却是多不注意。一个人一天到晚，无所事事，这个境界的本身，已竟是大苦；而在无事的时间，一切不正当的欲望，靡趣味的思索，都乘隙而生；疲敝陈惰的血分，周满于身心，一切悲苦烦恼，相因而至，于是要想个消遣的法子。这消遣的法子，除去劳动，便靡有正当的法则。吃喝嫖赌，真是苦中苦的魔窟，把宝贵的人生，都消磨在这个中间，岂不可惜！岂不可痛！堕落在这里的人，都是不知道尊重劳动，不知道劳动中有无限的快乐，所以才误入迷途了。青年呵！你们要晓得劳动的人，实在不知道苦是什么东西。譬如身子疲乏，若去劳动一时半刻，顿得非常得爽快。隆冬的时候，若是坐着洋车出门，把浑身冻得战栗，若是步行走个十里五里，顿觉周身温暖。免苦的好法子，就是劳动。这叫作尊劳主义。这样讲来，社会上的人，若都本着这尊劳主义去达他们人生的目的，世间不就靡有什么苦痛了吗？你为何又说要我们青年在苦痛方面活动呢？此问甚是。但是现在的社会，持尊劳主义的人很少，而且社会的组织不良。少数劳动的人，所得的结果，都被大多数不劳动的人掠夺一空。劳动的人，仍不免有苦痛，仍不免有悲惨，而且最苦痛最悲惨的人，恐怕就是这些劳动的人。所以我们要打起精神来，寻着那苦痛悲惨的声音走。我们要晓得痛苦的人是些什么人？痛苦的事是些什么事？痛苦的原因在什么地方？要想解脱他们的苦痛，应该用什么方法？我们不能从苦痛里救出他们，还有谁何能救出他们，肯救出他们？常听假慈悲的人说，这个苦痛悲惨的地方，我们真是不忍去、不忍看。但是我们青年朋友们，却是不忍不去、不忍不看、不忍不援手，把他们提醒，大家一起消灭这苦痛的原因呵！

　　第三，现代的青年，也应在黑暗的方面活动，不要专在光明的方面活动。人生的努力，总向光明的方面走，这是人类向上的自然动机，但是世间果然到了光明的机运，无一处不是光明？我们在这光明中享尽人生之乐，岂不是一大幸事？无如世间的黑暗，仍旧遍在，许多的同胞，都陷溺到黑暗中间，我们焉能独自享受光明呢？同胞都在黑暗里面，我们不去援救他们，却自找一点不沾泥土的地方，偷去安乐，偷去清洁，那种光明，究竟能算得光明么？那种幸福，究竟能算得幸福么？旧时代的青年讲修养的，犹且有"先忧后乐"的话，新时代的青年，单单做到"独善其身""洁身自好"的地步，能算尽了责任的人么？俄国某诗人训告他们青年说："毁了你的巢居，离开你的父母，你要独立自营，保证你心的清白与自然，那里有悲惨愁苦的声音，你到那里去活动。"这话真是现代青年的宝训，真是现代青年的警钟。我们睁开眼看！那些残杀同胞的兵士们，果真都是他们自己愿做这样残暴的事情么？杀人果真是他们的幸福么？他们就没有一段苦情不平，为一般人所不知道的么？他们的背后，果真没有什么东西逼他们去作杀人野兽么？那么倚门卖笑的娼妓们，果真都是他们自己愿做这样丑贱的事情么？卖笑果真是他们的幸福么？他们就没有一段苦情不平，为一般人所不知道的么？他们的背后，果真没有什么东西迫他们去作辱身的贱业么？那些监狱里的囚犯们，果真都是他们自己愿作罪恶的事么？他们做的犯法的事，果真是罪恶么？他们所受的刑罚，果真适当他们的罪恶么？他们就没有一段苦情不平，为一般人所不知道的么？他们的背后，果真没有什么东西逼他们陷于罪恶或是受了冤枉么？再看巷里街头老幼男女的乞丐们，冻馁地战抖在一堆，一种求爷叫奶的声音，最是可怜，一种秽垢惰丧的神气，最是伤心，他们果真愿作这可耻的态度丝毫不觉羞耻么？他们堕落到这个样子，果真都因为他们是天生的废材？他们就没有一段苦情不平，为一般人所不知道的么？他们的背后，果真没有什么东西逼他们不得不如此么？由此类推，社会上一切陷于罪恶、堕落、秽污、黑暗的人，都不必全是他们本身的罪过。谁都是爹娘生的，谁都有不灭的人性，我们不可把他们看作洪水猛兽，远远的躲避他们。固然在黑暗的里面，潜藏着许多恶魔毒菌，但是防疫的医生，虽有被传染的危险，也是不能不在恶疫中奋斗。青年呵！只要把你的心放在坦白清明的境界，尽管拿你的光明去照澈大千的黑暗，就是有时困于魔境，或竟作了牺牲，也必有良好的效果，发生出来。只要你的光明永不灭绝，世间的黑暗，终有灭绝的一天。

佳作点评

李大钊（1889—1927），河北乐亭人，学者、思想家。著有《守常全集》《李大钊选集》等。

对于今天的许多青年朋友而言，李大钊的这篇《青年与人生》很值得一读。文章重点讲了三点：要想在人生道路上取得成功，在事业上有所作为，那就要耐得住寂寞，就要禁得起艰难困苦的折磨，就要在黑暗的逆境中奋发图强。指望着生来就处在良好的成长环境，事事顺心，不仅和现实相悖，而且也不可能取得成功。无论是学业事业，都要学会静中求趣，苦中作乐，暗中求明。

希望

□ [中国] 鲁迅

我的心分外地寂寞。

然而我的心很平安：没有爱憎，没有哀乐，也没有颜色和声音。

我大概老了。我的头发已经苍白，不是很明白的事么？我的手颤抖着，不是很明白的事么？那么，我的魂灵的手一定也颤抖着，头发也一定苍白了。

然而这是许多年前的事了。

这以前，我的心也曾充满过血腥的歌声：血和铁，火焰和毒，恢复和报仇。而忽而这些都空虚了，但有时故意地填以没奈何的自欺的希望。希望，希望，用这希望的盾，抗拒那空虚中的暗夜的袭来，虽然盾后面也依然是空虚中的暗夜。然而就是如此，陆续地耗尽了我的青春。

我早先岂不知我的青春已经逝去了？但以为身外的青春固在：星，月光，僵坠的蝴蝶，暗中的花，猫头鹰的不祥之言，杜鹃的啼血，笑的渺茫，爱的翔舞……虽然是悲凉缥缈的青春罢，然而究竟是青春。

然而现在何以如此寂寞？难道连身外的青春也都逝去，世上的青年也多衰老了么？

我只得由我来肉搏这空虚中的暗夜了。我放下了希望之盾，我听到

Petőfi Sándor（1823～1849）的"希望"之歌：

> 希望是甚么？是娼妓：
> 她对谁都蛊惑，将一切都献给；
> 待你牺牲了极多的宝贝——
> 你的青春——她就弃掉你。

这伟大的抒情诗人，匈牙利的爱国者，为了祖国而死在可萨克兵的矛尖上，已经七十五年了。悲哉死也，然而更可悲的是他的诗至今没有死。

但是，可惨的人生！桀骜英勇如 Petőfi，也终于对了暗夜止步，回顾着茫茫的东方了。他说：

> 绝望之为虚妄，正与希望相同。

倘使我还得偷生在不明不暗的这"虚妄"中，我就还要寻求那逝去的悲凉缥缈的青春，但不妨在我的身外。因为身外的青春倘一消灭，我身中的迟暮也即凋零了。

然而现在没有星和月光，没有僵坠的蝴蝶以至笑的渺茫，爱的翔舞。然而青年们很平安。

我只得由我来肉搏这空虚中的暗夜了，纵使寻不到身外的青春，也总得自己来一掷我身中的迟暮。但暗夜又在哪里呢？现在没有星，没有月光以至笑的渺茫和爱的翔舞；青年们很平安，而我的面前又竟至于并且没有真的暗夜。

绝望之为虚妄，正与希望相同！

一九二五年一月一日

佳作点评

《希望》写于1925年1月1日,当时北洋军阀执政,中国处于近代史上的又一个黑暗时期。鲁迅在文章开头十分感叹地呐喊:"我的心分外地寂寞。"想以《希望》唤醒颓废、虚妄被麻痹的青年。中国的光明前途在哪里?青年们的前途在哪里?我非常欣赏"绝望之为虚妄,正与希望相同",这样优美而带有哲理的语句,让人们丢弃"悲凉缥缈的青春",拥抱希望,让个体意识觉醒起来,走向人们必须面对的现实,认真地对待自己和世界。

春的警钟

□［中国］庐隐

不知哪一夜，东风逃出它美丽的皇宫，独驾祥云，在夜的暗影下，窥伺人间。

那时宇宙的一切正偃息于冷凝之中，东风展开它的翅儿向人间轻轻扇动，圣洁的冰凌化成柔波，平静的湖水唱出潺潺的恋歌！

不知哪一夜，花神离开了她庄严的宝座，独驾祥云，在夜的暗影下，窥伺人间。

那时宇宙的一切正抱着冷凝枯萎的悲伤，花神用她挽回春光的手段，剪裁绫罗，将宇宙装饰得嫣红柔绿，胜似天上宫阙，她悄立万花丛中，赞叹这失而复得的青春！

不知哪一夜，司钟的女神，悄悄地来到人间！

那时人们正饮罢毒酒，沉醉于生之梦中，她站在白云端里敲响了春的警钟。这些迷惘的灵魂，都从梦里惊醒，呆立于尘海之心，——风正跳舞，花正含笑，然而人类却失去了青春！

他们的心已被冰凌刺穿，他们的血已积成了巨澜，时时鼓起腥风吹向人间！

但是司钟的女神，仍不住声地敲响她的警钟，并且高叫道：

青春！青春！你们要捉住你们的青春！

它有美丽的翅儿，善于逃遁，

在你们踌躇的时候，它已逃去无踪！

青春！青春！你们要捉住你们的青春！

世界受了这样的警告，人心缭乱到无法医治。

然而，不知哪一夜，东风已经逃回它美丽的皇官。

不知哪一夜，花神也躲避了悲惨的人间！

不知哪一夜，司钟的女神，也不再敲响她的警钟！

青春已成不可挽回的命运，宇宙从此归复于萧杀沉闷！

佳作点评

读庐隐的作品总是能够感受到她的感情上的空虚和淡淡的哀愁。这大概源于她的生活成长环境，以及在青年时期，她的母亲、丈夫、哥哥和挚友先后逝世，悲哀情绪浸透了这位年轻的女作家的心灵。在《春的警钟》一文中，庐隐所用的字字句句都透露出无穷的伤感，东风是愁，毒酒有毒，青春要逃离。当司钟的女神不再敲响她的警钟时，青春已不可挽回。

我的梦，我的青春！

□［中国］郁达夫

不晓得是在哪一本俄国作家的作品里，曾经看到过一段写一个小村落的文字，他说："譬如有许多纸折起来的房子，摆在一段高的地方，被大风一吹，这些房子就歪歪斜斜地飞落到了谷里，紧挤在一道了。"前面有一条富春江绕着，东西北的三面尽是些小山包住的富阳县城，也的确可以借了这一段文字来形容。

虽则是一个行政中心的县城，可是人家不满三千，商店不过百数。一般居民，全不晓得做什么手工业，或其他新式的生产事业，所靠以度日的，有几家自然是祖遗的一点田产，有几家则专以小房子出租，在吃两元三元一月的租金；而大多数的百姓，却还是既无恒产，又无恒业，没有目的，没有计划，只同蟑螂似的在那里出生，死亡，繁殖下去。

这些蟑螂的密集之区，总不外乎两处地方：一处是三个铜子一碗的茶店，一处是六个铜子一碗的小酒馆。他们在那里从早晨坐起，一直可以坐到晚上上排门的时候；讨论柴米油盐的价格，传播东邻西舍的新闻，为了一点不相干的细事。譬如说罢，甲以为李德泰的煤油只卖三个铜子一提，乙以为是五个铜子两提的话，双方就会争论起来；此外的人，也马上分成甲党或乙党提出证据，互相论辩；弄到后来，也许相打起来，打得头破血流，还不能够解决。

因此，在这么小的一个县城里，茶店酒馆，竟也有五六十家之多；于是大部分的蟑螂，就家里可以不备面盆手巾、桌椅板凳、饭锅碗筷等日常用具，而悠悠地生活过去了。离我们家不远的大江边上，就有这样的两处蟑螂之窗。

在我们的左面，住有一家砍砍柴，卖卖菜，人家死人或娶亲，去帮帮忙跑跑腿的人家。他们的一族，男女老小的人数很多很多，而住的那一间屋，却只比牛栏马槽大了一点。他们家里的顶小的一位苗裔年纪比我大一岁，名字叫阿千，冬天穿的是同伞似的一堆破絮，夏天，大半身是光光地裸着的；因而皮肤黝黑，臂膀粗大，脸上也像是生落地之后，只洗了一次的样子。他虽只比我大了一岁，但是跟了他们屋里的大人，茶店酒馆日日去上，婚丧的人家，也老在进出；打起架吵起嘴来，尤其勇猛。我每天见他从我们的门口走过，心里老在羡慕，以为他又上茶店酒馆去了，我要到什么时候，才可以同他一样地和大人去夹在一道呢！而他的出去和回来，不管是在清早或深夜，我总没有一次不注意到的，因为他的喉音很大，有时候一边走着，一边在绝叫着和大人谈天，若只他一个人的时候哩，总在噜苏地唱戏。

当一天的工作完了，他跟了他们家里的大人，一道酒店去的时候，看见我欣羡地立在门口，他原也曾邀约过我；但一则怕母亲要骂，二则胆子终于太小，经不起那些大人的盘问笑说，我总是微笑着摇摇头，就跑进屋里去躲开了，为的是上茶酒店去的诱惑性，实在强不过。

有一天春天的早晨，母亲上父亲的坟头去扫墓去了，祖母也一清早上了一座远在三四里路外的庙里去念佛。翠花在灶下收拾早餐的碗筷，我只一个人立在门口，看有淡云浮着的青天。忽而阿千唱着戏，背着钩刀和小扁担绳索之类，从他的家里出来，看了我的那种没精打采的神气，他就立了下来和我谈天,并说:"鹳山后面的盘龙山上,映山红开得多着哩;并且还有乌米饭(是一种小黑果子),彤管子(也是一种刺果),刺莓等等,你跟了我来罢,我可以采一大堆给你。你们奶奶,不也在北面山脚下的真觉寺里念佛么?等我砍好了柴,我就可以送你上寺里去吃饭去。"

阿千本来是我所崇拜的英雄,而这一回又只有他一个人去砍柴,天气那么地好。今天清早祖母出去念佛的时候,我本是嚷着要同去的,但她因为怕我走不动,就把我留下了。现在一听到这一个提议,自然是心里急跳了起来,两只脚便也很轻松地跟他出发了,并且还只怕翠花要出来阻挠,跑路跑得比平时只有得快些。出了弄堂,向东沿着江,一口气跑出了县城之后,天地宽广起来了,我的对于这一次冒险的惊惧之心就马上被大自然的威力所压倒。这样问问,那样谈谈,阿千真像是一部小小的自然界的百科大辞典,而到盘龙山脚去的一段野路,便成了我最初学自然科学的模范小课本。

麦已经长得有好几尺高了,麦田里的桑树,也都发出了绒样的叶芽。晴天里舒叔叔的一声飞鸣过去的,是老鹰在觅食;树枝头吱吱喳喳,似在打架,又像是在谈天的,大半是麻雀之类;远处的竹林丛里,既有抑扬,又带余韵,在那里歌唱的,才是深山的画眉。

上山的路旁,一拳一拳像小孩子的拳头似的小草,长得很多;拳的左右上下,满长着些绛黄的绒毛,仿佛是野生的虫类。我起初看了,只在害怕,走路的时候,若遇到一丛,总要绕一个弯,让开它们,但阿千却笑起来了,他说:"这是薇蕨,摘了去,把下面的粗干切了,炒起来吃,味道是很好的哩!"

渐走渐高了,山上的青红杂色,迷乱了我的眼目。日光直射在山坡上,从草木泥土里蒸发出来的一种气息,使我呼吸感到了困难;阿千也走得热起来了,把他的一件破夹袄一脱,丢向了地下。教我在一块大石上坐下息着,他一个人穿了一件小衫唱着戏去砍柴采野果去了;我回身立在石上，向大江一看；又深深地深深地得到了一种新的惊异。

这世界真大呀！那宽广的水面！那澄碧的天空！那些上下的船只，究竟是从哪里来，上哪里去的呢？

我一个人立在半山的大石上，近看看有一层阳光在颤动着的绿野桑田，远看看天和水以及淡淡的青山，渐听得阿千的唱戏声音幽下去远下去了，心里就莫名其妙地起了一种渴望与愁思。我要到什么时候才能大起来呢？我要到什么时候才可以到这像在天边似的远处去呢？到了天边，那么我的家呢？我的家里的人呢？同时感到了对远处的遥念与对乡井的离愁，眼角里便自然而然地涌出了热泪。到后来，脑子也混乱了，眼睛也模糊了，我只呆呆地立在那块大石上的太阳里做幻梦。我梦见有一只揩擦得很洁净的船，船上面张着了一面很大很饱满的白帆，我和祖母母亲翠花阿千等都在船上，吃着东西，唱着戏，顺流下去，到了一处不相识的地方。我又梦见城里的茶店酒馆，都搬上山来了，我和阿千便在这山上的酒馆里大喝大嚷，旁边的许多大人，都在那里惊奇仰视。

这一种接连不断的白日之梦，不知做了多少时候，阿千却背了一捆小小的草柴，和一包刺莓映山红乌米饭之类的野果，回到我立在那里的大石边来了；他脱下了小衫，光着了脊肋，那些野果就系包在他的小衫里面的。

他提议说，时候不早了，他还要砍一捆柴，且让我们吃着野果，先从山腰走向后山去罢，因为前山的草柴，已经被人砍完，第二捆不容易采刮拢来了。

慢慢地走到了山后，山下的那个真觉寺的钟鼓声音，早就从春空里传送到了我们的耳边。并且一条青烟，也刚从寺后的厨房里透出了屋顶。向寺里看了一眼，阿千就放下了那捆柴，对我说："他们在烧中饭了，大约离吃饭的时候也不很远，我还是先送你到寺里去罢！"

我们到了寺里，祖母和许多同伴着的念佛婆婆，都张大了眼睛，惊异了起来。阿千走后，她们就开始问我这一次冒险的经过，我也感到了一种得意,将如何出城,如何和阿千上山采集野果的情形,说得格外的详细。后来坐上桌去吃饭的时候,有一位老婆婆问我:"你大了,打算去做些什么?"我就毫不迟疑地回答她说:"我愿意去砍柴!"

故乡的茶店酒馆,到现在还在风行热闹,而这一位茶店酒馆里的小英雄,初次带我上山去冒险的阿千,却在一年涨大水的时候,喝醉了酒,淹死了。他们的家族,也一个个地死的死,散的散,现在没有生存者了;他们的那一座牛栏似的房屋,已经换过了两三个主人。时间是不饶人的,盛衰起灭也绝对地无常的:阿千之死,同时也带去了我的梦,我的青春!

佳作点评

郁达夫是浙江富阳人,五四新文学运动的健将。他从小热爱文学、戏曲和古典诗词,其后又涉猎外国文学,创作了最早的白话短篇小说集《沉沦》《蔦萝集》,轰动一时。1934年至1936年,郁达夫应《人间世》杂志之约,陆续发表了9篇散文(包括一篇自序),《我的梦,我的青春》就是其中之一,此作副标题是"自传第二"。《我的梦想,我的青春》写的是富春江畔小镇的风情,对故乡的茶店酒馆和那里的"蟑螂们"的生活状态,做了细微的描述;对于童年伙伴阿千的死,于平静中表现出无限悲痛。作者感伤道:"时间是不饶人的,盛衰起灭也绝对地无常的:阿千之死,同时也带去了我的梦,我的青春!"

处女的恐怖

□ [中国] 许地山

深沉院落，静到极地；虽然我的脚步走在细草之上，还能惊动那伏在绿丛里的蜻蜓。我每次来到庭前，不是听见投壶的音响，便是闻得四弦的颤动；今天，连窗上铁马的轻撞声也没有了！

我心里想着这时候小坡必定在里头和人下围棋；于是轻轻走着，也不声张，就进入屋里。出乎主人的意想，跑去站在他后头，等他蓦然发觉，岂不是很有趣？但我轻揭帘子进去时，并不见小坡，只见他的妹子伏在书案上假寐。我更不好声张，还从原处蹑出来。

走不远，方才被惊的蜻蜓就用那碧玉琢成的一千只眼瞧着我。一见我来，它又鼓起云母的翅膀飞得飒飒作响。可是破岑寂的，还是屋里大踏大步的声音。我心知道小坡的妹子醒了，看见院里有客，紧紧要回避，所以不敢回头观望，让她安然走入内衙。

"四爷，四爷，我们太爷请你进来坐。"我听得是玉笙的声音，回头便说："我已经进去了，太爷不在屋里。"

"太爷随即出来，请到屋里一候。"她揭开帘子让我进去。果然他的妹子不在了！丫头刚走到衙内院子的光景，便有一股柔和而带笑的声音送到我耳边说："外面伺候的人一个也没有；好在是西衙的四爷，若是生客，教人怎样进退？"

"来的无论生熟，都是朋友，又怕什么？"我认得这是玉笙回答她小姐的话语。

"女子怎能不怕男人，敢独自一人和他们应酬么？"

"我又何尝不是女子？你不怕，也就没有什么。"

我才知道她并不曾睡去，不过回避不及，装成那样的。我走近案边，看见一把画未成的纨扇搁在上头。正要坐下，小坡便进来了。

"老四，失迎了。舍妹跑进去，才知道你来。"

"岂敢，岂敢。请原谅我的莽撞。"我拿起纨扇问道，"这是令妹写的？"

"是。她方才就在这里写画。笔法有什么缺点，还求指教。"

"指教倒不敢；总之，这把扇是我捡得的，是没有主的，我要带它回去。"我摇着扇子这样说。

"这不是我的东西，不干我事。我叫她出来与你当面交涉。"小坡笑着向帘子那边叫，"九妹，老四要把你的扇子拿去了！"

他妹子从里面出来；我忙趋前几步——赔笑，行礼。我说："请饶恕我方才的唐突。"她没做声，尽管笑着。我接着说："令兄应许把这扇送给我了。"

小坡抢着说："不！我只说你们可以直接交涉。"

她还是笑着，没有做声。

我说："请九姑娘就案一挥，把这画完成了，我好立刻带走。"

但她仍不做声。她哥哥不耐烦，促她说："到底是允许人家是不允许，尽管说，害什么怕？"妹子扫了他一眼，说："人家就是这么害怕哩。"她对我说："这是不成东西的，若是要，我改天再奉上。"

我速速说："够了，我不要更好的了。你既然应许，就将这一把赐给我罢。"于是她仍旧坐在案边,用丹青来染那纨扇。我们都在一边看她运笔。小坡笑着对妹子说:"现在可不怕人了。"

"当然。"她含笑对着哥哥。自这声音发出以后,屋里、庭外,都非常沉寂;窗前也没有铁马的轻撞声。所能听见的只有画笔在笔洗里拨水的微响,和颜色在扇上的运行声。

佳作点评

许地山不但是位小说家,他的散文也为人们称道,因为他早年受过佛家思想影响,面对现实生活常有出世和玄想的情绪。《处女的恐怖》所写内容,现在的青年男女很难理解。但在上世纪二三十年代,人们处于从封建桎梏走向现代文明的交替时期,文中少女所表现的"恐惧感"便可谓是人性的自然流露了。传统女性对待同龄异性那份悸动而矜持的复杂心态,跃然纸上,余韵悠长。

第二度的青春

□［中国］梁遇春

人们到了相当年纪，大概不会再有春愁。就说偶然还涉遐思，也不好意思出口了。

乡愁，那是许多人所逃不了的。有些人天生一副怀乡病者的心境，天天惦念着他精神上的故乡。就是住在家乡里，仍然忽忽如有所失，像个海外飘零的客子。就说把他们送到乐园去，他们还是不胜惆怅，总是希冀企望着，想回到一个他所不知道的地方。这些人想象出许多虚幻的境界，那是宗教家的伊甸园，哲学家的伊比鸠鲁花园，诗人的 Elysium ElDorado, Arcadia, 理想主义者的乌托邦，来慰藉他们彷徨的心灵；可是若使把他们放在他们所追求的天国里，他们也许又皱起眉头，拿着笔描写出另个理想世界了。思想无非是情感的具体表现，他们这些世外桃源只是他们不安心境的寄托。全是因为它们是不能实现的，所以才能够传达出他们这种没个为欢处的情怀；一旦不幸，理想变为事实，它们立刻就不配做他们这些情绪的象征了。说起来，真是可悲，然而也怪有趣。总之，这一班人大好年华都消磨于萦怀一个莫须有之乡，也从这里面得到他人所尝不到的无限乐趣。登楼远望云山外的云山，淌下的眼泪流到笑涡里去，这是他们的生活。吾友莫须有先生就是这么一个人，久不见他了，却常忆起他那泪痕里的微笑。

可是，人们到了相当年纪，（又是这么一句话）对于自己的事情感到厌倦，觉得太空虚了，不值一想，这时连这一缕乡愁也将化为云烟了。其实人们一走出情场，失掉绮梦，对于自己种种的幻觉都消灭了，当下看出自己是个多么渺小无聊的汉子，正好像脱下戏衫的优伶，从缥缈世界坠到铁硬的事实世界，砰的一声把自己惊醒了。这时睁开眼睛，看到天上恒河沙数的群星，一佛一世界，回想自己风尘下过千万人已尝过，将来还有无数万人来尝的庸俗生活，自己怎能不灰心呢？当此"屏除丝竹入中年"时候，怎么好呢？

可是，人们到了相当年纪，免不了儿女累人，三更儿哭，可以搅你的清梦，一声"爸爸"，可以动你的心弦。烦恼自然多起来了，但是天下的乐趣都是烦恼带来的，烦恼使人不得不希望，希望却是一服包医百病的良方。做了只怕不愁，一生在艰苦的环境下面挣扎着，结果常是"穷"而不"愁"，所谓潦倒也就是麻木的意思。做人做到艳阳天气勾不起你的幽怨，故乡土物打不动你莼鲈之思，真是几乎无路可走了。还好有个父愁。虽然知道自己的一生是个失败，仿佛也看出天下无所谓的成功的事情，已猜透成功等于失败这个哑谜了，居然清瘦地站在宇宙之外，默然与世无涉了；可是对于自己孩子们总有个莫名其妙的希望，大有我们自己既然如是塌台，难道他们也会这样吗的意思。只有没有道理的希望是真实的，永远有生气的，做父亲的人们明知小孩变成顽皮大人是种可伤的事情，却非常希望他们赶快长大。已看穿人性的腐朽同宇宙的乏味了，可是还希望他们来日有个花一般的生涯。为着他们，希望许多绝不可能的事情变为可能，为着他们，肯把自己重新掷到过去的幻觉里去，于是乎从他们的生活里去度自己第二次的青春，又是一场哀乐。为着儿女的恋爱而担心，去揣摩内中的甘苦，宛如又蹚进情场。有时把儿女的痴梦拿来细味，自己不知不觉也走到梦里去了，孩提的想头和希望都占着做父亲者的心窝，虽然这些事他们从前曾经热烈地执着过，后来又颓然扔开了。人们下半生的心境又恢复到前半生那样了，有时从父愁里也产生出春愁和乡愁。

记得去年快有儿子的时候，我的父亲从南方写信来说道："你现在也快做父亲了，有了孩子，一切要耐忍些。"我年来常常记起这几句话，感到这几句叮咛包括了整个人生。

佳作点评

梁遇春的生命短促，只存世26年，他短暂的一生轰轰烈烈，如同一团熊熊燃烧的火，但他希望自己的孩子——下一代人，"赶快长大……有个花一般的生涯。为着他们，希望许多绝不可能的事情变为可能，为着他们，肯把自己重新掷到过去的幻觉里去，于是乎从他们的生活里去度自己第二次的青春……"殷殷父爱跃然纸上，令人唏嘘。

生命从八十岁开始

□［中国］冰心

亲爱的小朋友：

我每天在病榻上躺着，面对一幅极好看的画。这是一个满面笑容，穿着红兜肚，背上扛着一对大红桃的孩子，旁边写着"敬祝冰心同志八十大寿"，底下落款是"一九八○年十月《儿童文学》敬祝"。

每天早晨醒来，在灿烂的阳光下看着它，使我快乐，使我鼓舞，但是"八十"这两个字，总不能使我相信我竟然已经八十岁了！

我病后有许多老朋友来信，又是安慰又是责难，说："你以后千万不能再不服老了！"所以，我在复一位朋友的信里说："孔子说他常觉得'不知老之将至'，我是'无知'到了不知老之已至的地步！"

这无知要感谢我的千千万万的小读者！自从我二十三岁起写《寄小读者》以来，断断续续地写了将近六十年。正是许多小读者们读《寄小读者》后的来信，这热情的回响，使我永远觉得年轻！

我在病中不但得到《中国少年报》编辑部的赠花，并给我拍了照，也得到许多慰问的信，因为这些信的祝福都使我相信我会很快康复起来。我的病是在得了"脑血栓"之后，又把右胯骨摔折。因此行动、写字都很困难。写这几百字几乎用了半个小时，但我希望在一九八一年我完全康复之后，再努力给小朋友们写些东西。西谚云"生命从四十岁开始"。我想从一九八一年起，病好后再好好练习写字，练习走路。"生命从八十岁开始"，努力和小朋友们一同前进！

祝你们健康快乐！

你们热情的朋友冰心
一九八〇年十二月二十九日于北京医院。

佳作点评

1919年谢婉莹以冰心的笔名发表了《两个家庭》，以后一发不可收。冰心早在20世纪的20年代，在北京《晨报》的"儿童世界"栏目里，陆续发表了29封给儿童的信，这就是后来结集的《寄小读者》。她的作品充满了对大自然的热爱、对母爱与童真的歌颂和赞美，以及对生命的赞颂。《生命从八十岁开始》是她晚年住院时写给少年朋友的，她"要感谢我的千千万万的小读者！""不知老之已至"，她说"生命从八十岁开始"。这种精神鼓舞着更多的人同冰心老人"一同前进"。

给我的孩子们

□［中国］丰子恺

我的孩子们！我憧憬于你们的生活，每天不止一次！我想委曲地说出来，使你们自己晓得。可惜到你们懂得我的话的意思的时候，你们将不复是可以使我憧憬的人了。这是何等可悲哀的事啊！

瞻瞻！你尤其可佩服。你是身心全部公开的真人。你什么事情都像拼命地用全副精力去对付。小小的失意，像花生米翻落地了，自己嚼了舌头了，小猫不肯吃糕了，你都要哭得嘴唇翻白，昏去一两分钟。外婆普陀去烧香买回来给你的泥人，你何等鞠躬尽瘁地抱他，喂他；有一天你自己失手把他打破了，你的号哭的悲哀，比大人们的破产，失恋，broken heart，丧考妣，全军覆没的悲哀都要真切。两把芭蕉扇做的脚踏车，麻雀牌堆成的火车，汽车，你何等认真地看待，挺直了嗓子叫"汪——"，"咕咕咕……"，来代替汽笛。宝姐姐讲故事给你听，说到"月亮姐姐挂下一只篮来，宝姐姐坐在篮里吊了上去，瞻瞻在下面看"的时候，你何等激昂地同她争，说："瞻瞻要上去，宝姐姐在下面看！"甚至哭到漫姑面前去求审判。我每次剃了头，你真心地疑我变了和尚，好几时不要我抱。最是今年夏天，你坐在我膝上发现了我腋下的长毛，当作黄鼠狼的时候，你何等伤心，你立刻从我身上爬下去，起初眼瞪瞪地对我端详，继而大失所望地号哭，看看，哭哭，如同对被判定了死罪的亲友一样。你要我抱你到车站里去，多多益善地要买香蕉，满满地擒了两手回来，回到门口时你已经熟睡在我的肩上，手里的香蕉不知落在哪里去了。这是何等可佩服的真率，自然，与热情！大人间的所谓"沉默""含蓄""深刻"的美德，比起你来，全是不自然的，病的，伪的！

你们每天做火车，做汽车，办酒，请菩萨，堆六面画，唱歌，全是自动的，创造创作的生活。大人们的呼号"归自然！""生活的艺术化！""劳动的艺术化！"在你们面前真是出丑得很了！依样画几笔画，写几篇文的人称为艺术家，创作家，对你们更要愧死！

你们的创作力，比大人真是强盛得多哩：瞻瞻！你的身体不及椅子的一半，却常常要搬动它，与它一同翻倒在地上；你又要把一杯茶横转来藏在抽斗里，要皮球停在壁上，要拉住火车的尾巴，要月亮出来，要天停止下雨。在这等小小的事件中，明明表示着你们的小弱的体力与智力不足以应付强盛的创作欲，表现欲的驱使，因而遭逢失败。然而你们是不受大自然的支配，不受人类社会的束缚的创造者，所以你的遭逢失败，例如火车尾巴拉不住，月亮呼不出来的时候，你们决不承认是事实的不可能，总以为是爹爹妈妈不肯帮你们办到，同不许你们弄自鸣钟同例，所以愤愤地哭了，你们的世界何等广大！

你们一定想：终天无聊地伏在案上弄笔的爸爸，终天闷闷地坐在窗下弄引线的妈妈，是何等无气性的奇怪的动物！你们所视为奇怪动物的我与你们的母亲，有时确实难为了你们，摧残了你们，回想起来，真是不安心得很：

阿宝！有一晚你拿软软的新鞋子，和自己脚上脱下来的鞋子，给凳子的脚穿了，袜立在地上，得意地叫"阿宝两只脚，凳子四只脚"的时候，你母亲喊着"龌龊了袜子！"立刻擒你到藤榻上，动手毁坏你的创作。当你蹲在榻上注视你母亲动手毁坏的时候,你的小心里一定感到"母亲这种人,何等煞风景而野蛮"吧!

瞻瞻!有一天开明书店送了几册新出版的毛边的《音乐入门》来。我用小刀把书页一张一张地裁开来,你侧着头,站在桌边默默地看。后来我从学校回来,你已经在我的书架上拿了一本连史纸印的中国装的《楚辞》,把它裁破了十几页,得意地对我说:"爸爸!瞻瞻也会裁了!"瞻瞻!这在你原是何等成功的欢喜,何等得意的作品!却被我一个惊骇的"哼!"字喊得你哭了。那时候你也一定抱怨"爸爸何等不明"吧!

软软!你常常要弄我的长锋羊毫,我看见了总是无情地夺脱你。现在你一定轻视我,想道:"你终于要我画你的画集的封面!"

最不安心的,是有时我还要拉一个你们所最怕的陆露沙医生来,教他用他的大手来摸你们的肚子,甚至用刀来在你们臂上割几下,还要教妈妈和漫姑擒住了你们的手脚,捏住了你们的鼻子,把很苦的水灌到你们的嘴里去。这在你们一定认为是太无人道的野蛮举动吧!

孩子们!你们果真抱怨我,我倒欢喜;到你们的抱怨变为感谢的时候,我的悲哀来了!

我在世间,永没有逢到像你们样出肺肝相示的人。世间的人群结合,永没有像你们样的彻底地真实而纯洁。最是我到上海去干了无聊的所谓"事"回来,或者去同不相干的人们做了叫做"上课"的一种把戏回来,你们在门口或车站旁等我的时候,我心中何等惭愧又欢喜!惭愧我为什么去做这等无聊的事,欢喜我又得暂时放怀一切地加入你们的真生活的团体。

但是,你们的黄金时代有限,现实终于要暴露的。这是我经验过来的情形,也是大人们谁也经验过的情形。我眼看见儿时的伴侣中的英雄,好汉,一个个退缩,顺从,妥协,屈服起来,到像绵羊的地步。我自己也是如此。"后之视今,亦犹今之视昔",你们不久也要走这条路呢!

我的孩子们！憧憬于你们的生活的我，痴心要为你们永远挽留这黄金时代在这册子里。然这真不过像"蜘蛛网落花"略微保留一点春的痕迹而已。且到你们懂得我这片心情的时候，你们早已不是这样的人，我的画在世间已无可印证了！这是何等可悲哀的事啊！

佳作点评

丰子恺的"文"与"画"，各具风格。他的散文语言朴素，内涵深刻，信笔拈来，妙趣横生；漫画多以儿童作为题材，幽默风趣，反映社会现象。他一生出版的著作达一百八十多部。"他厌恶人世间的虚伪、卑俗、自私，赞美儿童的真诚、纯洁、聪明"，他在本文中赞美说："然而你们是不受大自然的支配，不受人类社会的束缚的创造者"，对童真童趣奉若至宝，珍爱有加。

卖花姑娘

□ [中国] 邱华栋

有好几种卖花姑娘，一种是花店里的卖花姑娘，一种是勤工俭学站在路口的女大学生。还有一种是年纪很小的失学女童，她们由四处浪迹来城市寻找机会的父母带领着，到城市里来生活与生存，她们则到大街上向行人兜售花朵。

"卖花姑娘"，这个名词有美学上的令人欣悦和动情的意义。因为人们都把姑娘比做花，把大姑娘比做含苞待放的花，把小姑娘比做花的小蓓蕾，所以，由象征花朵的姑娘来卖物质的花，这种花朵的物质与精神暗喻关系的合一使卖花姑娘成为了人们喜爱的人。

但是，那些失学的孩子们，那些小女孩子，在街上拉扯住行人，强行要他们买花，这对"卖花姑娘"的美学意义有伤害吗？

我的女友喜欢花，因此我常给她买花，买各种花，以玫瑰为主。有一次她在外省还打算给我寄一些她在我们的母校曾亲手栽种的花，但邮局不能寄，那些花只好被她夹在杂志中变成干花了。

花是植物的生殖器。因此，这种与生物的繁衍相关的重要的器官有着令人眩目和动人的面容。花，人类已经是把所有的花都赋予了象征的含义，花象征着幸福、爱情、和平、美丽、健康、友谊，花其实已不是花，花已变成了半物质半精神的东西，花在人们的生活中是信物，是供氧机，是中介，是暗示，是礼品，也是某种粮食。在所有的包围着人们的东西中，人们对花总有着一种热情，那种热情使花成为了人与冰凉的物质世界、人与大地亲和的中介。

正因为如此，每当我和女友在街上散步，碰见卖花姑娘，我总要买上一枝送给女友。有时候我们在咖啡店聊天，也会有卖花姑娘走进去，我就同样给女友买一枝——在不断地给她送花中，她也一天比一天爱我。也许我喜欢花，我把花送给女友，就在暗示她像花一样美，对待她会像对待花朵一样（花朵是多么柔弱、单薄、易碎的啊）。我们的关系也会如同花朵凋谢后转为果实一样有一个坚实的结果？

所以，卖花姑娘也是一种中介，她们把花这种半物质半精神的象征物销售到我们手上，由我们再赋予它具体的意义，比如我给母亲送花，就是为了祝她健康，而我给女友送花，是为了祝她依旧美丽漂亮和我们的爱情平和美丽。因此，即使是走在大街上，被卖花姑娘包围，我也要多买几枝送给女友不可。那些在大街上追逐行人的小姑娘，失学女童们，是城市黑夜街道上的小精灵，她们的父母亲远远地站着，以期待着她们把卖花的钱尽快地交到他们的手上去。城市需要鲜花，需要鲜花装点门面，礼仪互赠。城市是物质化的，它的内脏与外衣都是人自己创造的。城市是人在大自然的景观之外，为自己创造的景观，这是一个钢铁、混凝土、塑料和沥青、玻璃所构成的世界，因此，它需要花，需要卖花姑娘，需要花店，在这个人造的世界中，人们需要花朵来给这个世界增加大自然的温情与馈赠。

那么卖花姑娘呢？那些在街上追逐行人的小姑娘呢？我觉得她们是没有发育好的花朵，很可能变成另一种凋谢之花。从她们的手上买下来花的时候，我看着她们肮脏的小手脸、破烂的衣衫和依旧清亮的眼睛，我就有一种痛楚，这种年龄本该在学校里读书，并健康地成长为含苞待放之花的。一瞬间，我看见她们手上鲜活的花和她们本身还是枯萎的花之蓓蕾，这是两个方面的痛苦：我从她们手中买到了花献给了我花一样的女朋友，她因而变得美丽灿烂，另一方面卖花姑娘却并没有被她手中的鲜花映照而变得明亮，我却看见了花之凋谢与零落，从而使我对城市这人工的物质世界又增加了一份不信任，它在把花变得更精神的同时却把卖花姑娘变得更为物质了。

佳作点评

敏捷的文思，生花的妙笔，开阔的视野，这是当代实力派作家邱华栋给人的印象。他没有一般文人的傲慢和虚荣，他敢于直面现实生活，常为"穷人"说话。"作品多描写都市前沿的人群和前沿的生活"，《卖花姑娘》就是这样的一篇。在文中，他提到了三种卖花姑娘，但重点是那些在街上追逐行人的、年纪很小的失学女童，她们本应该健康地成长为含苞待放之花，却因为贫困而慢慢凋谢与零落，读起来让人心痛。《卖花姑娘》是作者对城市这人工的物质世界的批判。

写给少女的话

□ [美国] 华盛顿

一个才貌双全的女子，在其未倾心于人时，能使周围的异性神摇目眩，如醉如痴。一旦结婚之后，结果就是狂热消失，一切重归于平静。原因所在并非她的容颜与魅力有所衰退，而是向她求婚的希望已不复存在。因此，爱情是可能而且应该受到理智的指引的。

当爱开始燃烧，你心中充满柔情时，问问你自己，谁是你心灵的闯入者？你完全了解他吗？他有优秀的品格吗？他是一个通情达理的人吗？一个聪明的女人和一个笨蛋共同生活是无幸福可言的。他的职业是什么？他是赌徒、纨绔子弟或酒鬼吗？他的财产足够维系你已习惯的生活吗？你的朋友对他有反感吗？上述疑问都得到令人满意的回答后，仍有一个重要问题，即你有充分根据认为你占有了他的全部爱情吗？如果没有，多情的心就要与单恋的感情搏斗。

爱情应由男方宣布，不能出自女方的任何请求，这样才能长久和有价值。有高尚的观念和大方的举止就不会过分拘谨或过分轻浮。举止轻浮的女人用眼神、言词和动作勾引别人求爱，然后加以拒绝，其最后的惩罚往往是在孤寂中老去。这样说可能与事实不会相距太远。

■佳作点评

乔治·华盛顿一生为美国的独立做出了杰出的贡献。他的讲演词很动人、美妙，散文也写得漂亮。这个伟大、有坚强意志的人，十分关心女性，认为爱情是可能而且应该受到理智的指引的。他主张持久的婚姻，高尚的爱情，他认为一个文明社会，不应该有淫乱，女人更不能"勾引别人求爱"。

十八岁以下的决定

□［美国］戴尔·卡耐基

如果你的年龄是在十八岁以下，那么你可能即将作出你生命中最重要的两项决定——这两项决定将深深地改变你的一生。

第一，你将如何谋生？你将做一名农夫、邮差、化学家、森林管理员、速记员、兽医、大学教授，或者你想摆一个牛肉饼摊子？

第二，你将选择谁做你孩子的父亲或母亲？

这两项重大决定，通常都像赌博。哈里·艾默生·佛斯迪克在他的《透视的力量》一书中说："每位小男孩在选择如何度过一个假期时都是赌徒。他必须以他的日子作赌注。"

你如何才能减低选择假期时的赌博性？首先，如果可能的话，试着去找寻你所喜欢的工作。有一次我请教大卫·古里奇（轮胎制造商古里奇公司的董事长）成功的第一要诀是什么，他回答说："喜爱你的工作。"他说，"如果你喜欢你所从事的工作，你工作的时间也许很长，但却丝毫不觉得是在工作，反倒像是游戏。"

爱迪生就是一个好例子。这位未曾进过学校的送报童，后来却使美国的工业生活完全改观。爱迪生几乎每天在他的实验室里辛苦工作十八个小时，在那里吃饭、睡觉，但他丝毫不以为苦。"我一生中从未做过一天工作，"他宣称，"我每天乐趣无穷。"

我奉劝年轻朋友们不要只因为你家人希望你那么做，就勉强从事某一行业。不要贸然从事某一行业，除非你喜欢。不过，你仍然要仔细考虑父母所给你的劝告。他们的年纪比你大，已获得那种唯有从众多经验及过去岁月中才能得到的智慧。但是，到了最后分析时，你自己必须作最后决定。将来工作时，快乐或悲哀的是你自己。

现在让我替你提供下述建议——其中有一些是警告——以便你选择工作时作参考：

一、阅读并研究一些有关选择一位职业辅导员的建议。尤其是那些由最权威人士提供的意见。

二、避免选择那些已拥挤的职业和事业。在美国，谋生的方法共有二万多种以上。结果在一所学校内，三分之二的男孩子选择了五种职业——二万种职业中的五项——而五分之四的女孩子也是一样。难怪少数的事业和职业会人满为患，难怪白领阶级之间会产生不安全感、忧虑和"焦急性的精神病"。

三、避免选择那些生机只有十分之一的行业。例如，兜售人寿保险。每年有数以千计的人——经常有许多失业者事先未打听清楚，就开始贸然兜售人寿保险。

四、在你决定投入某一项职业之前，先花几个礼拜的时间，对该项工作做个全盘性的认识。如何才能达到这个目的？你可以和那些在这一行业中干过十年、二十年或三十年的人士面谈。

这些会谈对你的将来可能有极深的影响。我从自己的经验中了解这一点。我在二十几岁时，向两位老人家请教职业上的指导。现在回想起来，可以清楚地发现那两次会谈是我生命中的转折点。事实上，如果没有那两次会谈，我的一生将会变成什么样子，实在是难以想象。

记住，你是在从事你生命中最重要且影响最深远的两项决定中的一项。因此，在你采取行动之前，多花点时间探求事实真相。如果你不这样做，在下半辈子中，你可能后悔不已。

五、克服"你只适合一项职业"的错误观念。每个正常的人，都可在多项职业上成功。同样，每个正常的人，也可能在多项职业上失败。

佳作点评

戴尔·卡耐基在文章的开篇做出了这样一个论断："如果你的年龄是在十八岁以下，那么你可能即将作出你生命中最重要的两项决定——这两项决定将深深地改变你的一生。"戴尔·卡耐基就是一个成功之人，他的成功经验已经得到了世界的认同和肯定。在文中，戴尔·卡耐基以爱迪生为例，并以自己的人生阅历和生活经验为基础，给年轻人选择职业提出建议和忠告，句句为金玉之言，读来令人受益匪浅。

快乐是一种选择

□ [美国] 阿戴尔·拉腊

长期以来，人们总是在为了找寻快乐而忙忙碌碌，而专家告诉我们：为了快乐，我们应该做些事情——做出正确的选择，或是有一套正确的自我观念，到后来，我们的国家总统也关心起他子民的快乐问题，美其名曰地将它写入《宣言》中。

与此同时，还有另一种观念——快乐不是常常存在，它只是偶尔才会光临，如果我们总不快乐，那一定是遇到了什么麻烦。

然而，更多的人所经历的并不是一种短暂的快乐状态，快乐是一件很普通的事情：是一种被小品文作家休·普拉瑟称作是"由难以解释的问题、莫名其妙的成功与失败——很少有片刻完全的平静所组成"的混合物。

也许你会说你昨天刚哭泣一场，因为你与老板之间有个误会，但是就真的没有快乐而且完全宁静的时候吗？在你拖着疲惫身躯回家的时候，你的爱人不是已为你做好了可口的饭菜了吗？你只记得昨天发生的最糟的事，却忘记在那一天当中仍有很多美好的时刻。

快乐就像是一位可爱、神奇的天使——她总会在你最不期望的时候到来，为你送上一些你梦寐以求的东西，而后又会消失无踪，留下许久没有散去的栀子花香。你无法预料她的出现，而只能在她下次来到时，感谢她；你不能迫使快乐的降临——但当她在你身边时，你一定会流露出久违的笑脸。

当你满腹心事，想要在屋里摔东西时，请踱步到窗口，欣赏一下你身边的这个被落日照耀下的都市，请试着听听孩子们在昏暗的光线下打篮球的叫喊……现在感觉怎么样？不用说，你肯定已经完全忘记了刚才的不快。

快乐是你对人生的态度，这种态度在于你清洗百叶窗时听着咏叹调，或收拾衣柜时依然兴致勃勃，快乐是家人围坐在餐桌边吃团圆饭，快乐就在眼前并不需要你计划——等我明天一定高兴……

嘿，你看！她已经冲破乌云来到了我们的面前，你还在等什么呢？

▎佳作点评▎

阿戴尔·拉腊在《快乐是一种选择》的开头就直奔主题，让我们以快乐的心态，对待人生和事业。那么我们应该如何选择快乐呢？他的回答是："为了快乐，我们应该做些事情——做出正确的选择，或是有一套正确的自我观念。"作者阐明的哲理在于：快乐其实无处不在，快乐是你对人生的态度，快乐不需要等待！

生命的起点在哪里

□〔俄国〕托尔斯泰

人在儿童时像动物一样生活着,关于生命是什么都不知道。假如人只活了十个月,那么他既不会知道自己的,也不会知道任何别的人的生命。不仅婴儿如此,没有理性的成年人、白痴也同样不知道他们自己在活着,也不会意识到别的生灵的生活,因此,这样的人都是没有人的生命的人。

人的生命只是伴随着理性意识的出现而开始的。正是这种理性意识,向人们揭示了自己生命的现在与过去,同时也揭示了别的个体的生命。而由于这些个体之间的关系而必然发生的一切,例如痛苦和死亡,都是对个人幸福的否定和他所觉得的使他的生命中止的矛盾而产生的。

人希望就像给我们身外看得见的存在物下定义那样,用时间给自己的生命下定义,然而,同肉体诞生的时间不相一致的生命却突然在他身上苏醒了,但是人又不愿相信这个不能用时间来下定义的东西可能是生命。尽管人无数次地想找到那个时间上的起点,以便确认自己的理性生命起始之界,结果却从来没有找到它。

人在回忆往事时,永远也找不到理性意识的起始点。虽然人觉得,理性意识过去一直在他身上存在着。即使人真找到某种类似理性意识的起始点，他也决不能在人的肉体诞生中找到它，而只能从同这个肉体的诞生毫无共同之处的别的方面来找到。人意识到自己理性的产生完全不像他看见肉体诞生的那种样子，当他反问自己的理性意识的起源时，他任何时候都不会去想象他这个理性的生物是自己父母的儿子，是出生在某一年的爷爷、奶奶的孙子。他意识到自己不是作为一个儿子，而是与所有在时间、地点上与他迥异的，生在几千年前的、活动在世界另一端的理性生物的意识融成一体。人在自己的理性意识中甚至看不见自己的任何起源，而是只意识到自己与其他人的理性意识超越时空的融合。因此，他的生命之内渗进了他们的生命，而他们的生命也吸取了他的生命。正是人们这种苏醒了的理性意识，结束了那些好像是生命的类似物，而迷途的人们却把它看成是生命，因此，迷途的人认为生命中止之时，才是真正生命开始之时。

佳作点评

托尔斯泰是19世纪末20世纪初俄国最伟大的文学家，他的著作是现实主义的顶峰之一。《生命的起点在哪里》是作者探讨生命理性意识的名篇。而人的生命是伴随着理性意识的出现而开始的，人无数次地想确认自己的理性生命起始之界，却从来没有找到过它。生命的起点在哪里？托尔斯泰提出这样一个深邃而神秘的话题，目的就在于呼吁现代人注重自我生命的觉醒，从而进行道德上的自我修养。

青春的秘密

□［俄国］托尔斯泰

啊，青春，青春，你无所顾忌，你仿佛拥有宇宙间一切的宝藏，连忧愁也给你安慰，连悲哀也对你有帮助，你自信而大胆，你说：瞧吧！只有我才活着。可是你的日子也在时时刻刻地飞走了，不留一点痕迹，白白地消失了，而且你身上的一切也都像太阳下面的雪一样，消失了。

也许你魅力的整个秘密，并不在于你能够做任何事情，而在于你能够想你做得到任何事情——正在于你浪费尽了你自己不知道怎样用到别处去的力量，正在于我们中间每个人都认真地以为自己是个浪子，认真地认为他有权利说："啊，倘使我不白白耗费时间，我什么都办得到！"

我也是这样……那个时候，我用一声叹息，一种凄凉的感情送走了我那昙花一现的初恋的幻梦的时候，我希望过什么，我期待过什么，我预见了什么光明灿烂的前途吗？

然而我希望过的一切，有什么实现了呢？现在黄昏的阴影已经开始笼罩到我的生命上来了，在这个时候，我还有什么比一瞬间消逝的春潮雷雨的回忆更新鲜、更可宝贵呢？

佳作点评

托尔斯泰是伟大的思想家和艺术家,他创作的视野达到罕有的广度,他奔放的笔触和柔和细腻的描写,拨动了千千万万读者的心弦。托尔斯泰是十分关心青年的成长的,写过《童年》《少年》和《青年》等作品。他用细腻的笔触,描写青年心灵的纯真,描写他们对真正爱情和幸福的追求。他在《青春的秘密》中赞美青春的无所顾忌,同时也告诫人们:不要浪费青春,因为青春一去不回。

生活是美好的

□ [俄国] 契诃夫

生活是极不愉快的玩笑，不过要使它美好却也不很难。为了做到这点，光是中头彩赢20万卢布，得个"白鹰"勋章，娶个漂亮女人，以好人出名，还是不够的——这些福分都是无常的，而且也很容易习惯。为了不断地感到幸福，那就需要：（一）善于满足现状；（二）很高兴地感到："事情原本可能更糟呢。"这是不难的。要是火柴在你的衣袋里时燃起来了，那你应当高兴，而且感谢上苍：多亏你的衣袋不是火药库。

要是有穷亲戚上别墅来找你，那你不要脸色发白，而要喜洋洋地叫道："挺好，幸亏来的不是警察！"

要是你的手指头扎了一根刺，那你应当高兴："挺好，多亏这根刺不是扎在眼睛里！"

如果你的妻子或者小姨练钢琴，那你不要发脾气，而要感激这份福气：你是在听音乐，而不是在听狼嗥或者猫叫。

你该高兴，因为你不是拉长途马车的马，不是寇克的"小点"，不是旋毛虫，不是猪，不是驴，不是茨冈人牵的熊，不是臭虫……你要高兴，因为眼下你没有坐在被告席上，也没有看到债主在你面前，更没有跟主编土尔巴谈稿费问题。如果你不是住在十分边远的地方，那你一想到命运总算没有把你送到边远地方去，岂不觉着幸福？

要是你有一颗牙痛起来，那你就该高兴：幸亏不是满口的牙痛。

你该高兴，因为你居然可以不必读《公民报》，不必坐在垃圾车上，不必一下子跟三个人结婚……

要是你被送到警察局去了，那就该乐得跳起来，因为多亏没有把你送到地狱的大火里去。

要是你挨了一顿桦木棍子的打，那就该蹦蹦跳跳，叫道："我多运气，人家总算没有拿带刺的棒子打我！"

要是你妻子对你变了心，那就该高兴，多亏她背叛的是你，不是国家。

依此类推……朋友，照着我的劝告去做吧，你的生活就会欢乐无穷了。

佳作点评

契诃夫是短篇小说大师，他的作品创造了一种独特的风格。他不追求离奇曲折的情节，而是用抒情的心理，截取平凡的日常生活的片段，凭借精巧的艺术细节，对生活和人物做真实的描写和刻画，从中展示重要的社会内容。在本文中，契诃夫就如何实现美好生活提出自己的劝告：要善于满足现状，在遇到糟糕的事情时，能够很高兴地感到："事情原来可能更糟呢。"好的心态是快乐生活的最好保障。

青年与老年

□［英国］培根

不可否认，世上有年纪轻轻经验却丰富的人，这是他们注重汲取知识、注重锻炼的结果，但这类人毕竟凤毛麟角，少之又少。

一般说来，青年人富于"直觉"，而老年人则长于"深思"。这两者在深刻和正确性上的差别是显著的。

似乎有神帮助似的，青年人的想象力和发明力特别富有创造性。然而，热情炽烈而情绪太敏感的人往往要在中年以后方能成事，恺撒和塞普提摩斯就是例证。曾有人评论后者说：他曾度过一个荒谬的，甚至是疯狂的青春，然而他毕竟成为罗马皇帝中极能干的一位。具有沉稳性格的人成大器要早一些，早在青春时代便可。奥古斯都大帝、卡斯曼斯大公、卡斯顿勋爵就是活生生的例子。另一方面，对于老人来说，富于热情和活力也是难能可贵的。

青年长于创造而短于思考，长于猛干而短于讨论，长于革新而短于持重。

老年人的经验，引导他们熟悉旧事物，却使新情况得以在他们眼皮底下潜伏，青年人易于有所发现，但行事轻率却可能毁坏大局。

青年时常抱有轻视的念头，眼高于顶，傲气十足，一副踌躇满志的样子。勇于革新而不去估量实际的条件和可能性，结果常因浮躁而改革不成却招致更大的祸患。老年人则正好相反，他们常常满足于固守已成之局，思考多于行动，议论多于果断，做事瞻前顾后，左思右想。

如能把青年人敢想敢做和老年人谨慎稳重结合在一起，必成大事。从现在的角度说，他们的所长可以互补他们各自的所短。从发展的角度说，青年可以从老年身上学到他们所不具有的优点。而从社会的角度说，老年人做事的可信度较高，而青年人的干劲则鼓舞人心。如果说，老人的经验是可贵的，那么青年人的纯真则是崇高的。

《圣经》说："你们中的少年可以想象神，而你们中的老人则只能梦见神。"一位犹太牧师是这样理解这句话的：上帝认为青年比老年更接近神，因为想象总比梦幻切实一些。要知道，世情如酒，越浓越醉人——年龄越大，则在世故增长的同时却愈会丧失正直纯真的感情。所谓少年老成的人，就是指缺乏锐意进取精神的人。像古希腊哲学家赫摩格尼斯就是如此。但那种毕生不脱稚气的人，也是不合时宜的。正如古罗马政治家西塞罗评论赫腾修斯说：当他已该老练的时候，他却还很幼稚。最后，也不要做那种人：年少时做出了一番成绩，但越到后来，成就反倒越来越小，终至平庸，像西庇阿·阿非利卡那样。结果让李维批评他："有好的青春，却没有好的晚节。"

佳作点评

培根是英国著名哲学家和作家，他才华出众，雄心勃勃，充满人生经验。培根在这篇文章中将青年与老年进行比较，将青年与老年各自的优缺点显现出来，引导人们在自己不同的年龄段，依据自己的特点，扬长避短地去做事。

青 春

□［英国］威廉·赫兹里特

世界在不断发展变化，新鲜事物也不断出现，且花样翻新，十分精彩。自从我们诞生在这个多样的世界，我们就一直在尽我们最大的力量满足我们的爱好。这时我们还没有碰到障碍，没有厌倦的情绪，仿佛一切可以永远照此下去。我们环顾四周，看见一个生机勃勃、不停运动、前进不已的新世界。我们身上充溢着无穷的干劲和精神，发誓要与这个多彩的世界同步向前，而根据眼前的征兆还根本无法预见这样的情况，我们将被世界无情地抛在后面，我们会一步步变老，最终会终止我们的生命。正因为青春时期的单纯，仿佛感觉是处于茫然状态中，所以我们就把自己跟自然等同起来，并且还贻笑大方地宣称自然与我们同在。

我们幼稚地以为我们跟生存的短暂联系是不可分割的、永恒的结合——一种既没有冷淡、冲突，也没有分离的蜜月。我们如同沉睡在摇篮中的婴儿，在荒诞、梦想、欺骗、虚伪编织的摇篮中，我们睡得安安稳稳——我们举起生命之杯，大口喝着，怎么也喝不完，反而越喝越多——各种事物从四面八方纷纷而至，围绕着我们，它们的重要性占据了我们的心，促使我们产生一连串期待中的欲望，所以没时间想到死。的确，这样令人留恋的世界，不容我们去想尘归尘、土归土的俗人归宿，我们无法想象"这有知觉、温暖的、活跃的生命化为泥土"——周围白日梦的光辉照花了我们的眼睛，因而瞧不见那黑森森的坟墓。终点在我们看来遥遥无期，而起点也如水中月、镜中花：它完全消失在遗忘和空虚里，而终点则被匆匆来临的大量事件遮掩着。或者我们只能看见无情的阴影在地平线上徘徊，而要追赶它，则是无望的；或者它那最后的、若隐若现的轮廓接近了天国，就带着我们升天！我们一旦被生命锁定，它就左右着我们的生存和追求，对此我们无能为力，试想一下，还有什么东西比疾病更能反对健康？比衰退和瓦解更能反对力量和优美？比默默无闻更能反对积极求知呢？死神的脚步是谁也挡不住的，对死的嘲笑也是毫无意义的，但什么地方出现威胁，什么地方就产生希望，希望就用面纱把所有突然终止的宝贵计划都掩盖起来。在青春的精神遭受损害，而"生命的美酒已经喝完"以前，我们在强而有力的感官感召下，如醉酒或发烧下，疾步向前。

佳作点评

威廉·赫兹里特是十七至十八世纪英国浪漫主义运动的一位重要代表人物。他是评论家、散文家、画家，撰写哲学和政治著作，张扬个性，支持进步和革命，反对保守和停滞。

作者在本文中指出："世界在不断发展变化，新鲜事物也不断出现，且花样翻新，十分精彩。"忠告青年们在一步步变老、生命终止之前，要适应科学技术迅猛发展的客观形势，使自己能够应付所面临的经济、政治和社会的挑战，避免处于茫然的状态之中。

正当的享乐

□ [英国] 休谟

如果我说：各种感官上的满足，各种精美的饮食衣饰给予我们的快乐其实是丑恶的，那么，这种想法是决不可能被人接受的，只要这个人的头脑还没有被狂热弄得颠倒错乱。我确实听说有一位外国僧侣，他因为房间的窗户是朝一个神圣的方向开的，就给自己的眼睛立下誓约：千万别朝那边看，那里会见到使全身感到愉悦的东西。

喝香槟酒或勃民第葡萄酒也是罪过，不如喝点淡啤酒、黑啤酒好。那些追求享乐的人，如果以损害美德如自由或仁爱为代价的话，就是可恶的；同样，如果为了享乐，一个人毁了自己的前程，把自己弄到一贫如洗甚至四处乞求的地步，那也是愚蠢的；如果这些享乐并不损害美德，而是给朋友和家庭以宽裕豁达的关怀，是各种各样行之有效的慷慨和同情，它们就是完全无害的。在一切时代，所有的道德家都会认为这是完全正确的。

在奢侈豪华的餐桌上，如果人们品尝不到彼此交谈志向、学问和各种事情的愉快，这种奢华不过是无聊没趣的标志，同生气勃勃或天才毫无关系。一个不关心、不尊重朋友和家人，只知道自己花钱享乐的人，他的心是石头。但是如果一个人匀出足够的时间来从事有益的研究讨论，拿出自己的财富来做仗义有为的事，他将会受到社会各界的赞扬。

佳作点评

休谟认为哲学是关于"人性"的科学主张，知识来源于经验。人的一生要遇到一系列问题：爱情、婚姻、家庭、友谊、政治和经济，读书和休闲，健身与饮食。他主张理性、正当的享乐。那些追求享乐的人，如果以损害美德如自由或仁爱为代价的话，就是可恶的；同样，如果为了享乐，一个人毁了自己的前程，把自己弄到一贫如洗甚至四处乞求的地步，那也是愚蠢的。

圆心与圆周

□［英国］雪莱

在我们的脑海中，总是有意识或无意识地涌现我们的思想和情感，而运用言辞来表达人生。我们降临到世间，然而，我们早已淡忘了呱呱坠地的时刻，婴孩时代也只不过是记忆中破碎的残片。我们活下来了，可在生活中，我们失去了领悟生活的能力。狂妄自大的人类是何等的愚蠢，竟然以为通过自己的言辞就能洞穿人生的秘密。这正是人的可悲之处。当然，如果我们能适当地运用言辞，能使我们明白自身的无知，不过仅此而已，也足人愿了！因为，我们无法回答：我们是谁？我们从哪里来？我们要到哪里去？降临世间是否即为存在之始，而死亡是否即为存在之终？诞生是什么？死亡又是什么呢？

涂在人生表面的那层油彩被精密抽象的逻辑学抹去了，一幅惊心动魄的人生画面展现在我们的面前。然而，面对如此惊心动魄的画面，人们却已经习以为常，只感到它年复一年，周而复始。有哲学家宣称，只有被感知的事物才存在。而且，我自己就赞同这一学说。

事实却不是如此。我们固有的信念与这一论断完全相反，所以，我们固有的信念便千方百计地与它抗衡。在我们心悦诚服之前，我们的脑海里早已有这样一种定论，外在世界是由"梦幻的物质"构成。通俗哲学这种荒谬绝伦的意识观与物质观，在伦理道德观念上产生了致命的后果。这一切以及这种哲学在万物本原问题上极端的教条主义，曾使我一度陷入唯物论。这种唯物论是极富有诱惑力的体系，特别是对于年轻肤浅的心灵。信徒完全可以自由地谈论，却免除其思索的权力。不过，我仅仅是对它的物质观感到不满足。我以为，人是志存高远的存在，他"前见古人，后观来者"，他的思想，倘佯于永恒之中，与倏忽无常、瞬息即逝无缘。他无法想象万物的湮灭；他只是存在于在"未来"与"过去"之中。无论他真正的、最终的归宿如何，在他心中永远存在着一个与虚无、死亡为敌的精灵。这是一切生命、一切存在的特征。每一个生命既是圆心，同时又是圆周；存在也是如此。既是万物所指向的点，又是包含万物的线。这种观念与唯物论及通俗哲学的物质观、意识观背道而驰，然而，它与智力体系却是相投的。

佳作点评

雪莱是杰出的浪漫主义诗人，他对于人生的论断，无异于人文主义的宣言。在这篇文章中，他写下一段含义深刻、耐人寻味的话："每一个生命既是圆心，同时又是圆周；存在也是如此。既是万物所指向的点，又是包含万物的线。这种观点与唯物论及通俗哲学的物质观、意识观背道而驰，然而，它与智力体系却是相投的。"

最简单的最好

□ [英国] 维康·巴克莱

我嗜好饮食,最终在这方面悟得一门人生功课。其实我们最怀念的东西,也正是最简单的东西。

就拿家来说吧。

如果你早上出门前没有人对你说"早点回来",或者当你疲惫一天后回家,没有人对你有任何问候,那么,也许你的心已经开始流泪了。

最穷的家庭,只要爱存于其中,那么都好过于管理得最完善的公共机构。请别误会,我绝无意贬低公共机构的价值,只是公共机构决不可能代替家。

没有什么比家更为甜蜜。

再来谈谈我们的朋友吧。

我记得有一位希腊人,他和苏格拉底以及当时伟大的学者非常接近。我一直不能忘记他说过的话。有一天,人家问他,他的生活中什么是他最感激上苍给他的。他回答说:"就我个人而言,我能拥有这么多朋友,是我最心存感恩的事。"

最后,我们来讨论一下自己的工作吧。

世界上任何重要的事也不可和工作媲美。当我们日子忧伤、生活孤单的时候，工作是我们最大的安慰。

我很喜欢约翰·卫斯理那句有名的祷词："求主别让一个人生而无用。"丢失了所爱之人，丢失了知心好友，都是伤心的事；但若要没有了工作，则是人生的大悲剧。

你应该为拥有这些简单的事物而感谢上苍。

感谢上苍给了你一个美满的家庭以及你最亲爱的人。

感谢上苍为你送来了每一个朋友。

而你尤其应当且必须感谢的，是它给了你工作，还给了你一副硬朗的身体以及你聪明的才智，才使你有足够的能量去完成你的工作。

佳作点评

维康·巴克莱在这篇文章里要向我们传达这样一个道理：最简单的最好。那么什么东西是最好的呢？作者在开篇就给出了答案——我们最怀念的东西，也是最简单的东西，如家庭的温暖、友谊的珍贵、工作的幸福。而我们必须感谢上苍，感谢上苍给予我们的一切，感谢上苍让我们拥有这些最简单的事物。

为快乐而工作

□［英国］罗素

许多从事文化工作的人，找不到独立运用自己才能的机会，而只得受雇于由庸人、外行把持的富有公司，被迫制作那些荒诞无聊的东西，这是现今存在于西方知识界中的不幸的原因之一。如果你去问英国或美国的记者，他们是否相信他们为之奔走的报纸政策，我相信，你会发现只有少数人相信，其余的人都是为生计所迫，才将自己的技能出卖给那些有害无益的事业。这样的工作不能给人带来任何满足，并且当他勉为其难地从事这种工作时，不能从任何事物中获得完全的满足，从而变得玩世不恭。

我不能指责从事这种工作的人，因为舍此他们就会挨饿，而挨饿是不好受的。不过我还是认为，只要有可能从事能满足一个人的建设性本能冲动的工作而无其他之累，那么他最好还是为自己的幸福去做这种劳动。对自己的工作引以为耻的人是没有自尊可言的，幸福就更无从谈起了。

在现实生活中，建设性劳动的快乐是少数人所特有的享受，然而这少数人的具体人数并不少。任何人，只要他是自己工作的主人，他就能感受到这一点，其他所有认为自己工作有益且需要相当技巧的人均有同感。培养令人满意的孩子是一件能给人以极大快乐的，但又是艰难的、富于建设性的劳动。凡是取得这方面成就的女性都觉得：由于她辛勤操持的结果，世界才包含了某些有价值的东西，要不是她的劳作，这些东西就不会在世界上存在。

如何从总体上看待自己生活这一问题，人与人之间存在着深刻的差异。对于一些人来说，把生活看作一个整体是很自然的做法，能够做到这一点也是幸福的关键；对于另外一些人来说，生活是一连串并不相关的事情，它们之间缺乏统一性，运动也没有方向。我认为前者比后者更易获得幸福，因为前者能够从自己营造的环境中获得满足和自尊，而后者则会被命运之风一会儿刮到东，一会儿刮到西，永远找不到落脚点。

佳作点评

罗素以自身的感悟与哲理性的分析，提出了"为快乐而工作"这一理念。因为在这种工作中，充满着张扬人的创造性的劳动，可以发挥人的最大潜能，让人在"富于建设性的劳动中感到自身价值的存在"，从自己营造的环境中获得自尊和幸福。

快乐的期待

□ [英国] 萨缪尔·约翰逊

最明亮的欢乐火焰，大概都是由意外的火花点燃的。人生道路上，不时散发出芳香的花朵，也是从偶然落下的种子自然生长起来的。

依此类推，很难如愿以偿地设计一场欢乐。如把一些有聪明才智的人士和妙趣横生的幽默家，从遥远的地方邀请来会聚一堂。他们一到自然便受到赞赏者的欢呼与喝彩。然而他们面面相觑，沉默吧，心中有愧；说话吧，又有点顾虑：人人都觉得不大自在。最终，愤恨使他们想起了给自己施加痛苦的人，于是决定在这种毫无价值的欢乐聚会上始终以冷漠态度对抗。酒，可以燃起人的仇恨，也可以把阴郁变成暴躁，直到最后大家都弄得不欢而散为止。这些人士退到一个较为隐蔽的地方去发泄自己的愤慨，但谁知又在那儿被人们注意地听见了，于是他们的重要性又得以恢复，他们的性情也变好了，便用诙谐的言行，使整个聚会充满喜悦。

快乐总是一种瞬时印象产生的结果。在忧郁的冷淡影响下，最活跃的想象有时也将会变得呆钝；但在某些特殊场合，又需要诱发心情突破原来的境界，驰骋放纵。这时就用不着什么非凡的巧妙言辞，只消凭借机遇就行了。因此，才智和勇气必定满意地与机遇共享荣誉。

同样，其他种种快乐也是捉摸不定的。变换环境是补救心境不佳的方法之一，差不多每个人都经历过旅行的快乐，就是这种快乐使期待得到满足。从理论上说，旅行者做到这一点是没有什么困难的。阴影和阳光由他任意支配，他无论歇于何处，都会遇上丰盛的餐桌和快活的容颜。在出发日期到来以前，他便一直沉溺于这些向往之中。然后他雇了四轮旅行马车，开始朝着希望的幸福境界前进。

然而，尚未走一天的路途，他就得到教训，知道出发前自己把一切想象得太完美了。路上风尘仆仆，天气十分闷热，马跑得慢，赶车的又粗暴又野蛮。他多么渴望午餐时刻的到来，以便吃饱了休息。但在那拥挤不堪的旅店里，根本没有人理睬他的吩咐。他只好将令人倒胃口的饭菜狼吞虎咽地吃了下去，然后上车继续赶路，另寻希望中的快乐。到了夜晚，他找到一间较为宽敞的住所，但是，却比他预期的糟糕很多。

最后，他踏上故乡的土地，决意走访旧友谈心消遣，或以回忆青梅竹马的情景为乐事。于是，他在一个朋友家门口停下来，打算以出人意料的拜访来得到乐趣。遗憾的是，他要不是自报家门，主人就会把这个陌生人打发掉。经过一番解释，主人才记起他来。他自然只能受到冷淡的接待和礼节上的宴请，于是他不得不匆匆告辞，另访一位友人。不料那位朋友又因事外出，远走他方，眼见房屋空空，只好怅然离去。后来他又走访了一家，那家人因不幸的事个个愁容满面，甚至都把他视为讨厌的不速之客，好像认为他不是来拜访，而是来奚落他们的。这种意料不到的失望真叫人懊恼不已，原因在于未能预见到。

现实中，找到预期要找的人或地方很不容易。凭借幻想和希望绘出美好画景的人，将得不到什么快乐；希望作机智谈话的人，总想知道他的声誉应归功于什么私见。希望虽然常受欺骗，但却非常必要，因为，希望本身就是幸福，尽管它常遭挫折，而且这种挫折很可怕，但这恐怕没有希望破灭那样可怕。

佳作点评

萨缪尔·约翰逊在他的一生中,大部分时间为穷困所迫,但仍然成为英国18世纪后半期新古典主义文学的代表作家,创作颇丰。这篇文章是他的经验之谈,他根据自己的阅历和人生道路上的体会,强调希望本身就是幸福,教人追求幸福,总的基调是乐观向上的。

时髦

□ ［法国］蒙泰朗

对于法国人，许多名人都有各自不同的看法。如诗人拜伦曾对一个法国人这样说："你们法国人，干什么事都是赶时髦。你们自以为喜欢我的诗，可是二十五年后，你们就会觉得这样的诗令人难以容忍。"后来这样的事果然发生了。卢梭曾描述法国人说："这个善于模仿的民族中大概有许多稀奇古怪的事。这些事简直让人不可思议，因为谁也不敢去做。随大流是当地表示谨慎稳重时的至理名言。这个能做，那个不能做，这是最高的决定。……所有的人都在同样情况下，同时在那里做同样的事情。一切都是有节奏的，就像军队在战斗中的动作一样。你可以说这是钉在同一块木板上，或是被同一根线牵动的木偶人。"夏多布里昂也曾惊异于法国人，他说："在法国，令人感到莫名其妙的是，如果有人听见别人对他的邻居高喊当心传染病，他就会大叫可要了我的命啦！"

以上的这些行为，人们还以为自己是思考过的，并且是以新的方式思考的。更有甚者，人们还以为自己已付诸行动。奇怪的是，我们法国人似乎很容易忘记自己的话语，也许昨天还高谈阔论的东西，今天就不闻不问了。说起某种生活方式，不论是美妇倩女还是文人学者，动辄斩钉截铁地宣称它已经"过时",不屑一顾。孰不知正是这种生活方式养育了他,让他得到了现有的一切。至于青年人,在他们一生的这个关键时期,都有一种特殊的病态:凡是在他们之前已经发明创造过的东西,他们都要拿过来重新发明创造一番。

精神和道德的风尚通常都是经过各方面共同酝酿创造出来的,就像妇女的时装一样,完全是由时装行业在确定的日期制造出来的。另外,制造精神和道德风尚的地方还很多,如宫廷、集团、报纸甚至政府等等。民众随着一拥而入:他们的千年梦想就是与他人共同"思考"。可是,没有什么是比思想更具有个人特点的了,也没有任何两种思想是相同的,犹如没有两个指纹是相同的一样。民众的疯狂只是一时的,要不了多久他们就会主动退出来。

佳作点评

蒙泰朗的作品多借鉴古典文学,笔锋刚劲,文藻华美,对人类行为、心理的观察和描写细微。在这篇文章中,他用轻松的语言论述了时尚,指出时尚是有时间性、特定性的,有可能随时变换,所以大可不必被它牵着走;人们追逐时尚也只是一时的,过不了多久就会主动远离曾经的时尚。作者在文章的最后指出:没有什么是比思想更具有个人特点的了,也没有任何两种思想是相同的,这才是文章的主旨。

一心一意

□［法国］安德烈·莫洛亚

没有人敢说自己的精力和才智是无穷的。面面俱到者，往往一事无成。我见多了那些见异思迁的人。他们一会儿觉得"我能成为一名伟大的音乐家"，一会儿又认为"办企业对我来说易如反掌"，一会儿又说"我若涉足政界，准能一举成功"。到头来，这号人只是五音不全的业余音乐爱好者、破产的企业老板以及失业的公务员。拿破仑曾这样说："战争的艺术就是在某一点上集中最大优势兵力。"生活的艺术则是选择一个高尚的目标，全力以赴地为之奋斗。职业的选择不能听任自然，初出茅庐者都应该扪心自问："我具有哪种本领？哪个工作才适合我？"如果力所不及，强求也是徒劳。如果你有个大胆又果敢的儿子，那么，就让他去当飞行员。因为留他在办公室只能埋没他的才干。但选择一旦做出，除非发生错误或严重意外，你绝对不可轻易改变主意。

在已确定的职业范围内，仍有必要做进一步的选择。一位作家不可能什么小说都写，一位官员不可能改变全世界。一位旅行家不可能走遍天涯海角。除此以外，你最好顺从天意，摆脱权力欲。给自己一点必要的选择时间，但是这个时间要有限度。军人在充分考虑了一道命令的后果之后，他们习惯于在讨论中一语定夺："执行！"你也可以同样的方式，结束你的自我讨论。

"明年我干什么？是继续上学，还是就此工作？是先立业，还是先成家？"对这些问题，反复考虑是自然的，但是为自己限定范围的时间也是必要的。时间一过，就应当做出决定。"执行"的决定既已做出，就别给自己找后悔的理由，因为，世界上的事情总是在千变万化。

为了保证忠实地执行自己做出的决定，经常制定既能体现长远规划又能显示近期目标的工作计划是有益的。几个月之后，几年之后，再回头看看当初的计划，我们会对自己的能力和素质产生信心。但是，在项目众多的计划中，我们还有必要分清事件的轻重缓急。在这方面，应该倾注全部的心血，全心全意干你该干的事。当你的思想和行动都朝着一个目标努力时，人便能够快速达到目的地。然后，你可以回顾一下以往的足迹，察看一番走过的弯路，如果事业尚未成功，那么继续前进。

什么都懂一点的人是讨人喜欢的。但是干事业，你只能在一定的时间内，专心致志于一个目标。美国人讲："一心一意。"也许你常常会被一些问题纠缠不清、难以下手，并由此而心烦意乱，但是，只要你肯不懈努力，障碍就会乖乖地成为你走向成功的踏脚石。

佳作点评

安德烈·莫洛亚在散文、哲学、传记和历史方面的著作十分丰富。他文笔生动，深入浅出。他在本文中告诫人们：生活的艺术就是一心一意，选择一个高尚的目标，全力以赴地为之奋斗。而选择一旦做出，除非发生错误或严重意外，否则绝对不可轻易改变主意。做到"一心一意"并不容易，必须要倾注全部心血，全心全意不懈努力。

这种动物叫做人

□ [德国] 图霍尔斯基

人除了有两条腿，还有两个信仰。境况好的时候，他有一种信仰；境况不好的时候，他又有另一种叫做宗教的信仰。

人是脊椎动物，有一颗不朽的灵魂，还有一个使他不至于太狂妄的祖国。

人产生的方式是很自然的，然而他却认为这种自然的方式是不自然的，并且不愿意谈及它。因为他是被动的，并没有人问他要不要被生出来。

人是一种有用的生物，因为士兵的阵亡可以抬高股票价格，矿工的死亡可以提高矿主的利润，人的死亡可以让科学、文化、艺术跃上一个新台阶。

人的本能是繁衍后代和吃喝，除此之外，他还有制造噪音、不注意听别人说话这两种癖好。人简直可以被界定为一种从不听别人说话的生物。如果是智者的话，那他这样做是对的，因为他很少能听到明智的话。承诺、谄媚、赞许和夸奖是人很喜欢听的。因此，当你说谄媚话的时候，不妨把你想要说的话再作三分夸张。

人对同类是苛刻的，于是便产生了法规。他自己不能做的事，也不允许其他的人做。

人是很难信任同类的。要想信任一个人，你最好骑在他背上；最起码在你压在他身上的这段时间里，你是有把握他不会跑开的。但，有的人也信赖品德。

人分成两种：男的那种不愿意思考，女的那种不会思考。这两种人都有所谓的感觉，而调动人体的某些敏感部位是撩起这种感觉的最保险方式。这种情形又让一些人分泌出抒情诗。

人是荤素皆食的生物。在北极探险的途中，他们有时也吃自己的同类；但这一切又都被法西斯给抵消了。

人是一种政治性的生物，最喜欢组织成团体度过他的一生。任何一个团体都痛恨其他的团体，因为其他团体不属于自己；但又恨自己的团体，因为那是自己的。这后一种憎恨被称为爱国主义。

每个人都有一个肝、一个脾、一个肺和一面国旗，所有这些器官都是缺一不可的。据说有些人没有肝、没有脾，只有半个肺，可是却没听说过没有国旗的人。

繁衍行为微弱的话，人就会想出各种招术——斗牛、犯罪、运动和司法。

人只有统治者和被统治者两种，根本没有友好相处的人。不过还没有能统治自己的人，因为他身上持不同政见的奴性的一半总是比有掌权癖好的另一半强大。每个人都是自己手下的败将。

人不知道死了以后还会发生什么事，所以他不喜欢死去。即使他自以为已经知道死后将会发生什么，他还是不想死，还想让衰弱的躯体再支撑一阵子。说是一阵子，实际有那么点"永恒"的意思。

人是一种不能安静的生物：进门之前首先敲门，放糟糕的音乐，让他的狗乱叫。人也有安静下来的时候，但那时他已经死了。

佳作点评

　　图霍尔斯基是目光犀利的记者和作家以及出色的文学评论家，常以敏锐的目光洞察他所处的那个时代的政治和社会发展。他在这篇文章中论述道：人本质上还是动物，只不过人类拥有高级思维的能力和巧言善辩的本事。人不能因为自己是人而无视一切，而应当时常剖析一下自己的本性。当人类有意识地犯着动物无意识的错误时，就应当感到无比的可耻和羞愧。

导师 ·[中国]鲁迅

美丽的姑娘 ·[中国]庐隐

小苹 ·[中国]石评梅

书 ·[中国]朱湘

文学与年龄 ·[中国]朱湘

无忧花 ·[中国]许地山

……

生命的春天

人世间，比青春再可贵的东西实在没有，然而青春也最容易消逝。最可贵的东西却不甚为人们所爱惜，最易消逝的东西却在促使它的消逝。谁能保持永远的青春，便是伟大的人。

——郭沫若

导 师

□ [中国] 鲁迅

近来很通行说青年；开口青年，闭口也青年。但青年又何能一概而论？有醒着的，有睡着的，有昏着的，有躺着的，有玩着的，此外还多。但是，自然也有要前进的。

要前进的青年们大抵想寻求一个导师。然而我敢说：他们将永远寻不到。寻不到倒是运气；自知的谢不敏，自许的果真识路么？凡自以为识路者，总过了"而立"之年，灰色可掬了，老态可掬了，圆稳而已，自己却误以为识路。假如真识路，自己就早进向他的目标，何至于还在做导师。说佛法的和尚，卖仙药的道士，将来都与白骨是"一丘之貉"，人们现在却向他听升西的大法，求上升的真传，岂不可笑！

但是我并非敢将这些人一切抹杀；和他们随便谈谈，是可以的。说话的也不过能说话，弄笔的也不过能弄笔；别人如果希望他打拳，则是自己错。他如果能打拳，早已打拳了，但那时，别人大概又要希望他翻筋斗。

有些青年似乎也觉悟了，我记得《京报副刊》征求青年必读书时，曾有一位发过牢骚，终于说：只有自己可靠！我现在还想斗胆转一句，虽然有些杀风景，就是：自己也未必可靠的。

我们都不大有记性。这也无怪，人生苦痛的事太多了，尤其是在中国。记性好的，大概都被厚重的苦痛压死了；只有记性坏的，适者生存，还能欣然活着。但我们究竟还有一点记忆，回想起来，怎样的"今是昨非"呵，怎样的"口是心非"呵，怎样的"今日之我与昨日之我战"呵。我们还没有正在饿得要死时于无人处见别人的饭，正在穷得要死时于无人处见别人的钱，正在性欲旺盛时遇见异性，而且很美的。我想，大话不宜讲得太早，否则倘有记性将来想到时会脸红。

或者还是知道自己之不甚可靠者，倒较为可靠罢。

青年又何须寻那挂着金字招牌的导师呢？不如寻朋友，联合起来，同向着似乎可以生存的方向走。你们所多的是生力，遇见深林，可以辟成平地的；遇见旷野，可以栽种树木的；遇见沙漠，可以开掘井泉的。问什么荆棘塞途的老路，寻什么乌烟瘴气的鸟导师！

佳作点评

鲁迅是新文化运动的主将，其支持学生运动的立场是一贯而坚定的。在女师大风潮中，鲁迅不怕北洋军阀的威吓和"正人君子"的围攻，坚决站在学生一边。这个时期他写了不少犀利的杂文，《导师》就是其中知名的一篇。

美丽的姑娘

□［中国］庐隐

他捧着女王的花冠，向人间寻觅你——美丽的姑娘！

他如深夜被约的情郎，悄悄躲在云幔之后，觑视着堂前的华烛高烧，欢宴将散。红莓似的醉颜，朗星般的双眸，左右流盼。但是，那些都是伤害青春的女魔，不是他所要寻觅的你——美丽的姑娘！

他如一个流浪的歌者，手拿着铜钹铁板，来到三街六巷，慢慢地唱着醉人心魄的曲调，那正是他的诡计，他想利用这迷醉的歌声寻觅你。他从早唱到夜，惊动多少娇媚的女郎。她们如中了邪魔般，将他围困在街心，但是那些都是粉饰青春的野蔷薇，不是他所要寻觅的你——美丽的姑娘！

他如一个隐姓埋名的侠客，他披着白羽织成的英雄氅，腰间挂着莫邪宝剑；他骑着嘶风啮雪的神驹，在一天的黄昏里，来到这古道荒林。四壁的山色青青，曲折的流泉冲激着沙石，发出悲壮的音韵，茅屋顶上萦绕着淡淡的炊烟和行云。他立马于万山巅。

陡然看见你独立于群山前，——披着红色的轻衫，散着满头发光的丝发，注视着遥远的青天，噢！你象征了神秘的宇宙，你美化了人间。——美丽的姑娘！

他将女王的花冠扯碎了,他将腰间的宝剑,划开胸膛,他掏出赤血淋漓的心,拜献于你的足前。只有这宝贵的礼物,可以献纳。支配宇宙的女神,我所要寻觅的你——美丽的姑娘!

那女王的花冠,它永远被丢弃于人间!

佳作点评

庐隐的一生短暂,却遭遇许多不幸,因而在她风华正茂的创作时期,她时常被悲哀笼罩、被痛苦压抑。在《美丽的姑娘》一文中,捧着女王花冠的"他"如情郎,如歌者,如侠客,"他"施展诡计,"他"穿山跃林,"他"将腰间的宝剑,划开胸膛,掏出赤血淋漓的心,一切都只为找寻美丽的姑娘。孤独的作者将自己比作美丽的姑娘,渴望有寻觅自己的"他"。

小苹

□［中国］石评梅

五月九号的夜里，我由晕迷的病中醒来，翻身向窗低低地叫你；那时我辨不清是些谁们，总有三四个人围拢来，用惊喜的目光看着我。当时，并未感到你不在，只觉着我的呼声发出后，回应只渺茫地归于沉寂。

十号清晨，夜梦归来，红霞映着朝日的光辉，穿透碧纱窗帷射到我的脸上，感到温暖的舒适；芷给我煎了药拿进来时，我问她"小苹呢？"她踟蹰了半天，才由抽屉里拿出一封信给我。拆开看完，才知道你已经在七号的夜里，离开北京——离开我走了。

当时我并未感到什么，只抬起头望着芷笑了笑。吃完药，她给我掩好绒单，向我耳畔低低说："你好好静养，下课后我来陪伴你，晚上新月社演戏，我不愿意去了。你睡罢，醒来时，我就坐在你床边了。"她轻拿上书，披上围巾，向我笑了笑，掩上门出去了。

她走后不到十分钟，这小屋沉寂得像深夜墟墓般阴森，耳畔手表的声音，因为静默了，仿佛如塔尖银钟那样清悠，雪白的帐子，被微风飘拂着似乎在动，这时感到宇宙的空寂，感到四周的凄静，一种冷涩的威严，逼得我蜷伏在病榻上低低地哭了！没有母亲的抚爱，也无朋友的慰藉，无聊中我想到小时候，怀中抱着的猫奴，和足底跳跃的小狗，但现在我也无权求它们来解慰我。

水波上无意中飘游的浮萍，逢到零落的花瓣，刹那间聚了，刹那间散了，本不必感离情的凄惘；况且我们在这空虚无一物可取的人间，曾于最短时间内，展开了心幕，当春残花落、星烂月明的时候，我们手相携，头相依，在天涯一角，同声低诉着自己的命运而凄楚呢！只有我们听懂孤雁的哀鸣；只有我们听懂夜莺的悲歌，也只有你了解我，我知道你。

自从你由学校辞职，来到我这里后，才能在夜深联床低语往事中，了解了你在世界上的可怜和空虚。原来你纵有明媚的故乡，不能归去，虽有完满的家庭，也不能驻栖；此后萍踪浪迹，漂泊何处。小苹！我为你感到了地球之冷酷。

你窈窕的倩影，虽像晚霞一样，渐渐模糊地隐退了，但是使我想着的，依然不能忘掉；使我感着永久隐痛的，更是因你走后，才感到深沉。记得你来我处那天，搬进你那简单的行装，随后你向我惨惨地一笑！说："波微！此后我向哪里去呢？"就是那天夜里，我由梦中醒来，依稀听到你在啜泣，我问你时，你硬赖我是做梦。

一个黄昏，我已经病在床上两天了，不住地呻吟着，你低着头在地下转来转去地踱着，自然，不幸的你更加心情杂乱，神思不定为了我的病。当时我寻不出一句相当的话来解慰你，解慰自己，只觉着一颗心，渐渐感到寒颤，感到冷寂。苹！我不敢想下去了，我感到的，自然你更觉得深刻些。所以，我病了后，我常顾虑着，心头的凄酸，眉峰的郁结，怕憔悴瘦削的你肩载不起。

但真未想到你未到天津，就病在路上了！

你现在究竟要到哪里去？

从前我相信地球上只有母亲的爱是真爱，是纯洁而不求代价的爱，爱自己的儿女，同时也爱别人的儿女。如今，我才发现了人类的褊狭，忌恨，残杀毒害了别人的儿女，始可为自己的儿女们谋到福利，表示笃爱。可怜的苹！因之，你带着由继母臂下逃逸的小弟弟，向着无穷遥远，陌生无亲的世界中，挣扎着去危机四伏的人海中漂流去了。上帝呵！你保佑他们，你保佑他们一对孤苦无人怜的姊弟们到哪里去？

　　有时我在病榻上跃起来大呼着："不如意的世界要我们自己的力量去粉碎！"自然生命一日不停止，我们的奋斗不能休息。但有时，我又懦弱地想到死，为远避这些烦恼痛苦，渴望着有一个如意的解决。不过，你为了扶植弱小的弟弟，尚且不忍以死卸责，我有年高的双亲，自然不能在他们的抚爱下自求解脱。为了别人牺牲自己，也是上帝的聪明，令人们一个一个系恋着不能自由的好处。

　　你相信人是不可加以爱怜的，你在无意中施舍了的，常使别人在灵魂中永远浸没着不忘。我自你走了之后，梦中常萦绕着你那幽静的丰神，不管黄昏或深宵，你憔悴的倩影，总是飘浮在眼底。有时由恐怖之梦中醒来，我常喊着你的名字，希望你答应我，或即刻递给我一杯茶水，但遭了无声息的拒绝后，才知道你已抛弃下我走了。这种变态的情形，不愿说我是爱你，我是正在病床上僵卧着想你罢！不知夜深人静，你在漂泊的船上，也依稀忆到恍如梦境般，有个曾被你抛弃的朋友。

　　我的病现已渐好，她们说再有两礼拜可以出门了。我也乐得在此密织神秘的病神网底，如疲倦的旅客，倚伏在绿荫下求暂时的憩息。昨天我已能扶着床走几步了，等她们走了不监视我时，我还偷偷给母亲写了几个字，我骗她说我忙得很，所以这许久未写信给她；但至如今我还担心着，因为母亲看见我倾斜颠倒的字迹，或者要疑心呢！前一礼拜，天辛来看我，他说不久要离开北京，为了一个心的平静，那个心应当悄悄地走了。今天清晨我接到他由天津寄我的一张画，是一片森林夹着一道清溪，树上地上都铺着一层雪，森林后是一抹红霞，照着雪地，照着森林。

　　我常盼我的隐恨，能如水晶屏一样，令人清白了然；或者像一枝红烛，摇曳在晦暗的帏底，使人感到光亮，这种自己不幸，同时又令别人不幸的事，使我愤怨诅咒上帝之不仁至永久，至无穷。

病以后，我大概可以变了性情，你也不必念到我，相信我是始终至死，不毁灭我的信仰，将来命运的悲怆，已是难免的灾患，好吧！我已经静静地等候着有那么一天，我闭着眼听一个玛瑙杯碎在岩石上的声音。

今天是星期一，她们都很忙，所以我能写这样的长信，从上午九点，写到下午三点，分了几次写，自然是前后杂乱，颠倒无章，你当然只要知道我在天之涯，尚健全地能挥毫如意地写信给你，已感到欣慰了吧！

这次看到西湖时，还忆得仙霞岭捡红叶的人吗？

佳作点评

石评梅的生性和经历，注定了她短暂的一生都有愁和泪伴随。她的散文犹如她那纤细敏锐、多愁善感的心弦，在人生凄风苦雨中颤动。这篇散文中的主人公小苹，是石评梅的挚友，按照石评梅的说法，两人同为"天涯沦落人"，虽然聚散无常，但心灵永远相通、相慰，因为只有她们能够"听懂孤雁的哀鸣"，"听懂夜莺的悲歌"，即使各在天涯一角，也能同声低诉自己的命运，相互理解。

书

□ [中国]朱湘

拿起一本书来，先不必研究它的内容，只是它的外形，就已经很够我们的赏鉴了。

那眼睛看来最舒服的黄色毛边纸，单是纸色已经在我们的心目中引起一种幻觉，令我们以为这书是一个逃免了时间之摧残的遗民。它所以能幸免而来与我们相见的这段历史的本身，就已经是一本书，值得我们的思索、感叹，更不须提起它的内含的真或美了。

还有那一个个正方的形状，美丽的单字，每个字的构成，都是一首诗；每个字的沿革，都是一部历史。飙是三条狗的风：在秋高草枯的旷野上，天上是一片青，地上是一片赭，中疾的猎犬风一般快地驰过，嗅着受伤之兽在草中滴下的血腥，顺了方向追去，听到枯草飒索的响，有如秋风卷过去一般。昏是婚的古字：在太阳下了山，对面不见人的时候，有一群人骑着马，擎着红光闪闪的火把，悄悄向一个人家走近。等着到了竹篱柴门之旁的时候，在狗吠声中，趁着门还未闭，一声喊齐拥而入，让新郎从打麦场上挟起惊呼的新娘打马而回。同来的人则抵挡着新娘的父兄，作个不打不成交的亲家。

印书的字体有许多种：宋体挺秀有如柳字，麻沙体夭矫有如欧字，书法体娟秀有如褚字，楷体端方有如颜字。楷体是最常见的了。这里面又分出许多不同的种类来：一种是通行的正方体；还有一种是窄长的楷体，棱角最显；一种是扁短的楷体，浑厚颇有古风。还有写的书：或全体楷体，或半楷体，它们不单看来有一种密切的感觉，并且有时有古代的写本，很足以考证今本的印误，以及文字的假借。

如果在你面前的是一本旧书，则开章第一篇你便将看见许多朱色的印章，有的是雅号，有的是姓名。在这些姓名别号之中，你说不定可以发现古代的收藏家或是名倾一世的文人，那时候你便可以让幻想驰骋于这朱红的方场之中，构成许多缥缈的空中楼阁来。还有那些朱圈，有的圈得豪放，有的圈得森严，你可以就它们的姿态，以及它们的位置，悬想出读这本书的人是一个少年，还是老人；是一个放荡不羁的才子，还是老成持重的儒者。你也能借此揣摩出这主人翁的命运：他的书何以流散到了人间？是子孙不肖，将它舍弃了？是遭兵逃反，被一班庸奴偷窃出了他的藏书楼？还是运气不好，家道中衰，自己将它售卖了，来填偿债务，或是支持家庭？书的旧主人是这样。我呢？我这书的今主人呢？他当时对春雕花的端砚，拿起新发的朱笔，在清淡的炉香气息中，圈点这本他心爱的书，那时候，他是决想不到这本书的未来命运，他自己的未来命运，是个怎样结局的；正如这现在读着这本书的我，不能知道我未来的命运将要如何一般。

更进一层，让我们来想象那作书人的命运：他的悲哀，他的失望，无一不自然地流露在这本书的字里行间。让我们读的时候，时而跟着他啼，时而为他扼腕太息。要是，不幸上再加上不幸，遇到秦始皇或是董卓，将他一生心血呕成的文章，一把火烧为乌有；或是像《金瓶梅》《红楼梦》《水浒》一般命运，被浅见者标作禁书，那更是多么可惜的事情呵！

天下事真是不如意的多。不讲别的，只说书这件东西，它是再与世无争也没有的了，也都要受这种厄运的摧残。至于那琉璃一般脆弱的美人，白鹤一般兀傲的文士，他们的遭忌更是不言可喻了。试想含意未伸的文人，他们在不得意时，有的采樵，有的放牛，不仅无异于庸人，并且备受家人或主子的轻蔑与凌辱；然而他们天生得性格倔强，世俗越对他白眼，他却越有精神。他们有的把柴挑在背后，拿书在手里读；有的骑在牛背上，将书挂在牛角上读；有的在蚊声如雷的夏夜，囊了萤照着书读；有的在寒风冻指的冬夜，拿了书映着雪读。然而时光是不等人的，等到他们学问已成的时候，眼光是早已花了，头发是早已白了，只是在他们的头额上新添加了一些深而长的皱纹。

咳！不如趁着眼睛还清朗，鬓发尚未成霜，多读一读"人生"这本书罢！

佳作点评

书是人类用来记录一切成就的主要工具，也是人类用来交融感情、取得知识、传承经验的重要媒介。人类历史和人生历程中的种种都在"书"这一传承方式中得到凝聚和呈现，因而书已经成为无数生命形式的表征。在本文中，作者由书的外形谈到书的命运，由书的命运谈到作书人的人生，提醒我们要多读读"人生"这本书，由此展现了作者的真正意图：写书是次，关怀人生才是最重要的。作者借写"书"而说人生，意味深远，隽永深刻。

文学与年龄

□［中国］朱湘

电影院里，如其这次是开映着一种刺激力特别强烈的片子，总是悬起一块牌来，阻止十五岁以下的儿童入内观看。文学内也有不宜于"意志未坚"的少年的一种，虽说无从挂起禁止阅览的牌子。社会上对于这类的文学，也自有它的各种对付的办法：禁止发售；检查；家庭中，大人绝口不提《金瓶梅》，或是，晚辈提起了的时候，痛骂淫书；图书馆内，《十日谈》藏的是有，却不出借与学生阅览。社会要根本地铲除去这类的书籍，那当然是不可能的；不过，一个人没有达到相当的年龄，有些书籍确是也不宜于阅览，好像一个十五岁以下的学生，要是去作几千米的竞走，那是只会有害于身体的。

一种的年龄需要一种的文学。中国从前是没有儿童文学的；大人聪明一点的，也只拿得出《桃花源记》《中山狼传》给一个十岁的儿童；这个儿童，被驱于内心的需要，被只得去寻求满足于《七侠五义》《今古奇观》，或是略能会意的《聊斋》之内。这些书，在白话小说史上，固自有相当的价值；就儿童说来，它们却并不是适宜的书籍。肉欲小说与侠义小说风行于今日，就中的缘故，除去社会的背景不说，有一个重要的，儿童时代缺乏适当的文学培养。

儿童文学也未尝没有与一般的文学类似的所在。插图，儿童文学内的一种要素，在成人文学内也是受欢迎的；动物，充斥于儿童文学之中的，也供给着材料，形成了许多优越的成人文学作品，如多篇的赋，咏物的诗，"Rad and His Friends"，"St.Joseph's Ass"，彭斯 (Burns) 的《田鼠诗》，孝素 (Chau-cer) 的《坎特伯里故事集》中那篇《女尼故事》；加后的文笔 (Caricature)，如其儿童是一致欢迎的，也同时能够满足成人的文学欲。在浪漫派的小说内，如雨果的《悲惨世界》，在写实派的小说内，如狄更司的各种长篇小说。都是文学，儿童文学与成人文学自然在许多点上消息相通，它们的歧异只在程度与方式之上。成人的意识中本来有一部分是童性的遗留。

好的儿童文学有时也是好的文学。《伊索寓言》，安徒生的童话，就了它们，无论是儿童或成人都可以取得高度的艺术的满足；"酸葡萄"这个来自《伊索寓言》中的词语仍然挂在成人、老者的口头；《皇帝的新衣》这篇童话同时也是一篇伟大的短篇小说。

莎士比亚的《仲夏夜梦》，如其有人将它的情节撮要地说给儿童听，一定能博得热烈的欢迎；莎氏在老年所作的《飓风》(The Tempest)，里面有一首诗——Where the beesucks, there suck I——正是一篇极好的儿童诗歌教材。然而莎氏的戏剧，原来都是为了战士、商人、贵族，以及他种的剧院的观众而作的。

文学的统一性遍及于文学的领域之内，即使是儿童文学这个藩属。

浪漫体的文学是少年时代的一种最迫切的需要。这种体裁的文学，在教育上，是地位极为重要的。想象与体格的发展都在少年时代；处在这个时代内的少年，如其有健全的、积极的恋爱文学，健全的、优美的骑士文学给他们阅读，一定能培养成为想象丰富、魄力坚强的国民。如其只有那种消极的《红楼梦》《西厢》，那种充满了土气息，产生自不健全的社会背景的《水浒》，甚至于那种"诲淫""诲盗"的书籍，那么，在少年时代阅读它们的人，在成为正式的国民的时候，便不免是贫血的，"多愁多病"的，想象力单薄，思想黄萎的了。

（胡适之先生，在文学革命的初期，提倡拿旧时白话文学中的几部长篇小说列为学校课程中的文学教材，那是一种反抗的表示，在当时确是需要的；不过，将来如其有一天，新文学中的浪漫体的诗歌、小说、戏剧、散文能以正式地建设起来，这种过渡的办法却要取消，中学课程内的文学教材要整体地采取自新文学，而旧时的长篇小说要让他们专隶于大学内中国文学系的课程。与其让中学生读《水浒》《红楼梦》，还不如让他们读西方的浪漫体文学的中译本，国语的，例如胡氏所赏识的《侠隐记》。）

浪漫体的文学，虽是受尽了指摘，然而它的教育的价值既是那样地重大，在现今的中国更是这样迫切地需要，我们这班现代的中国人能不斟酌情势地，竭力去提倡、创造么？浪漫体的文学诚然是多感的（Sentimental），以充满激情的夸张来表现理想与愿望，因此，正该拿浪漫体文学的这种文学，大黄一样，将少年时代中内蕴着的多感宣解，尽量地宣解出来。浪漫体的文学诚然是夸大的，不过夸大狂也正是少年时代，外体与内心猛烈的在发展着的时代，所有的一种必然现象；只能因势利导，火上浇油，不能阻抑，迎头泼水，因为少年时代所必有的夸大狂如其不能得到满足，宣解，体与心的发展便不能是充分的。

少年文学中也产生了一些伟大的作者，司考特（Scott）便是一个最好的例。尽管去指摘他的小说的史、地的布景是不符实情，个性描写是单薄，一般的文学批评者仍旧是万口一声地公认他为一个伟大的小说家；至于他写出，遗下了许多的浪漫体小说，来满足着自古至今，以及未来的英国，他国内一般少年的浪漫性，我们更可以说的，他同时也是一个未加冠冕的伟大的教育家。

在新文学的现状之内，儿童文学只是在鸭子式地蹒跚着前进，少年文学，与一把茅柴相仿，一烘而尽于创造社的消灭。诚然，在这十五年以内，也产生了有一些优越的文学作品，不过它们只是成人的读物……我们是如此地焦候着一个安徒生，一个司考特的出现啊！哥德（Goethe），巴尔扎克（Balzac），萧伯纳如其能以诞生于新文学的疆域之内，那当然是新文学的光荣、祈祷；一个伟大的儿童文学作家，一个伟大的浪漫体文学作家的产生，那不单是新文学的光荣、祈祷，它并且是将来的中国的一柱"社会栋梁"呢！

佳作点评

朱湘是一个性格独特的人，做过老师，他对教育和对儿童的教育——读书，有过深深的思考。他不认同一般人所说"开卷有益"，他说："文学内也有不宜于'意志未坚'的少年的一种，虽说无从挂起禁止阅览的牌子。……一个人没有达到相当的年龄，有些书籍确是也不宜于阅览，好像一个十五岁以下的学生，要是去作几千米的竞走，那是只会有害于身体的。"所以他提倡一种新的浪漫主义文学，期望让这种文学伴随孩子们成长。

无忧花

□ [中国] 许地山

加多怜新近从南方回来，因为她父亲刚去世，遗下很多财产给她几位兄妹。她分得几万元现款和一所房子，那房子很宽，是她小时跟着父亲居住过的。很多可记念的交际会都在那里举行过，所以她宁愿少得五万元，也要向她哥哥换那房子。她的丈夫朴君，在南方一个县里教育机关当一份小差事。所得薪俸虽不很够用，幸赖祖宗给他留下一点产业，还可以勉强度过日子。

自从加多怜沾着新法律的利益，得了父亲这笔遗产，她便嫌朴君所住的地方闭塞简陋，没有公园、戏院，没有舞场，也没有够得上与她交游的人物。在穷乡僻壤里，她在外洋十年间所学的种种自然没有施展的地方。她所受的教育使她要求都市的物质生活，喜欢外国器皿，羡慕西洋人的性情。她的名字原来叫做黄家兰，但是偏要译成英国音义，叫加多怜伊罗。由此可知她的崇拜西方的程度。这次决心离开她丈夫，为的恢复她的都市生活。她把那旧房子修改成中西混合的形式，想等到布置停当才为朴君在本城运动一官半职，希望能够在这里长住下去。

她住的正房已经布置好了。现在正计划着一个游泳池，要将西花园那五间祖祠来改造。两间暗间改做更衣室,把神龛挪进来,改做放首饰、衣服和其他细软的柜子。三间明间改做池了。瓦匠已经把所有的神主都取出来放在一边。还有许多人在那里,搬神龛的搬神龛,起砖的起砖,掘土的掘土。已经工作了好些时,她才来看看。她走到房门口,便大声嚷:"李妈,来把这些神主拿走。"

李妈是个三十岁左右的少妇,长得还不丑,是她父亲用过的人。她问加多怜要把那些神主搬到哪里去。加多怜说:"爱搬哪儿搬哪儿。现在不兴拜祖先了,那是迷信。你拿到厨房当劈柴烧了吧。"她说:"这可造孽,从来就没有人烧过神主,您还是挑一间空屋子把它们搁起来吧。或者送到大少爷那里也比烧了强。"加多怜说:"大爷也不一定要它们。他若是要,早就该搬走。反正我是不要它们了,你要送到大爷那里就送去。若是他也不要,就随你怎样处置,烧了也成,埋了也成,卖了也成。那上头底金底还可以值几十块,你要是把它们卖了,换几件好衣服穿穿,不更好吗?"她答应着,便把十几座神主放在篮里端出去了。

加多怜把话吩咐明白,随即回到自己的正房。房间也是中西混合型。正中一间陈设的东西更是复杂,简直和博物院一样。在这边安排着几件魏、齐造像,那边又是意、法的裸体雕刻。壁上挂的,一方面是香光、石庵底字画,一方面又是什么表现派后期印象派的油彩。一边挂着先人留下来的铁笛玉笙,一边却放着皮安奥与梵欧林。这就是她的客厅。客厅的东西厢房一边是她的卧房和装饰室,一边是客房,所有的设备都是现代化的。她从客厅到装饰室,便躺在一张软床上,看看手表已过五点;就按按电铃,顺手点着一支纸烟。一会儿,陈妈进来。她说:"今晚有舞局,你把我那新做的舞衣拿出来,再打电话叫裁缝立刻把那套蝉纱衣服给送来。回头来侍候洗澡。"陈妈一答应着便即出去。

她洗完澡出来,坐在妆台前,涂脂抹粉,足够半点钟工夫。陈妈等她装饰好了,便把衣服披在她身上。她问:"我这套衣服漂亮不漂亮?"陈妈说："这花了多少钱做的？"她说："这双鞋合中国钱六百块，这套衣服是一千。"陈妈才显出很赞羡的样子说："那么贵，敢情漂亮啦。"加多怜笑她不会鉴赏，对她解释那双鞋和那套衣服会这么贵和怎样好看的缘故，但她都不懂得。她反而说："这件衣服就够我们穷人置一两顷地。"加多怜说："地有什么用呢？反正有人管你吃的穿的用的就得啦。"陈妈说："这两三年来，太太小姐们穿得越发讲究了，连那位黄老太太也穿得花花绿绿的。"加多怜说："你们看得不顺眼吗？这也不稀奇。你晓得现在娘儿们都可以跟爷儿们一样，在外头做买卖，做事和做官；如果打扮得不好，人家一看就讨嫌，什么事都做不成了。"她又笑着说："从前的女人，未嫁以前是一朵花，做了妈妈就成了一个大倭瓜。现在可不然，就是八十岁老太太也得打扮得像小姑娘一样才好。"陈妈知道她心里很高兴，不再说什么，给她披上一件外衣，便出去叫车夫伺候着。

  加多怜在软床上坐着等候陈妈的回报，一面从小桌上取了一本洋文的美容杂志，有意无意地翻着。一会儿李妈进来说："真不凑巧，您刚要上门，邸先生又来了。他现时在门口等着，请进来不请呢？"加多怜说："请他这儿来吧。"李妈答应了一声，随即领着邸力里亚进来。邸力里亚是加多怜在纽约留学时所认识的西班牙朋友，现时在领事馆当差。自从加多怜回到这城以来，他几乎每个星期都要来好几次。他是一个很美丽的少年，两撇小胡映着那对像电光闪烁的眼睛。说话时那种浓烈的表情，乍一看见，几乎令人想着他是印度欲天或希拉伊罗斯的化身。他一进门，便直趋到加多怜面前，抚着她的肩膀说："达灵，你正要出门吗？我要同你出去吃晚饭，成不成？"加多怜说："对不住，今晚我得去赴林市长的宴舞会，谢谢你的好意。"她拉着邸先生的手，教他也在软椅上坐，说："无论如何，你既然来了，谈一会再走吧。"他坐下，看见加多怜身边那本美容杂志，便说："你喜欢美国装还是法国装呢，看你的身材，若扮起西班牙装，一定很好看。不信，明天我带些我们国里的装饰月刊来给你看。"加多怜说："好极了。我知道我一定会很喜欢西班牙的装束。"

两个人坐在一起，谈了许久。陈妈推门进来，正要告诉林宅已经催请过，蓦然看见他们在椅子上搂着亲嘴。在半惊慌半诧异意识中，她退出门外。加多怜把邸力里亚推开，叫："陈妈进来。有什么事，是不是林宅来催请呢？"陈妈说："催请过两次了。"那邸先生随即站起来，拉着她的手说："明天再见吧。不再耽误你的美好的时间了。"她叫陈妈领他出门，自己到妆台前再匀匀粉，整理整理头面，一会儿陈妈进来说车已预备好，衣箱也放在车里。加多怜对她说："你们以后该学学洋规矩才成。无论到那个房间，在开门以前，必得敲敲门，教进才进来。方才邸先生正和我行着洋礼，你闯进来，本来没多大关系，为什么又要缩回去？好在邸先生知道中国风俗，不见怪，不然，可就得罪客人了。"陈妈心里才明白外国风俗，亲嘴是一种礼节，她连回答了几声"唔，唔"，随即到下房去。

加多怜来到林宅，五六十位客人已经到齐了。市长和他的夫人走到跟前同她握手。她说："对不住，来迟了。"市长连说："不迟不迟，来得正是时候。"他们与她应酬几句，又去同别的客人周旋。席间也有很多她所认识的朋友，所以她谈笑自如很不寂寞。席散后，麻雀党员扑克党员、白面党员等等，各从其类，各自消遣。但大部分的男女宾都到舞厅去。她的舞艺本是冠绝一城的，所以在场上的独舞与合舞都博得宾众的赞赏。

已经舞过很多次了。这回是市长和加多怜配舞。在进行时，市长极力赞美她身材的苗条和技术的纯熟。她越发播弄种种妩媚的姿态，把那市长的心绪搅得纷乱。这次完毕，接着又是她的独舞。市长目送着她进更衣室，静悄悄地等着她出来。众宾又舞过一回，不一会儿，灯光全都熄了，她的步伐随着音乐慢慢地踏入场中。她头上的纱巾和身上的纱衣满都是萤火所发出的光，身体的全部在磷光闪烁中断续地透露出来。头面四周更是明亮，直如圆光一样。这动物质的衣裳比起其余的舞衣真像寒冰狱里的鬼皮与天宫的霓裳的相差。舞罢，市长问她这件舞衣的做法。她说用萤火缝在薄纱里，在黑暗中不用反射灯能够自己放出光明来。市长赞她聪明，说会场中一定有许多人不知道，也许有人会想着天衣也不过如此。

她更衣以后，同市长到小客厅去休息。在谈话间，市长便问她说："听说您不想回南方了，是不是？"她回答说："不错，我有这样打算；不过我得替朴君在这里找一点事做才成。不然，他必不让我一个人在这里住着，如果他不能找着事情，我就想自己去考考文官，希望能考取了，派到这里来。"市长笑着说："像您这样漂亮，还用考什么文官武官呢！您只告诉我您愿意做什么官，我明儿就下委札。"她说："不好吧？我也不知道我能做什么官。您若肯提拔，就请派朴君一点小差事，那就感激不尽了。"市长说："您的先生我没见过，不便造次。依我看来，您自己做做官，岂不更好吗？官有什么叫做会做不会做！您若肯做就能做，回头我到公事房看看有什么缺，马上就把您补上好啦。若是目前没有缺，我就给您一个秘书的名义。"她摇头，笑着说："当秘书，可不敢奉命。女的当人家的秘书都要给人说闲话的。"市长说："那倒没有关系，不过有点屈才而已。当然我得把比较重要的事情来叨劳。"

舞会到夜阑才散。加多怜得着市长应许给官做，回家以后，还在卧房里独自跳跃着。

从前老辈们每笑后生小子所学非用，到近年来，学也可以不必，简直就是不学有所用。市长在舞会所许加多怜的事已经实现了。她已做了好几个月的特税局帮办，每月除到局支几万元薪水以外，其余的时间都是她自己的。督办是市长自己场兼。实际办事的是局里的主任先生们。她也安置了李妈的丈夫李富在局里，为的是有事可以关照一下。每日里她只往来于饭店、舞场和显官豪绅的家庭间，无忧虑地过着太平日子。平常她起床的时间总在中午左右，午饭总要到下午三四点，饭后便出门应酬，到上午三四点才回家。若是与邸力里亚有约会或朋友们来家里玩，她就不出门，也起得早一点。

在东北事件发生后一个月的一天早晨，李妈在厨房为她的主人预备床头点心，陈妈把客厅归置好，也到厨房来找东西吃。她见李妈在那里忙着，便问："现在才十点多，太太就醒啦？"李妈说："快了吧，今天中午有饭局，十二点得出门。不是不许叫'太太'吗？你真没记性！"陈妈说："是呀，太太做了官，当然不能再叫太太了。可是叫她做'老爷'，也不合适，回头老爷来到，又该怎样呢？一定得叫'内老爷'。'外老爷'才能够分别出来。"李妈说："那也不对，她不是说管她叫'先生'或是'帮办'么？"陈妈在灶头拿起一块烤面包抹抹果酱就坐在一边吃。她接着说："不错，可是昨天你们李富从局里来，问'先生在家不在'，我一时也拐不过弯来；后来他说太太，我才想起来。你说现在的新鲜事可乐不可乐？"李妈说："这不算什么，还有更可乐的啦。"陈妈说："可不是！那'行洋礼'的事。他们一天到晚就行着这洋礼。"她嘻笑了一阵，又说："昨晚那郎先生闹到三点才走。送出院子，又是一回洋礼，还接着'达灵''达灵'叫了一阵。我说李姐，你想他们是怎么一回事？"李妈说："谁知道，听说外国就是这样乱，不是两口子的男女搂在一起也没关系。昨儿她还同邸先生一起在池子里洗澡咧。"陈妈说："提起那池子来了。三天换一次水，水钱二百块，你说是不是，洗的是银子不是水？"李妈说："反正有钱的人把钱就不当钱，又不用自己卖力气，衙门和银行里每月把钱交到手，爱怎花就怎花。像前几个月那套纱衣裳，在四郊收买了一千多只火虫，花了一百多。听说那套料子就是六百，工钱又是二百。第二天要我把那些火虫一只只从小口袋里掏出来。光那条头纱就有五百多只，摘了一天还没摘完，真把我的胳臂累坏了。三天花二百块的水也好过花八九百块做一件衣服，穿一晚上就拆。这不但糟蹋钱并且造孽。你想。那一千多只火虫的命不是命吗？"陈妈说："不用提那个啦。今天过午，等她出门，咱们也下池子去试一试，好不好？"李妈说："你又来了，上次你偷穿她的衣服，险些闯出事来。现在你又忘了！我可不敢，那个神堂，不晓得还有没有神，若是有，咱们光着身子下去，怕亵渎了受责罚。"陈妈说："人家都不会出毛病，咱们还怕什么？"她站起来，顺手带了些吃的到自己屋里去了。

李妈把早点端到卧房，加多怜已经靠着床背，手拿一本杂志在那里翻着。她问李妈："有信没信？"李妈答应了一声"有"，随把盘子放在床上，问过要穿什么衣服以后便出去了。她从盘子里拿起信来，一封一封看过。其中有一封是朴君的，说他在年底要来。她看过以后，把信放下，并没显出喜悦的神气，皱着眉头，拿起面包来吃。

中午是市长请吃饭，座中只有宾主二人。饭后，市长领到一间密室去。坐定后，市长便笑着说："今天请您来，是为商量一件事情。您如同意，我便往下说。"加多怜说："只要我的能力办得到，岂敢不与督办同意？"

市长说："我知道只要您愿意，就没有办不到的事。我给您说，现在局里存着一大宗缉获的私货和违禁品，价值在一百万以上。我觉得把它们都归了公，怪可惜的，不如想一个化为私的方法，把它们弄一部分出来。若能到手，我留三十万，您留二十七万，局里的人员分二万，再提一万出来做参与这事的人们的应酬费。如果要这事办得没有痕迹，最好找一个外国人来认领。您不是认识一位领事馆的朋友吗？若是他肯帮忙，我们就在应酬费里提出四五千送他。您想这事可以办吗？"加多怜很踌躇，摇着头说："这宗款太大了，恐怕办得不妥，风声泄漏出去您、我都要担干系。"市长大笑说："您到底是个新官僚！赚几十万算什么？别人用飞机、军舰、军用汽车装运烟土、白面，几千万、几百万就那么容易到手，从来也没曾听见有人质问过。我们赚一百几十万，岂不是小事吗！您请放心，有福大家享，有罪鄙人当。您待一会儿去找那位邸先生商量一下得啦。"她也没主意了，听市长所说，世间简直好像是没有不可做的事情。她站起来，笑着说："好罢，去试试看。"

加多怜来到邸力里亚这里，如此如彼地说了一遍。这邸先生对于她的要求从没拒绝过。但这次他要同她交换条件才肯办。他要求加多怜同他结婚，因为她在热恋的时候曾对他说过她与朴君离异了。加多怜说："时候还没到，我与他的关系还未完全脱离。此外，我还怕社会的批评。"他说："时候没到，时候没到，到什么时候才算呢？至于社会那有什么可怕的？社会很有力量，像一个勇士一样。可是这勇士是瞎的，只要你不走到他跟前，使他摸着你，他不看见你，也不会伤害你。我们离开中国就是了。我们有了这么些钱，随便到阿根廷住也好，到意大利住也好，就是到我的故乡巴悉罗那住也无不可。我们就这样办吧。我知道你一定要喜欢巴悉罗那的蔚蓝天空。那是没有一个地方能够比得上的，我们可以买一只游船，天天在地中海邀游，再没有比这事快乐的了。"

邸力里亚的话把加多怜说得心动了。她想着和朴君离婚倒是不难，不过这几个月的官做得实在有瘾；若是嫁给外国人，国籍便发生问题，以后能不能回来，更是一个疑问。她说："何必做夫妇呢？我们这样天天在一块玩，不比夫妇更强吗？一做了你的妻子，许多困难的问题都要发生出来。若是要到巴悉罗那去，等事情弄好了，就拿那笔款去花一两年也无妨。我也想到欧洲去玩玩。……"她正说着，小使进来说帮办宅里来电话，请帮办就回去，说老妈子洗澡，给水淹坏了。加多怜立刻起身告辞。邸先生说："我跟你去吧，也许用得着我。"于是二人坐上汽车飞驶到家。

加多怜和邸先生一直来到游泳池边，陈妈和李妈已经被捞起来，一个没死，一个还躺着。她们本要试试水里的滋味，走到跳板上，看见水并不很深，陈妈好玩，把李妈推下去，哪里知道跳板的弹性很强，同时又把她弹下去。李妈在水里翻了一个身，冲到池边，一手把绳揪着，可是左臂已擦伤了。陈妈浮起来两三次，一沉到底。李妈大声嚷救命，园里的花匠听见，才赶紧进来，把她们捞起来。邸先生给陈妈施行人工呼吸法，好容易把她救活了。加多怜叫邸先生把她们送到医院去。

邸力里亚从医院回来，加多怜继续与他谈那件事情，他至终应许去找一个外商承认那宗私货,并且发出一封领事馆的证明书。她随即用电话通知督办。督办在电话里一连对她说了许多夸奖的话,其喜欢可知。

两三个月的国难期间,加多怜仍是无忧无虑能乐且乐地过她的生活。那笔大款早已拿到手,那邸先生又催着她一同到巴悉罗那去,她到市长那里,仍然提起她要出洋的事,并已说明这是当时的一个条件。市长说:"这事容易办,就请朴君代理您的事情,您要多久回任都可以。"加多怜说:"很好,朴君过几天就可以到。我原先叫他过年一三月才来,但他说一定要在年底来。现在给他这差事,真是再好不过了。"

朴君到了。加多怜递给他一张委任状。她对丈夫说,政府派她到欧洲考查税务,急要动身,教他先代理帮办,等她回来再谋别的事情做。朴君是个老实人,太太怎么说,他就怎么答应,心理并且赞赏她的本领。

过几天,加多怜要动身了。她和邸力里亚同行,朴君当然不晓得他们的关系,把他们送到上海候船,便赶快回来。刚一到家,陈妈的丈夫和李富都在那里等候着。陈妈的丈夫说他妻子自从出院以后,在家里病得不得劲,眼看不能再出来做事了,要求帮办赏一点医药费。李富因局里的人不肯分给他那笔款,教他问帮办要。这事迁延很久,加多怜也曾应许教那班人分些给他,但没办妥就走了。朴君把原委问明,才知道他妻子自离开他以后的做官生活的大概情形。但她已走了,他即不便用书信去问她,又不愿意拿出钱来给他们。说了很久,不得要领,他们都恨恨地走了。

一星期后,特税局的大侵吞案被告发了,告发人便是李富和几个分不着款的局员。市长把事情都推在加多怜身上。把朴君请来,说了许多官话,又把上级机关的公文拿出来,朴君看得眼呆呆地,说不出半句话来。市长假装好意说:"不要紧,我一定要办到不把阁下看管起来。这事情本不难办,外商来领那宗货物,也是有凭有据,最多也不过是办过失罪,只把尊寓交出来当做赔偿,变卖得多少便算多少,敷衍得过便算了事。我与尊夫人的交情很深,这事可以不必推究;不过事情已经闹到上头，要不办也不成。我知道尊夫人一定也不在乎那所房子，她身边至少也有三十万呢。"

第二天，撤职查办的公文送到，警察也到了。朴君气得把那张委任状撕得粉碎。他的神气直像发狂，要到游泳池投水，幸而那里已有警察，把他看住了。

房子被没收的时候，正是加多怜同邸力亚离开中国的那天。她在敌人的炮火底下，和平日一样，无忧无虑地来到吴淞口。邸先生望着岸上的大火，对加多怜说："这正是我们避乱的机会。我看这仗一时是打不完的，过几年，我们再回来吧。"

佳作点评

许地山的作品构思奇特，情节曲折离奇，感情深沉真挚。《无忧花》一文用平淡的笔触描绘了一个"无忧"的交际花的形象，鞭挞、讽刺力透纸背。文中的主人公贪图享受，爱慕虚荣，这从她可笑地将中文名字改成英文名字可见一斑。在那个国难当头的时期，像主人公这样的人物并不在少数，作者借描述这样的人物，也对那个时代的社会风气进行了批判。

人 话

□ ［中国］朱自清

在北平呆过的人总该懂得"人话"这个词儿。小商人和洋车夫等等彼此动了气，往往破口问这么句话：

你懂人话不懂——要不就说：

你会说人话不会？

这是一句很重的话，意思并不是问对面的人懂不懂人话，会不会说人话，意思是骂他不懂人话，不会说人话。不懂人话，不会说人话，干脆就是畜生！这叫拐着弯儿骂人，又叫骂人不带脏字儿。不带脏字儿是不带脏字儿，可到底是"骂街"，所以高尚人士不用这个词儿。他们生气的时候也会说"不通人性"，"不像人"，"不是人"，还有"不像话"，"不成话"等等，可就是不肯用"人话"这个词儿。"不像话"，"不成话"，是没道理的意思；"不通人性"，"不像人"，"不是人"还不就是畜生？比起"不懂人话"，"不说人话"来，还少拐了一个弯儿呢。可是高尚人士要在人背后才说那些话，当着面大概他们是不说的。这就听着火气小，口气轻似的，听惯了这就觉得"不通人性"，"不像人"，"不是人"那几句来得斯文点儿，不像"人话"那么野。其实，按字面儿说，"人话"倒是个含蓄的词儿。

北平人讲究规矩，他们说规矩，就是客气。我们走进一家大点儿的铺子，总有个伙计出来招待，哈哈腰说，"您来啦！"出来的时候，又是个伙计送客，哈哈腰说，"您走啦，不坐会儿啦？"这就是规矩。洋车夫看同伙的问好儿，总说，"您老爷子好？老太太好？""您少爷在哪儿上学？"从不说"你爸爸"，"你妈妈"，"你儿子"，可也不会说"令尊"，"令堂"，"令郎"那些个，这也是规矩。有的人觉得这些都是假仁假义，假声假气，不天真，不自然。他们说北平有官气，说这些就是凭据。不过天真不容易表现，有时也不便表现。只有在最亲近的人面前，天真才有流露的机会，再说天真有时就是任性，也不一定是可爱的。所以得讲规矩。规矩是调节天真的，也就是"礼"，四维之首的"礼"。礼须要调节，得有点儿做作是真的，可不能说是假。调节和做作是为了求中和，求平衡，求自然——这儿是所谓"习惯成自然"。规矩也罢，礼也罢，无非教给人做人的道理。我们现在到过许多大城市，回想北平，似乎讲究规矩并不坏，至少我们少碰了许多硬钉子。讲究规矩是客气，也是人气，北平人爱说的那套话都是他们所谓"人话"。

别处人不用"人话"这个词儿，只说讲理不讲理，雅俗通用。讲理是讲理性，讲道理。所谓"理性"（这是老名词，重读"理"字，翻译的名词"理性"，重读"性"字）自然是人的理性，所谓道理也就是做人的道理。现在人爱说"合理"，那个"理"的意思比"讲理"的"理"宽得多。"讲理"当然"合理"，这是常识，似乎用不着检出西哲亚里士多德的大帽子，说"人是理性的动物"。可是这句话还是用得着，"讲理"是"理性的动物"的话，可不就是"人话"？不过不讲理的人还是不讲理的人，并不明白包含着"不懂人话"，"不会说人话"所包含着的意思。讲理不一定和平，上海的"讲茶"就常教人触目惊心的。可是看字面儿，"你讲理不讲理？"的确比"你懂人话不懂"，"你会说人话不会？"和平点儿。"不讲理"比"不懂人话"，"不会说人话"多拐了个弯儿，就不至于影响人格了。

所谓做人的道理大概指的恕道,就是孔子所说的"己所不欲,勿施于人"。而"人话"要的也就是恕道。按说"理"这个词儿其实有点儿灰色,赶不上"人话"那个词儿鲜明,现在也许有人觉得还用得着这么个鲜明的词儿。不过向来的小商人、洋车夫等等把它用得太鲜明了,鲜明得露了骨,反而糟蹋了它,这真是怪可惜的。

佳作点评

1924 年,朱自清出版了《踪迹》,这是一部思想和艺术都纯正朴实的新鲜之作,他的散文有娴熟高超的技巧和缜密细致的风格。《人话》便是其中一篇。这篇文章围绕北平的"人话",说市井生活,说平民文化,说人之常情,讲述的是生活中含蓄的处事哲理,娓娓道来,意味深远。

记黄小泉先生

□ [中国] 郑振铎

我永远不能忘记了黄小泉先生，他是那样地和蔼、忠厚、热心、善诱。受过他教诲的学生们没有一个能够忘记他。

他并不是一位出奇的人物，他没有赫赫之名；他不曾留下什么有名的著作，他不曾建立下什么令年轻人眉飞色舞的功勋。他只是一位小学教员，一位最没有野心的忠实的小学教员，他一生以教人为职业，他教导出不少位的很好的学生。他们都跑出他的前面，跟着时代上去，或被时代拖了走去。但他留在那里，永远地继续地在教诲，在勤勤恳恳地做他的本分的事业。他做了五年，做了十年，做了二十年的小学教员，心无旁鹜，志不他迁，直到他儿子炎甫承继了他的事业之后，他方才卸下他的担子，去从事一件比较轻松些、舒服些的工作。

他是一位最好的公民。他尽了他所应尽的最大的责任；不曾一天躲过懒，不曾想到过变更他的途程。——虽然在这二十年间尽有别的机会给他向比较轻松些、舒服些的路上走去。他只是不息不倦地教诲着，教诲着，教诲着。

小学校便是他的家庭之外的唯一的工作与游息之所。他没有任何不良的嗜好，连烟酒也都不入口。

有一位工人出身的厂主，在他从绑票匪的铁腕之下脱逃出来的时候，有人问他道："你为什么会不顾生死地脱逃出来呢？"

他答道："我知道我会得救。我生平不曾做过一件亏心的事，从工厂出来便到礼拜堂，从家里出来便到工厂。我知道上帝会保佑我的。"

小泉先生的工厂，便是他的学校，而他的礼拜堂也便是他的学校。他是确确实实地不曾到过第三个地方去；从家里出来便到学校，从学校出来便到家里。

他在家里是一位最好的父亲。他当然不是一位公子少爷，他父亲不曾为他留下多少遗产，也许只有一所三四间搭的瓦房——我已经记不清了，说不定这所瓦房还是租来的。他的薪水的收入是很微小的，但他的家庭生活很快活。他的儿子炎甫从小是在他的"父亲兼任教师"的教育之下长大的。炎甫进了中学，可以自力研究了，他才放手。但到了炎甫在中学毕业之后，却因为经济的困难，没有希望升学，只好也在家乡做着小学教员。炎甫的收入极小，他的帮助当然是不多。这几十年间，他们的一家，这样地在不充裕的生活中度过。

但他们很快活。父子之间，老是像朋友似的在讨论着什么，在互相帮助着什么。炎甫结了婚，他的妻是我少时候很熟悉的一位游伴，她在他们家里觉得很舒服，他们从不曾有过什么不愉快的争执。

小泉先生在学校里，对于一般小学生的态度，也便是像对待他自己的儿子炎甫一样；不当他们是被教诲的学生们，不以他们为知识不充足的小人们；他只当他们是朋友，最密切亲近的朋友。他极善诱导启发，出之以至诚，发之于心坎。我从不曾看见他对于小学生有过疾言厉色的责备。有什么学生犯下了过错，他总是和蔼地在劝告，在絮谈，在闲话。

没有一个学生怕他，但没有一个学生不敬爱他。

他做了二十年的高等小学校的教员、校长。他自己原是科举出身，对于新式的教育却努力地不断地在学习，在研究，在讨论。在内地，看报的人很少，读杂志的人更少；我记得他却订阅了一份《教育杂志》，这当然给他以不少的新的资料与教导法。

他是一位教国文的教师。所谓国文，本来是最难教授的东西；清末到民国六七年间的高等小学的国文，尤其是困难中之困难。不能放弃了旧的《四书》《五经》，同时又必须应用到新的教科书。教高小学生以《左传》《孟子》《古文观止》之类是"对牛弹琴"之举，但小泉先生却能给我们以新鲜的材料。

我在别一个小学校里，国文教员拖长了声音，板正了脸孔，教我读《古文观止》。我至今还恨这部无聊的选本！

但小泉先生教我念《左传》，他用的是新的方法，我却很感到趣味。

仿佛是到了高小的第二年，我才跟从了小泉先生念书，我第一次有了一位不可怕而可爱的先生。这对于我爱读书的癖性的养成是很有关系的。

高小毕业后，预备考中学。曾和炎甫等几个同学，在一所庙宇里补习国文，教员也便是小泉先生。在那时候，我的国文，进步得最快。我第一次学习着作文。我永远不能忘记了那时候的快乐的生活。

到进了中学校，那国文教师又在板正了脸孔，拖长了声音在念《古文观止》！求小泉那个时代那么活泼善诱的国文教师是终于不可得了！

所以，受教的日子虽不很多，但我永远不能忘记了他。

他和我家有世谊，我和炎甫又是很好的同学，所以，虽离开了他的学校，他还不断地在教诲我。

假如我对于文章有什么一得之见的话，小泉先生便是我的真正的"启蒙先生"、真正的指导者。

我永远不能忘记了他，永远不能忘记了他的和蔼、忠厚、热心、善诱的态度——虽然离开了他已经有十几年，而现在是永不能有再见到他的机会了。

但他的声音笑貌在我还鲜明如昨日！

1934年7月9日

佳作点评

郑振铎是中国现代文学史上杰出的文学家和翻译家。《记黄小泉先生》是一篇纪念性散文，作者深情地追忆他敬爱的小学国文教师、"真正的启蒙先生"，老师和蔼、忠厚、热心、善诱的态度，让作者受益匪浅，终身难忘。作者于平白的叙事追忆中，寄托了深厚的感情和思念，简约蕴藉，值得玩味。

只因为年轻啊

□［中国］张晓风

一　爱——恨

小说课上，正讲着小说，我停下来发问：
"爱的反面是什么？"
"恨？"
我环顾教室，心里暗叹，只因为年轻啊，只因为太年轻啊。我放下书说：
这样说吧，譬如说你现在正谈恋爱，然后呢？就分手了。过了50年，你70岁，有一天黄昏散步，冤家路窄，你们又碰到一起了，这时，对方定定地看着你说：
"×××，我恨你！"
如果情节是这样的，那么你应该庆幸，居然被别人痛恨了半个世纪。恨也是一种很容易疲倦的情感，要有人恨你50年也不简单，怕就怕你当时走过去说：
"×××，还认得我吗？"

对方愣愣地呆望着你说：

"啊，有点面熟，你贵姓？"

全班学生都笑起来，大概想象中的那场面太滑稽、太尴尬了吧？

"所以说，爱的反面不是恨，是漠然。"

笑罢的学生能听得进结论吗？——只因为太年轻啊，爱和恨是那么容易说得清楚的一个字吗？

二　受创

来采访的学生在沙发上坐成一排，其中一个问道：

"读你的作品，发现你的情感很细腻，并且总是在关怀，但是关怀就容易受伤，对不对？那怎么办呢？"

我看了她一眼，多年轻的额，多年轻的颊啊，有些问题，如果要问，就该去问岁月；问我，我能回答什么呢？但她的明眸定定地望着我，我忽然笑了起来，几乎有点轻佻的口气：

"受伤，这种事是有的——但是你要保持一个完完整整不受伤的自己做什么用呢？你非要把自己保卫得好好的不可吗？"

她惊讶地望着我，一时答不上话来。

人生在世，一颗心从擦伤、灼伤、冻伤、撞伤、压伤、扭伤乃至到内伤，哪能一点伤害都不受呢？如果爱和关怀就必须包括受伤，那么就不要完整，只要撕裂。基督不同于世人的，岂不就是那双钉痕宛在的受伤的手掌吗？

小女孩，只因为年轻，只因为一身光灿晶润的肌肤太完整，你就舍不得碰撞，就害怕受创吗？

佳作点评

张晓风是台湾著名的散文家,她的感情丰富纤细,擅长选取生活中的一些小事,用精美的文字和悲悯的情怀表达出来。她古典而恬静的美,让我们怦然心动。在本文中,作者以一种漫不经心的口吻,道出了一番深刻的哲理:因为年轻,我们不懂爱恨,总想呵护别人却总是无意伤害。而年轻的代价,让我们收获了爱,亦收获了五彩斑斓的时光。

简单的生活

□ [美国] 爱琳·詹姆丝

你是否曾发现：自己想抹掉过去一些难堪的事情或是情境，而这些不愉快的记忆，是你一直无法释怀的。这些记忆有可能是任何事，从你工作上和同事的口角，到婚姻的解除这种大事，都有可能成为你的伤痛记忆。这些事或许是发生在几年前，或许是发生在昨天而已。你会一直想着这些事，悔不当初，而这些不愉快的回忆，也总是不停地骚扰你，除了饱受折磨外，这些回忆对你一点帮助也没有。

当我放慢生活步伐时，我可以做到的一件事就是：停止抹杀过去。

我渐渐地了解：当你真正领悟一些事后，你会觉得你没有错；你也没有做错决定。

我慢慢能够进一步诠释我生活中的所有事件，不管这些事是好的，或是坏的；到了最后，总是会有一个有利的情境出现，不管是否为暂时性的因素，这个情境将会引导我走向我该走的方向。

不停地抹杀过去的事件，只会让你的生活更加复杂。重新诠释这些回忆，可以积极地帮助你面对未来，而且，让你保持一种简单的生活。

佳作点评

人应该怎样生活,是简单一点,还是复杂一点?作者爱琳·詹姆丝在本文中给了我们一个答案。作者曾是商场上的女强人,自然过着一种比常人优越的生活,车子、房子、丰盛的三餐,每天还有许多往来应酬,牵挂的事太多,她渐渐感到纷乱、厌倦。她意识到了这点,同丈夫开始简化生活。她的最终体会是"生活简单就是享受",悠游自在地过日子多好!

通向友人之路

□ ［苏联］普里什文

追　随

生活中经常有这样的情形发生：某人辛辛苦苦地在很深的雪地里走过，另一个人怀着感激之情顺着他的脚印走过去，然后是第三个、第四个……于是那里渐渐形成一条老少皆可通行的新路。就这样，由于一个人，整整一冬都有一条冬季的道路。

但也有这样的情形发生，那人走过之后，脚印白白留在那里，再没有人跟着走，于是紧贴地面吹过的暴风雪掩盖了它，很快雪地恢复原样。

大地上我们所有的人命运都是这样的：往往是同样劳动，运气却各不相同。

美的诞生

世人都知道玫瑰需要粪的滋养，但世人看到的只是娇艳的玫瑰而看不见粪，也就是肥料。应当展示玫瑰本身，也稍许留下一点儿腐臭变质的粪，为的是指出美的近旁是粪，紧挨着自由的是它从中挣脱出来的必需。

通向友人之路

亲爱的朋友，不要理会，更不要惧怕那些使你不得安宁、不得入睡的思想。不要睡去，就让这思想钻透你的心灵，你要忍耐些，这烦忧是会有个尽头的。

你不久就能感觉到，你极需要从心里开通与另一个人心灵的路，而在这个夜晚使你心绪不宁的，就正是要从你这里开辟一条通向另一个人的路径，为的是让你们能在一起聚会。

佳作点评

普里什文开创了哲理抒情散文的优秀传统，后人对这位文学前辈评价甚高。普里什文的一生是诚实的一生，他所写俱是其所愿，从不违心地趋时附势或追逐虚名小利。本文中，我们跟随作者通向友人之路，也走出了美丽时光与智慧人生。真正的友情，是一株成长缓慢的植物，需要我们用心对待与静心培养。

我现在就付诸行动

□ ［美国］奥格·曼狄诺

我的幻想毫无价值，我的计划将石沉大海，我的目标将不会达到。一切的一切都只是白日做梦——除非我们付诸行动。

我现在就付诸行动。

一张地图，不论多么详尽，比例多么精确，它永远不可能带着它的主人在地面上行走半步。一个国家的法律，不论多么公正、严明，永远不可能防止罪恶的发生。任何宝典，即使我手中的羊皮卷，永远不可能创造财富。唯有行动才能使地图、法律、宝典、梦想、计划、目标具有实在意义。行动，像食物和水一样，它滋润我，使我成功。

我现在就付诸行动。

拖延使我裹足不前，它来自恐惧。现在我从所有勇敢的心灵深处，了解到这一秘密。我知道想克服恐惧必须毫不犹豫，起而行动，只有如此，心中的慌乱才可以得到平定。现在我知道行动会使猛狮般的恐惧减缓为蚂蚁般的平静。

我现在就付诸行动。

此刻我要牢记萤火虫的启迪：只有在振翅的时候才能发出光芒。我要成为一只萤火虫,即使在艳阳高照的白天我也要发出光芒。别像蝴蝶一样,舞动翅膀,靠花朵的施舍生活;我要做萤火虫,照亮大地。

我现在就付诸行动。

我决不把今天的事情留给明天,因为我已深知明天是永远不会来临的。现在就付诸行动吧!即使我的行动不会带来快乐与成功,但只要我已行动过,就足已把那些坐以待毙者比下去。行动也许不会结出快乐的果实,但没有行动,所有的果实都得不到收获。

我现在就付诸行动。

立刻行动!立刻行动!立刻行动!从今往后,我要一遍又一遍,每时每刻默诵这句话,直到成为习惯,好比呼吸一般,成为本能,好比眨眼一样。有了这句话,我就能调整自己的情绪,迎接失败者避而远之的每一次挑战。

我现在就付诸行动。

我一遍又一遍地重复这句话。

清晨醒来时,失败者流连于床榻,我却要想到这句话,然后开始行动。

我现在就付诸行动。

外出推销时,失败者还在考虑是否会遭到拒绝的时候,我要想到这句话,面对第一个来临的顾客。

我现在就付诸行动。

面对紧闭的大门时,失败者怀着恐惧与惶惑的心情,在门外等候;我却想到这句话,随即上前敲门。

我现在就付诸行动。

面对诱惑时,我想到这句话,远离罪恶。

我现在就付诸行动。

只有行动才能决定我在商场上的价值。若要加倍我的价值,我必须加倍努力。我要前往失败者惧怕的地方，当失败者休息的时候，我要继续工作。当失败者沉默的时候，我开口推销，我要拜访十户可能买我东西的人家，而失败者在一番周详的计划之后，却只拜访一家。在失败者认为太晚时，我能够骄傲地说大功告成。我现在就付诸行动。

现在是我的所有。明天是为懒汉保留的工作日，我并不懒惰。明天是弃恶从善的日子，我并不邪恶。明天是弱者变强者的日子，我并不软弱。明天是失败者借口成功的日子，我并不是失败者。

我现在就付诸行动。

我是雄狮，我是苍鹰，饥即食，渴即饮。除非行动，否则就此灭亡。

我渴望成功，快乐，心灵的平静。除非行动，否则我将在失败、不幸、夜不成眠的日子中奄奄一息。

我向自己发布命令并且必须服从自己的命令。

成功不是等待。如果我迟疑，她会投入别人的怀抱，永远弃我而去。

我现在就付诸行动。

佳作点评

"准备开始迈向美好生活的第一步了吗？"在本文中成功学大师奥格·曼狄诺问我们：想走向幸福成功的大门吗？他带领我们高呼："我是雄狮，我是苍鹰，饥即食，渴即饮。"他提醒我们："成功不是等待。如果我迟疑，她会投入别人的怀抱，永远弃我而去。"他谆谆地教导我们说："要牢记萤火虫的启迪：只有在振翅的时候才能发出光芒。"

获得合作

□ ［美国］戴尔·卡耐基

对于你自己独自创见的心得，是否觉得要比别人强迫推销的观点来得踏实一些？你是不是也觉得与其强迫别人接受自己的观点和心得，倒不如只是提供一些建议、暗示，凡事让别人自己去理出一个结论，反而来得有效。

费城的亚道夫先生，眼见手下的业务人员组织散漫，效率差，士气日益低落，迫不得已召开公司紧急会议，并诚恳地要手下业务员谈谈自己真正的想法，一一记录在黑板上，然后对大家说："你们的要求，我将全力为大家做到，但是，在我做到之后，我希望你们现在就告诉我，你们将何以回报？"

这一提问在台下引起了热烈反响，有的表示愿更加积极乐观地推动业务，有的表示愿对工作更加忠诚敬业，有的表示愿更加发挥团队精神，争取业绩增长，甚至还有人主动要求每日工作十四个小时。会议结束后，大伙儿果然是士气如虹，而公司的销售业绩也立即出现了惊人的增长。

之所以取得这样的成功，在于亚道夫与他的业务员之间建立起一种道德默契——只要我信守诺言，他们也肯全力以赴，为自己的承诺付出心力，而真正造成这一事实的关键，仍是在于他能耐心地听取员工的心声，对他们的需求表现出关怀。

天底下，没有任何人心甘情愿受人支配、受人控制，谁都希望自己做一切事都能完完全全地操之在己，尤其是希望自己的想法、观念能够被他人采纳和尊重。

住在新布鲁威克的一位先生，也曾以同样的方法，使我心甘情愿地变成了他的房客。

当时的情形是这样的：适逢休假，打算到新布鲁威克住几天，到附近的湖中划船钓鱼一番，于是我写信给当地的一些旅行社，向他们索取旅游观光资料。不出几天，琳琅满目的观光资料、旅游指南立即有如雪片般寄到我的住处。我看了又看，挑了又挑，一时真不知该住在哪一家旅馆好。

后来我注意到其中有家旅馆，非但将价目、简介寄来，而且还寄来了所有在他们那住过的旅客通讯录，并建议我向这些旅客询问有关他们在旅馆的情形，言下之意，对他们的口碑显然是信心十足。尤其出乎我意料之外的，是那份通讯录上，居然还有我朋友的名字。于是我当即拨了电话过去，后来的结果自然是向那家旅馆订了房间。

多少人竞相争取的生意，结果却让他轻轻松松地弄到手。说穿了无他，只不过是这家旅社勾起我主动购买的欲望，就可赢得竞争了。

所以，要想改变别人的想法，应该设法使对方相信，新的想法亦完全是出于他本身，并非你推销给他的。

▎佳作点评▎

卡耐基是世界级的成功学大师，其思想和作品影响深远。在本文中作者结合实际案例，深入浅出地论述其"合作之道"，告诉人们："要想改变别人的想法，应该设法使对方相信，我的想法亦完全是出于他本身，并非你推销给他的。"

品格与个性的力量

□ [美国] 奥里森·马登

我们所处的是一个狂热追逐金钱的时代，然而一个奇怪的现象却是虽然身处这样的时代，那些衣衫褴褛、身无分文的作家、艺术家和衣着朴素的大学校长，他们在社会上反而更有声望，报纸也更愿意不惜篇幅来报导他们的行踪或活动。之所以有这种反差，也许要归因于追求知识和追求财富是两种不同性质的活动：前者有很多积极的影响，而后者存在着很大的负面作用。我们几乎可以肯定地说，在以金钱为标准的世界里，凡有一个人获得了成功就必定是以成百上千竞争者的失败为代价的；而在知识和品格的世界里，一个人的成功同时也是对社会的贡献，这几乎可以说是一种规律。

个性是我们刻在事物上的标识，正是这种无法涂抹的标记，决定了所有人、所有劳动的全部价值。我们都相信个性成熟的人。一个伟大的名字意味着怎样的一种魔力啊！西奥多·帕克过去常说的一句话是对于一个国家来说，苏格拉底的价值远远要超过像南卡罗来纳这样一个州的价值。

两度出任英国首相的政治家约翰·罗素说："在英国，所有的政党都有一种天然的倾向，他们都试图寻求天才人物的帮助，但他们只会接受那些具有伟大品格的人作指导。"

"通过培养品格与个性，最后我获得了真正的力量，"英国著名政治家坎宁在1801年写道，"我并没有尝试过其他的途径。我也相信，这条路也许不是最便捷的，却是最稳妥的，对这点我十分乐观。"

对一台机器，我们可以根据它所能够承受的最大压力来检测它的性能，但房间的温度也许就会决定它的性能。然而，对一种伟大的品格与个性来说，谁又能估价得出其内在的力量呢？谁又能够料到，一两个小孩可能会对一所学校品性产生影响呢？一所学校的传统、风俗和行为方式，可能正是因为这样几个具有非凡个性的学生，再经过几届学生的变动，就完全得以改变。这些学生就像日常生活中常常看到的那种力量，作用有些类似于拖拽着一长列货车的火车头，而他们正是以自己那微不足道的——却和那些风俗传统同样重要的——方式，改造了这一切，成为了校园英雄。几乎每一个学校的老师都可以告诉你一些诸如此类的故事：几个具有巨大感染力的学生，如何带动了学校的进步，或是破坏了它的发展。

▎佳作点评▎

奥里森·马登是比卡耐基等人更早的成功学大师，是《成功》杂志的创办人，它通过创造性地传播成功学改变了无数美国人的命运。"在以金钱为标准的世界里，凡有一个人获得了成功就必定是以成百上千竞争者的失败为代价的；而在知识和品格的世界里，一个人的成功同时也是对社会的贡献，这几乎可以说是一种规律。"作者鼓励年轻人培养优良的品格和个性，因为它使我们获得真正成长与强大的力量。好的品性，可以成就世界，坏的品性可以破坏世界。而当我们的世界成为知识与品格的世界时，世界也便变得无限友善美好。

修养的财富

□ ［美国］奥里森·马登

良好的举止足以弥补一切自然的缺陷。通常，一个人最吸引我们的，不是容貌的美丽，而是举止仪态的让人诚服。古时候，希腊人认为美貌是上帝的一种特殊恩宠，但同时，如果一个美貌的人表现出某种不好的内在品质，就不再值得我们膜拜。在古希腊人的理想中，外在的美貌其实是某种内在美好品质的反映，这些气质包括快乐、和善、自足、宽厚和友爱等等。政治家米拉波是法国一个出名的丑男，据说他长了一张麻子脸，但却没有人不被他的风度所折服。

一种性格的美就像艺术上的美一样，就在于它没有棱角的流线型，线条始终保持连续、柔和的弧形。有很多人的心灵之所以不能更上一层楼，向世人展示更优美的品质，正是由于个性中存在的棱棱角角。无论有什么样出色的品质，一旦表现出粗暴、唐突、不合时宜，其价值自然而然就会受损。而实际上，只要我们多加修饰，注意举止文明，往往可以事半功倍。

据说，古希腊著名画家阿佩利斯为了画好日后风靡希腊的美神图，事先曾专程到各地游历，以便仔细观察各类年青貌美的女子，将她们的长处都会集到他画的美神身上。整个过程历时数年之久。同样的道理，一个举止文明的人，应当注意观察、研究他所接触的各种文化圈子的人，择其善者而从之，这才能使自己拥有真正的教养。

一个聪明人曾经打过一个比方说，我们扔一块骨头给一只狗，狗会扑过去用嘴衔住，不过它的尾巴并不会摆动；但如果我们把狗喊过来，抚摩它的脑袋，亲手把骨头递给它，狗就会做出感激涕零的样子，尾巴来回摆个不停。连狗都懂得好歹，知道用什么方式表示感激之情；但一些无情无义、不懂得分辨是非好坏的人竟然从来不会表示感激之情。

佳作点评

奥里森·马登在本文中强调了一个人修养的重要性，他说："良好的举止足以弥补一切自然的缺陷。通常，一个人最吸引我们的，不是容貌的美丽，而是举止仪态的让人诚服。"内在美高于外在美，内在美决定了外在的美。

严以律己

□［美国］弗洛姆

只有自然界的弱肉强食不在人类身上上演，人类相食相残的悲剧才会谢幕，真正的人的历史才会开始；为了促成这样的变化，我们必须充分意识到我们同类相食的方法和习惯是多么的罪大恶极。即使充分意识到了，但如果不同时进行公平全面的自责，也仍然是于事无补。

自责绝不是抱歉所能代替了的，它要远远超出抱歉所能表达的内涵。真正的自责和随之而来的耻辱感是可以防止旧的罪行一次次重复的唯一的人的情感。哪里缺少了自责，哪里就会出现没有犯罪的幻觉。但是，人类历史上有哪些地方出现过这种自责呢？以色列人为他们对湖南部落施行的灭绝种族的屠杀自责了吗？美国人为几乎彻底地消灭了印第安人自责了吗？几千年以来人们生活在这样的体制中，它准许取得胜利的人无须自责，因为权力有时是可以取代权利的。事实上，我们每个人都应该坦白承认由我们的祖先、我们的同代人或我们自己所犯下的罪行，无论是我们直接去干的，还是我们曾对这些罪行冷眼旁观。

这些罪行应该在公开的典礼上宣告出来。罗马天主教堂给个人提供一个机会，让他忏悔自己的过错，以便听到良心的呼唤。但我们应该明白，个人的忏悔是远远达不到效果的，因为它不需讲出由一个团体、一个阶级、一个民族，或最为重要的是一个不听从于个人良心指示的主权国家所犯下的罪行，只要我们不愿作"民族罪行的忏悔"，我们依然采用我们的老办法，敏锐地注视着我们的敌人所犯的罪行，而对我们自己的人民所犯的罪行视而不见。当一些自称道德卫士的民族表现出丝毫不考虑到良心时，个人怎么能认真地开始遵从良心的指示呢？这样唯一的结局是：每个人心中的良知都被长期尘封起来，因为良心并不比真理更难被分割。

如果言行受理智的支配，那我们就可以避免不健康理智对我们行动的影响。智力仍然是智力，即使它被用于罪恶的目的。然而，理智，我们对本来面目的现实而不是对我们想要看到以便能为了自己的目的而加以利用的现实的认识——在这种意义上，理智能够发挥这样的作用。它可以驱除我们不理智的情感，也就是说可以使作为人的我们成为真正的人，并把以往驱动我们的不理智动力替代掉。

佳作点评

"真正的自责和随之而来的耻辱感是可以防止旧的罪行一次次重复的唯一的人的情感。哪里缺少了自责，哪里就会出现没有犯罪的幻觉。但是，人类历史上有哪些地方出现过这种自责呢？"自省自责对个体是极其必要的，而对于一个国家和民族更是不可或缺的，社会心理学家弗洛姆在此文中阐述了这种"自责"对社会历史的重大意义，具有振聋发聩的作用。

机会在敲门

□ [美国] 魏特利·薇特

艾略特是英国著名小说家,他曾经这样写道:

"生命巨流中的黄金时刻稍纵即逝,除了砂砾之外我们别无所见;天使前来探访,我们却当面不识,失之交臂。"

20世纪的美国人也有一句俗谚:"通往失败的路上处处是错失了的机会。"

期盼幸运从前门进来的人,却没有回头看看后窗进入的机会。

马娇丽就是这样一个人。她在一家小型制造业公司谋得一份好差事,可是上司要她做一件不在她职责范围内的工作,她拒绝了。不久以后,在另一个部门的一位同事建议她尝试那个部门的工作,她再度回绝。马娇丽不愿做不属于她职责内的事情,除非给她加薪,升她的级。她没有发觉其实那都是些她成功的机会。假使她接受新任务并且顺利完成,她就极有资格要求加薪和升级了。结果她被认为是不思进取的青年。

我们常把机会拟人化,误以为幸运之神真的存在,于是,便坐在那里等待机会敲门。

可惜的是,机会从来不会自动前来敲门。不管你等待多少年,也听不到它的敲门声。

原因是机会并非外界的生存实体，它存在你的内心之中，你自己就是机会。

而只有你才能制造机会。只有你能发挥自己的能力来利用机会。也只有你才能发现机会，然后把失败与挫折转变为成功与满足。

有些人给机会下了狭隘的定义，认为是指一笔交易成功或职务升迁。其实机会所涵盖的范围很广，它意味着众人皆陷入消极的泥潭中时，你却能寻出一条积极思考的途径。机会是在强大压力之下圆满完成任务；机会是不卷入办公室里的勾心斗角；机会是不受紧张、冲突和自疑的牵绊；机会是接纳自己的一切，求得内心的宁静，并享受充满自信的愉悦。

朝向一个值得努力的目标前进，尽量利用造物主慷慨赐予你的才华和能力，机会就在其中。

自然会认清机会所在，只要你不再打击自己。

你会发掘出无穷的机会，只要你不再担心别人怎么想。

你一定能掌握好机会，只要你不再空想着你的前途多美妙。

你也一定能够为自己创造机会，但你必须放弃对昔日挫败的思想。

记住，任何人都有失意和挫折的时候，但是人人也都有丰富的潜力。悲观者只看见自己的错处和弱点，乐观者则专注于自己内心的力量和创造力。

你该怎样为自己开创机会？那就必须要你不断地探索、发现并且适应新来乍到的机运。

还有一点请记住：随时保持你那开放与乐观的心。

听，机会已经在敲你的门，哦，不是敲你的前门，而是叩你的心扉。

佳作点评

本文处处充满警句、哲理。作者不无幽默地说："期盼幸运从前门进来的人，却没有回头看看后窗进入的机会。"具备这样的智慧，懂得这种哲理的人其实并不多。人们经常犯过的错误是："我们常把机会拟人化，误以为幸运之神真的存在，许多人就坐待机会来敲门。"其实我们应当领悟到这样的真谛——机会并非外界的生存实体，它存在你的内心之中，你自己就是机会。天上不会掉馅饼，所以珍惜、把握当下，努力工作吧。

一株橡树正在生长

□ [美国] 惠特曼

一株活着且正在生长的橡树独立在路易斯安那，从树枝上垂下些许青苔。

那里没有一个同伴，它独自生长着，发出许多绿油苍翠的快乐的叶子。

看到它粗壮、刚直、雄健的样子，我不由得联想到自己。

我惊奇着，它孤独地站在那里，附近没有一个朋友，如何能发出这么多快乐的叶子，——因为我知道这在我却不可能。

它让我越看越爱，禁不住摘下了一枝，上面带着一些叶子，而且缠着少许青苔，我将它带回来，供在我的屋子里，经常看着。

我并不需要借它来使我想起我自己亲爱的朋友们。因为我相信最近我是经常想到他们的。

然而它对我始终是一种奇异的标志——它使我想到了异性的爱。

尽管如此，这路易斯安那的活着的橡树依然独自生长在那广阔的平地上。

附近没有一个朋友，也没有一个情人，但一生中却长出如此多快乐的叶子。

我清楚地明白，如果换作是我，那恐怕只有死掉。

佳作点评

美国著名诗人惠特曼创造了"自由体"的诗歌形式，打破了传统的诗歌格律，节奏自由奔放，舒卷自如。在本诗中作者多次提到叶子，"我惊奇着，它孤独地站在那里，附近没有一个朋友，如何能发出这么多快乐的叶子，——因为我知道这在我却不可能。"橡树叶象征平凡的东西和普通人，反映各阶层劳动人民的生活，虽然生长环境艰苦，仍然积极向上地蓬勃生长。

胜利者

□ [美国] 穆丽尔·詹姆斯

胜利者所具有的能力有着不同的表现形式，但居于第一位的并不是事业的成就，而是要有真实的生活。一个真实的人通过认识他自己，走他自己的路来经历他自己的生活，从而成为一个可以信赖的、对外界反应敏捷的人；他既保持他固有的个性，又能欣赏别人的个性。

胜利者对待知识及思考有着独到见解，运用自己的知识从不放弃自己的思考。他能从别人的意见中分辨出真实的东西，他从不装着什么都懂；他听取别人的建议，并进行评价，然后做出自己的决定；他也尊敬甚至钦佩别人，但不是受人支配、五体投地的听从。

胜利者总是热爱生活，他能从工作、娱乐、美食、人际交往、家庭生活和大自然中得到无穷的乐趣；他既心安理得地欣赏自己的成就，又能毫无醋意地赞赏别人的成果。

胜利者在享受生活的愉悦中懂得控制自己，去获得更大的愉悦。他从不害怕追求他所希望的，但知道使用适当的方法；他从不依靠控制别人来得到安全感，更不高踞在失败者之上。

胜利者处事顺其自然，而不是从僵硬的框框出发，如果需要，他可以修改自己的计划。胜利者懂得人是社会生活中的一分子，不能与所生存的社会分离开，而对世界和人类非常关切。他充满热情地关注着生活，尽他所能加以改进；即使在民族危机、世界冲突面前，他也从不自认毫无作为，而是尽力使这个世界变得更加美好。

佳作点评

胜利者是什么样子的呢？本文中穆丽尔·詹姆斯说："一个真实的人通过认识他自己，走他自己的路来经历他自己的生活，从而成为一个可以信赖的、对外界反应敏捷的人；他既保持他固有的个性，又能欣赏别人的个性。"这就是一个名副其实的胜利者。

令人得益的社交

□ [美国] 休谟

社交界由一帮有着种种兴趣爱好喜欢交际的人汇聚而成。愉快的鉴赏，轻松优雅的理智，对各种人类生活事务深浅不一的思考，对公共生活的责任感，对具体事物的缺陷或完美的观察，把人们从四面八方各个阶层聚拢在一起。思考这样的一些问题，如果只靠一个人孤寂地进行是缺乏力度的，也是行不通的，需要与他一样的人参与进来，需要与同类的人谈话交流，以获得心智上应有的训练。这样一来人们自然会形成社会团体，其中的每个人都能够以他力所能及的最好方式发表他对种种问题的见解，交流信息，彼此获得愉快。

但是，这种聚会交谈必须要借助到诗歌、政论、历史及哲学中的道理，因为如果不借助这些，将不会有什么交谈的题目能适合于有理性的人的交谈。如果没有这类话题，我们的全部交谈岂不都成了无聊乏味的哼哼唧唧了吗，那样我们的心智还能有什么增益，除了老是那一套：

没完没了的胡吹瞎说和无聊之谈。

闲言碎语，家长里短。

搞得糊里糊涂，意乱心烦。

这样消磨时间在同伴间是最不受欢迎的，也是最耗损我们情趣和意志的。

佳作点评

社交中的礼仪十分重要，是在人际交往过程中的素质和能力，以及优雅的行止，是一个人学识、学养、见识、教养的一种外在表现。但什么样的社交才是正确的呢？休谟告诫我们："没完没了的胡吹瞎说和无聊之谈。闲言碎语，家长里短。搞得糊里糊涂，意乱心烦。这样消磨时间在同伴间是最不受欢迎的，也是最耗损我们情趣和意志的。"

论友谊

□ [英国] 培根

古人有一句话说得很富有哲理，也很直接，这句话就是：与孤独为伴的人不是神灵便是野兽。这句话一语道破了真理与谬误混合于一起的事实。如果说，当一个人脱离了社会，甘愿遁入山林与野兽为伴，那他也只能算野兽而非神灵。尽管有人这样做的目的，好像是要到社会之外去寻找一种更高尚的生活，古代的诺曼、埃辟门笛斯、埃辟克拉斯、阿波罗尼斯就是那种人。

一些人选择了孤独，并不是他天生愿意过这种生活，而是他从未在充满友谊和仁爱的群体中生活过，那种苦闷正如一句古代拉丁谚语所说的："一座城市如同一片旷野。"人们的面目淡如一张图案，人们的语言则不过是一片噪音，这就使得人们选择了孤独。

由此不难看出，友情在人生中所占的比重有多大。得不到友谊的人将是终身可怜的孤独者。没有友情的社会则只是一片繁华的沙漠。因此那种乐于孤独的人，其本性也许更接近于野兽。

在你遇到不如意，不顺心而抑郁彷徨之时，如把你的忧伤向你的好友倾诉，那你的不良情绪就会得到缓解。否则这种积郁会使人致病。医学上这样讲："沙沙帕拉"可以理通肝气；磁铁粉可以理通脾气；硫磺粉可以理通肺气；海狸胶可以治疗头昏。但是除了一个知心挚友以外，却没有任何一种药物是可以舒通心灵之郁闷的。在挚友面前，你才可以尽情倾诉你的忧愁与欢乐、恐惧与希望、猜疑与劝慰。总之，那沉重地压在你心头的一切，通过友谊的肩头而被分担了。

正是出于这个原因，甚至连许多高高在上的君王也不能没有友谊。以致许多人竟宁愿降低自己的身份去追求它。

按照友谊要求平等原则来看，君王是享受不到友谊的，因为君王与臣民的地位悬殊太大了。于是许多君王便不得不把他所宠爱的人推升为"宠臣"或"近侍"，这样做的目的便是寻求友谊，罗马人称这种人为"君王的分忧者"，这种称呼恰如其分地道出了他们的作用。实际上，不仅那些性格脆弱敏感的君王曾这样做，就连许多性格坚毅、智勇过人的君王，也采取了类似的办法。而为了结成这种关系，他们需要尽量忘记是个国君。

罗马的大独裁者苏拉曾与部下庞培结交。以致为此有一次竟容忍了庞培言语上的冒犯，庞培曾当面自夸："崇拜朝阳的人自然多于崇拜落日的人。"伟大的恺撒大帝也曾经与布鲁图斯结为密友，并把他立为继承人之一，结果这人恰好成为诱使恺撒堕入圈套而被谋杀的人。难怪安东尼后来把布鲁图斯称为"恶魔"，仿佛他诱惑恺撒的魅力是来自一种妖术似的……

毕达哥拉斯说过这么一句意味深长的话："不要损伤自己的心。"的确如此，如果一个人有心事却无法向朋友诉说，那么他必然使自己的心受伤。实际上，友谊的一大奇特作用是：如果你把快乐告诉一个朋友，你将得到两个快乐；而如果你把忧愁向一个朋友倾吐，你将被分掉一半忧愁，所以友谊对于人生，真像炼金术士所要寻找的那种"点金石"。它能使黄金加倍，又能使黑铁成金。实际上，这也是一种很自然的规律。在自然界中，物质通过结合可以得到增强。这规模用在友谊地同样起作用。

事实上友谊不单可以调剂感情，因为友谊不但能使人走出暴风骤雨的感情世界而进入和风细雨的春天，而且能使人摆脱黑暗混乱的胡思乱想而走入光明与理性的思考。这不仅是因为一个朋友能给你提出忠告，而且任何一种平心静气的讨论都能把搅扰着你心头的一团乱麻整理得井然有序。当人把一种设想用语言表达的时候，他也就渐渐看到了它们可能招来的后果。有人曾对波斯王说："思想是卷着的绣毯，而语言则是张开的绣毯。"所以有时与朋友作一小时的促膝交谈可以比一整天的沉思默想更能令人聪明。

假如你的朋友不能给你一份忠告，但是也可以通过与其的交流增长你的见识，给你启迪。讨论犹如砥石，思想好比锋刃。两相砥砺将使思想更加锐利。对一个人来说，与其把一种想法紧锁在心头，倒不如哪怕把它倾吐给一座雕像，这也是有好处的。

赫拉克利特曾说过："初始之光最亮。"但实际上，一个人自身所发生的理智之光，是往往受到感情、习惯、偏见的影响而不那么明亮的。俗话说："人总是乐于把最大的奉承留给自己。"而友人的逆耳忠言却是医治这个毛病的最好良方。朋友之间可以从两个方面提出忠告，品行是一方面，事业是另一方面。

就前者而言，朋友的良言劝诫是一味最好的药。历史上的许多伟人，往往由于在紧要关头听不到朋友的忠告，而做出后悔莫及的错事。固然可以提醒自己应注意哪些问题，但毕竟如圣雅各所说："虽然照过镜子，可终究是忘了原形。"

有这样几个论调很盛行，一种论调认为一双眼睛未必比两双眼睛看得要少，第二种论调以为一个发怒的人未必没有一个沉默的人聪明，或者以为毛瑟枪不论托在自己肩上放，还是支在一个支架上放会打得一样准。总之，认为有没有别人的帮助结果都一样。但这些话实际上是十分骄傲而愚蠢的说法。在听取意见的时候，有人喜欢一会儿问问这个人，一会儿又问问那个人。这当然比不问任何人好。但也要注意，在这种情况下得到的意见或建议有两个弊端。一是这种零敲碎打来的意见可能是一些不负责任的看法。因为最好的忠告只能来自诚实而公正的友人。二是这些不同源泉的意见还可能会互相矛盾，使你左右为难，不知该遵照哪个建议执行。比如你有病求医，这位医生虽会治这种病却不了解你的身体情况，结果服了他的药这种病虽然好了，却又使你得了另一种新病。所以最可靠的忠告，也还是只能来自最了解你事业情况的友人。

事实上友谊的好处绝不止这些，比那要多出好多倍，可以说多得如同一个石榴上的果仁，难以一一细数。如果一定要说的话，那么只能这样来说：只要你想想一个人一生中有多少事务是不能靠自己去做的，就可以知道友谊有多少种益处了。所以古人说：朋友是人的第二个"我"。实际上还不够准确，因为第二个"我"的作用要比朋友们的作用要低许多。

人一生所能干的事是极其有限的，有许多人还没有完成自认为应该做的事就死去了，留下了遗憾，而这个遗憾可以由朋友来替其完成。因此一个好朋友实际上使你获得了又一次生命。人生中又有多少事，是一个人由自己出面所不便去办的。比如人为了避免自夸之嫌，因此很难由自己讲述自己的功绩。人的自尊心又使人无法放下架子去恳求别人，但是如果有一个可靠而忠实的朋友，这些事就多数可以迎刃而解。又比如在儿子面前，你要保持父亲的身份，在妻子面前，你要考虑作为男子汉的脸面；在仇敌面前，你要维护自己的尊严，但一个作为第三者的朋友，就可以全然不计较这一切，而就事论事、实事求是地替你出面主持公道。

从上面的论述中不难看出，友谊在人的一生中占着何等重要的地位。它的好处简直是无穷无尽的。总而言之，当一个人面临危难的时候，如果他平生没有任何可信托的朋友，那么他的一生将是无法快乐的，也是快乐不起来的。

佳作点评

在《论友谊》中，培根说道："如果你把快乐告诉一个朋友，你将得到两个快乐；而如果你把忧愁向一个朋友倾吐，你将被分掉一半忧愁。"这说明朋友是我们身边必不可少的一个角色，可以为我们的生活增添色彩。他不无讥讽地说："缺乏真正的朋友乃是最纯粹最可怜的孤独；没有友谊则斯世不过是一片荒野；我们还可以用这个意义来论'孤独'说，凡是天性不配交友的人其性情可说是来自禽兽而不是来自人类。"

论迅速

□［英国］培根

急于求成的人是必须要小心的，要知道吃得太快会造成消化不良。

所谓真正迅速的人，是指做得成功而有效的人，而非仅仅是把事情做得快的人。譬如在赛跑中，优胜者并非步子迈得最急或脚抬得最高者；因此在事业上，迅速与否应该由工作质量来衡量。

某些人只追求表面上的快速。为了显示工作效率，就把并未结束的事草草了结。然而这往往是了而不结，其结果是：一件本可以一次做完的事，却不得不回头重复多次。所以，有位伟人说得好："慢些，我们就会更快！"

然而另一方面，我们又应当追求真正的迅速。因为时间与事业的关系，有点像金钱与商品的关系。做事情费时太多，就意味着买东西付出了高昂的代价。古代的斯巴达和西班牙人是一向做事慢慢吞吞。因而有一句谚语说："我愿采用西班牙式的死法。"——意思是说，这样死亡可以来得慢一些。

别人在向你介绍情况时，最好首先耐心听，千万不要随意打断话头。因为话头一被打断，你便不得不从旧题上重复听一次。所以那些乱插话者，甚至比发言冗长者更令人讨厌。

对一句话或一件事的重复提出是浪费时间。但反复宣讲一件事的要点，使人易于抓住，效率也会由此上升。正如赛跑者不宜穿大袍，讲话不要过多拐弯抹角。这貌似谦虚，其实是在说废话。但应注意的是，对一个与自己意见不相投机者，讲话却有必要谦和而委婉。否则正像把盐撒入伤口，会使他持有的成见更深。

要追求卓越的迅速，就要善于安排工作的次序、分配时间和选择要点。只是要注意这种分配不可过于细密琐碎。善于选择要点就意味着不浪费时间，而不得要领地狂忙一阵等于乱放空炮。

做事最好的三个步骤——筹备、审议、执行。审议时应当博采众论、集思广益。但筹备和执行的人，应当是精简中的"极品"。

不要小看草案，它也是一个有助于提高效率的工具。即使这一草案在审议中被推翻，这也意味着事情有了进展，因为已否定了不可取的方案。这种否定犹如田野中的枯草，会作为以后新生植物的肥料一般。

佳作点评

培根对人生成功的速率有精辟的见解，通透洞察，他在开篇中直接进入主题，"要知道吃得太快会造成消化不良"。这是一句大家都会说的平常话，但里面包含着深奥的哲理。作者又进一步向我们举例说明，"某些人只追求表面上的快速。为了显示工作效率，就把并未结束的事草草了结。然而这往往是了而不结，其结果是：一件本可以一次做完的事，却不得不回头重复多次。"

生命的春天

□ ［英国］塞缪尔·约翰逊

每个人都会不满足于现状，多少总要驰骋幻想未来的幸福，而且，会凭借解脱眼前困惑他的烦恼，凭借他获得的利益，去把握时间以谋求改善现状。

当这种常常要用最大的忍耐盼来的时刻最后到来时，往往降临的并不是人们企盼的幸福。于是，我们又以新的希望自我安慰，又用同样的热情企盼未来。

如果这种心情占了上风，人们就会把希望寄托在他难以企及的事物上，也许就真会碰上运气，因为他们不是仓促从事。并且，为了使幸福更加完善，他们还会注意采取必要的措施，等待幸福时刻的到来。

很久以前，我认识的一个人就有这样的性情，他沉迷于幸福的梦想中，这给他带来的损害要比妄想通常产生的损害少得多，同时，他还会常常调整方案，显示他的希望之花常开不败，也许很多人都想知道他是用什么方法得到如此廉价而永恒的满足。其实他只是将困难移到下一个春天，那么他的精神也会得到暂时的满足。如果他的健康可以得到补偿，那么，春天就能补偿；如果因价格昂贵而买不起他所需要的东西，那么，在春天这种东西就会跌价。

事实上，春天悄然来到却往往并无人们所想象的那种效益，但人们常常这样肯定：可能下次会顺利些，不到仲夏很难说眼前的春意就令人失望；不到春意了无踪迹的时候，人们总是经常谈论春天的降临，而当它一旦飘离之后，人们却还觉得春天仍在人间。

同这样的人长谈，在思索这个快乐的季节时，也许会感到极大的愉快。我还发现有很多人也被同样的热情所感染（这样比拟是无愧的），这使我感到满意。因为，难道有优秀的诗人面对那些花瓣，那阵阵柔风，那青春的颤音，而不显露他们的喜爱？即使最丰富的想象也难以包容那金色季节的静穆与欢欣，而又会有永恒的春天作为对永不腐朽的清白的最高奖赏。

的确，在世界新旧交替过程中，有一种不可言传的喜悦展现出无数大自然的奇珍异宝。冬天的僵冷与黑暗，以及我们眼见的各种物体所裸露出来的奇形怪状，会使我们向往下一个季节，既是为了躲避阴冷的冬天，也是因为晴朗的春天给人以生机和活力。

佳作点评

作为十八世纪中叶后期的英国文坛领袖，塞缪尔·约翰逊的著作是多方面的，诗歌、评论、寓言小说、戏剧等。《生命的春天》从多个侧面表现了哲理美文的神韵和风采。内容丰富，思想深刻，语言机智，寓意含蓄，作者在文中以自己的亲身体验描绘到："每个人都会不满足于现状，多少总要驰骋幻想未来的幸福，而且，会凭借解脱眼前困惑他的烦恼，凭借他获得的利益，去把握时间以谋求改善现状。"他出身贫苦，一生命运坎坷，对人间冷暖体验很深，"在世界新旧交替过程中"，他期盼着明天比今天更好，"因为晴朗的春天给人以生机和活力"。

穿衣打扮

□［德国］康德

在与人交往前，注重自己的形象是十分有必要的，但这种必要不应在交往中体现出来，因为那样会产生难堪，或者是装腔作势。而应追求的是自然大方：对于自己在举止得体方面、在衣着方面不会被别人指责的某种自信。

好的、端庄的、举止得体的衣着是一种引起别人敬重的外部假象，也是一种欲望的自我压抑。

对比是把不相关的感官表象在同一概念之下加以引人注意的对置。正是由于对比，一块沙漠中的绿地才显得引人惊奇。一间茅草盖顶的房子配上内部装饰考究的舒适房间，这都使人的观念活跃，感官由此加强。反之，穷困而盛气凌人，一位身着华丽外衣的贵妇人内衣却很脏，或者像从前某个波兰贵族那样，宴饮时挥霍无度，侍从成群，平时却穿着树皮做的鞋，而这却不是对比。为不错的事物辅之以更能表现其美的因素，才称之为对比。美的、质优的、款式新颖的服装是人的衬托。

新颖，甚至那种怪诞和内容诡秘的新颖，都活跃了注意力。因为这是一种收获，感性表象由此获得了加强。单调（诸感觉完全一模一样）最终使感觉松弛，主要表现在环境观察力的降低，而感官则被削弱。变化则使感官更新。

拿诵读布道词来说，如诵读腔调从始至终都不变。无论是大声喊叫的还是温言细语的，用千篇一律的声音来诵读，最后的结局都是使听诵读的人进入梦乡。工作加休息，城市生活加乡村生活，在交往中谈话加游戏，在独自消遣时一会读历史，一会读诗歌，搞哲学又搞数学，在不同社交场合穿着不同的服饰，这些都可以强化心灵。这是同一生命力在激动感觉的意识，不同的感觉器官在它们的活动中相互更替。生活单调无色彩，会使懒惰之人的生活变得更加空虚，目标更加模糊缥缈。

衣服的颜色能使面庞看起来更加娇艳，这是幻象，但脂粉却是欺骗。前者吸引人，后者则愚弄人。于是有这样的情况：人们几乎不能忍受在人或动物的雕像上画上自然的颜色，因为这会使他们错误的把雕像看成活的，常常就这样猝然撞入他们的眼帘。一般来说，所有人们称之为得体的东西都是形式，也就是吸引人的外在形象。

▎佳作点评▎

《穿衣打扮》是康德的一篇哲理散文，他强调"在与人交往前，注重自己的形象是十分有必要的"，他的结论是"一般来说，所有人们称之为得体的东西都是形式，也就是吸引人的外在形象"。穿着打扮的最高境界是得体。什么叫得体呢？与身份符，与长相符，与场合符，与和谐符，就叫得体。

勇者无畏

□ [德国] 康德

不惊慌的人可称之为有胆识的人；而临危不惧的人则称之为勇者。在危险中仍能保持勇气的人是勇敢的，轻率的人则是莽撞的，他敢于去冒险是因为他不知道危险。知道危险而敢于去冒险的人是胆大的；在成功率不到一半时去冒最大的风险，这是胆大包天。土耳其人把勇士与亡命鬼等同起来。而怯懦则是不名誉的气馁。

惊慌并不代表容易陷入恐惧，导致容易陷入恐惧的是胆怯，胆怯是一种状态、一种偶然因素，多半是由于依附于身体上的原因，在一个突然遇到的危险面前觉得不够镇定。当一位统帅身穿睡衣仓猝之间得知敌人已经逼近时，他也许会在刹那间让血液凝在心房里；但假若医生查出某位将军胃里存有酸水，则将军会被认定为胆怯之人。但是，胆识总是一种气质特点，而勇气是建立在原则上，并且是一种美德。这样，理性可以给一个坚毅的人连大自然都没有能力所给予的力量。战斗中的惊慌甚至让人产生有益的排便，这使一个讽刺性的西方成语得以产生。然而应当引起注意的是在战斗口令发出时慌忙跑进厕所的那些水手，后来在战斗中却是勇敢的。这一情况甚至在苍鹭迎战猎鹰时也能够表现出来。

忍耐绝不是勇敢。忍耐属于女人的美德，因为它拿不出力量反抗。而是希望通过习惯来使受苦变得不明显。因此在外科手术刀下或在痛风病和胆结石发作时呻吟的人，在这种情况下并不是怯懦或软弱，这就好像人们行走时磕碰到一块当街横着的路石一样，人们对它的咒骂仅仅是一种情感的宣泄而已，自然本能在这种发泄中尽力用喊叫将堵在心头的血液分散开来。但美洲的印第安人表现出的忍耐却别具风格。当他们被包围的时候，他们扔下手中的武器，平静地任人宰割，而不请求饶恕。在这里，比起欧洲人在这种情况下一直抵抗到最后一个人死去，勇气是不是得到更多的体现？而我认为，这只不过是一种野蛮人的虚荣，据说因为他们的敌人不能强迫他们以啼哭或叹息来表明他们的失败，他们便把保全自己的种族荣誉通过此种忍耐表现出来。

佳作点评

勇气是一种美德，而勇敢又往往和荣耀连在一起，勇敢的英雄人物能够得到世人的崇拜，勇敢而无畏的人生，注定是多姿多彩的人生。但是勇敢绝不是冒冒失失的无端逞强和企图侥幸的投机取巧，勇敢需要有目的、有计划地对自身的智慧和能耐进行挑战。康德在文中是如此定义勇敢的——"临危不惧的人则称之为勇者""在危险中仍能保持勇气的人是勇敢的"。勇敢之人之所以勇敢，就是为了要肯定生命的意义。

你的第一个责任

□ [德国] 费尔巴哈

道德是生活的基础。如果由于饥饿,由于贫穷,你腹内空空,那么不论在你的头脑中、在你的心中或在你的感觉中,都不会有道德的基础和资料。

于是,你的第一个责任便是使自己幸福。只有你自己幸福,你才能使别人幸福;幸福的人,都希望在自己的周围能看到幸福的人。

在野蛮时代不被认为是不道德的事情,在文明时代就会被认为是不道德的。

我的良心的呼声不是独立的呼声,它不是由蔚蓝的天空响彻下来的呼声或以某种自然发生的神奇方式由自身发生出来的呼声;它只是受我损害者的苦痛叫喊的回声,也是一个由于侮辱了别人而同时侮辱了自己的人的有罪判决的回声。

正如受到外部因素约束性的、强迫性的限制的权利,使我的追求幸福的愿望同你的以及别人的追求幸福的愿望取得协调那样,受到内心亲切的、诚恳的和自愿的限制的道德,也使我追求幸福的愿望同你的以及别人的追求幸福的愿望取得一致。我的权利就是法律所承认的我的追求幸福的愿望；我的义务就是我必须承认别人追求幸福的愿望。

佳作点评

费尔巴哈是德国哲学家，德国古典哲学中唯物主义的代表。他认为："道德是生活的基础。如果由于饥饿，由于贫穷，你腹内空空，那么不论在你的头脑中、在你的心中或在你的感觉中，都不会有道德的基础和资料。"追求幸福是他的愿望，所以他说，"我的义务就是我必须承认别人追求幸福的愿望。"

良心的微笑

□ [德国] 黑塞

人生除了有烦恼、丑恶、无奈等外，还有人类使自己面对上帝的能力和良心。良心在我们烦恼和对死亡的不安之中，在残酷和罪恶之中引导我们，把我们从寂寞、无情的世界中带出来。良心和道德或法律之间是不存在任何关系的。良心比怠惰、利己心、虚荣心更强，即使在悲惨的谷底、迷惘的尽头，也能显示出内在巨大的力量，那不是回返死的世界，而是超越它，从而与上帝相会。

无论是谁，常在烦恼和绝望的对岸，开辟一条让生有意义、死也容易的静谧之道。有人把自己的良心尘封，恶事做绝，全身沾满血迹。结果，深自叹息，悔悟自己的迷误，而体验了蜕变之期。但也有一些人，开始就和自己的良心保持亲密的关系而成长，他们是少数幸福的圣人。不管发生什么事，对他们来说只是外部受到侵袭，内心却一直完好无损，经常保持清明，他们脸上带着永恒的微笑。

佳作点评

"良心"是一个古老的伦理概念。黑塞认为:"人生除了有烦恼、丑恶、无奈等外,还有人类使自己面对上帝的能力和良心。良心在我们烦恼和对死亡的不安之中,在残酷和罪恶之中引导我们,把我们从寂寞、无情的世界中带出来。"良心乃是道德秩序的保证,无论何时何地,只有不做损人利己的事,社会才能和谐平安,人们的脸上才会"带着永恒的微笑"而永不内疚和悔恨。

论友谊

□［黎巴嫩］纪伯伦

于是一个青年说：请给我们谈友谊。

他回答说：

你的朋友是你的有回应的需求。

他是你用爱播种、用感谢收获的田地。

他是你的饮食，也是你的火炉。

因为你饥渴地奔向他，你向他寻求平安。

当你的朋友向你倾吐胸臆的时候，你不要怕说出心中的"否"，也不要瞒住你心中的"可"。

当他静默的时候，你的心仍要倾听他的心。

因为在友谊里不用言语，一切的思想、一切的愿望、一切的希冀都在无声的喜乐中发生而共享了。

当你与朋友别离的时候，不要忧伤。

因为你觉得他最可爱之点，当他不在时愈见清晰，正如登山者在平原上眺望山峰加倍地分明。

但愿除了寻求心灵的加深之外，友谊没有别的目的。

因为那只寻求着要显露自身的神秘的爱，不算是爱，只算是一张撒下的网，只网住一些无益的东西。

把你的最佳美的事物，都给你的朋友。

假如他必须知道你潮水的下退，也让他知道你潮水的高涨。

你找他只为消磨光阴的人，还能算作你的朋友么？

你要在生长的时间中去找他。

因为他的时间是满足你的需要，不是填满你的空虚。

在友谊的温柔中，要有欢笑和共同的喜悦。

因为在那微末事物的甘露中，你的心能寻到他的友情而焕发了精神。

佳作点评

纪伯伦在本文中向我们论述了何为真正的友谊。真正的友谊，是心灵深处的交流，不存在利用，不存在瑕疵，不存在欺骗。两颗心真诚相待，相互碰撞，以心换心，才能获得真正的友谊。

一个人或许会有很多的朋友，但真正的友谊却不一定多见。真正的友谊不需要奉承、不需要礼物，只需要我们彼此真诚相待，用热情去灌溉，用原则去增减，那么友谊之花定会开得天长地久。

上海的少女 ·［中国］鲁迅

想飞·［中国］徐志摩

曼丽·［中国］庐隐

玉薇·［中国］石评梅

漱玉·［中国］石评梅

关于女人·［中国］瞿秋白

……

同样的天赋

要爱惜自己的青春,世界上再没有什么比青春更美好的了,再没有比青春更珍贵的了,青春就像黄金,你想做成什么就能成为什么。

——高尔基

上海的少女

□ [中国] 鲁迅

在上海生活，穿时髦衣服的比土气的便宜。如果一身旧衣服，公共电车的车掌会不照你的话停车，公园看守会格外认真的检查入门券，大宅子或大客寓的门丁会不许你走正门。所以，有些人宁可居斗室，喂臭虫，一条洋服裤子却每晚必须压在枕头下，使两面裤腿上的折痕天天有棱角。

然而更便宜的是时髦女人。在商店里最看得出；挑选不完，决断不下，店员也还是很能忍耐的。不过时间太长，就须有一种必要的条件，是带着一点风骚，能受几句调笑。否则，也会终于引出普通的白眼来。

惯在上海生活了的女性，早已分明地自觉得这种自己所具的光荣，同时也明白着这种光荣中所含的危险。所以凡有时髦女子所表现的神气，是在招摇，也在固守，在罗致，也在抵御，像一切异性的亲人，也像一切异性的敌人，她在喜欢，也在恼怒。这神气也传染了未成年少女，我们有时会看见她们在店铺里购买东西，侧着头，佯嗔薄怒，如临大敌。自然，店员们是能像对于成年的女性一样加以调笑的，而她也早明白这样调笑的意义。总之：她们大抵早熟了。

然而我们在日报上，确也常常看见诱拐女孩，甚至于凌辱少女的新闻。

不但《西游记》里的魔王，吃人的时候必须童男和童女而已，在人类中的富户豪家，也一向以童女为侍奉，纵欲，鸣高，寻仙，采补的材料，恰如食品的餍食了普通的肥甘，就想乳猪芽茶一尝。现在这现象并且已经见于商人和工人里面了，但这乃人们的生活不能顺遂的结果，应该以饥民的掘食草根树皮为比例，和富户豪家的纵恣的变态是不可同日而语的。

但是，要而言之，中国是连少女也进了险境了。

这险境，要使她们早熟起来，精神已成人，肢体却还是孩子。俄国的作家梭罗古勃曾经写过这一种类型的少女，说还是小孩子，而眼睛却已经长大了。然而我们中国的作家是有另一种称赞的写法的：所谓"娇小玲珑"者就是。

▎佳作点评▎

辛辣的讽刺、无情的痛击、入木三分的解剖是鲁迅对旧社会抨击的一种战斗方法，他的许多文章对旧时代世态炎凉进行了揭露。本文对早熟的"上海的少女"和势利市侩的上海社会，做了细致的描写，表达了作者的愤慨与憎恶。反思当代社会的教育，越来越多的孩子也越来越"早熟"了。为了守护青少年纯真的心灵，我们每个社会中人也应当以身作则，营造一个淳朴、简单、清廉的社会环境和教育环境。

想 飞

□ [中国] 徐志摩

飞。人们原来都是会飞的。天使们有翅膀，会飞，我们初来时也有翅膀，会飞。我们最初来就是飞了来的，有的做完了事还是飞了去，他们是可羡慕的。但大多数人是忘了飞的，有的翅膀上掉了毛不长再也飞不起来，有的翅膀叫胶水给胶住了再也拉不开，有的羽毛叫人给修短了像鸽子似的只会在地上跳，有的拿背上一对翅膀上当铺去典钱使，过了期再也赎不回……真的，我们一过了做孩子的日子就掉了飞的本领。但没了翅膀或是翅膀坏了不能说是一件可怕的事。因为你再也飞不回去，你蹲在地上呆望着飞不上去的天，看旁人有福气地一程一程地在青云里逍遥，那多可怜。而且翅膀又不比是你脚上的鞋，穿烂了可以再问妈要一双去，翅膀可不成，折了一根毛就是一根，没法给补的。还有，单顾着你的翅膀也还不一定到时候能飞，你这身子要是不谨慎养太肥了，翅膀力量小再也拖不起，也是一样难不是？一对小翅膀驮不起一个胖肚子，那情形多可笑！到时候你听人家高声的招呼说，朋友，回去吧，趁这天还有紫色的光，你听他们的翅膀在半空中沙沙地摇响，朵朵的春云跳过来拥着他们的肩背，望着最光明的来处翩翩地，冉冉地，轻烟似的化出了你的视域，像云雀似的只留下一泻光明的骤雨——"Thoug art unseen, but yet I hear the shrill delight"——那你,独自在泥涂里淹着,够多难受,够多懊恼,够多寒伧!趁早留神你的翅膀,朋友。

是人没有不想飞的。老是在这地面上爬着够多厌烦,不说别的。飞出这圈子,飞出这圈子!到云端里去,到云端里去!哪个心里不成天千百遍地这么想?飞上天空去浮着,看地球这弹丸在太空里滚着,从陆地看到海,从海再看回陆地。凌空去看一个明白——这才是做人的趣味,做人的权威,做人的交代。这皮囊要是太重挪不动,就掷了它,可能的话,飞出这圈子,飞出这圈子!

人类初发明的用石器的时候,已经想长翅膀。想飞,原人洞壁上画的四不象,它的背上掮着翅膀;拿着弓箭赶野兽的,他那肩背上也给安了翅膀。小爱神是有一对粉嫩的肉翅的。挨开拉斯(Icarus)是人类飞行史里第一个英雄,第一次牺牲。安琪儿(那是理想化的人)第一个标记是帮助他们飞行的翅膀。那民有沿革——你看西洋画上的表现。最初像是一对小精致的令旗,蝴蝶似的黏在安琪儿们的背上,像真的,不灵动的。渐渐地翅膀长大了,地位安准了,毛羽丰满了。画图上的天使们长上了真的可能的翅膀。人类初次实现了翅膀的观念,彻悟了飞行的意义。挨开拉斯不死的灵魂,回来投生又投生。人类最大的使命,是制造翅膀;最大的成功是飞!理想的极度,想象的止境,从人到神!诗是翅膀上出世的;哲理是在空中盘旋的。飞:超脱一切,笼盖一切,扫荡一切,吞吐一切。

佳作点评

徐志摩是新月派代表诗人、散文家,新月诗社成员。《想飞》是作者一篇充满了自由气息的诗化散文,喻飞起兴,寓意以飞,"超脱一切,笼盖一切,扫荡一切,吞吐一切"。通过"飞"的意象,把心底压抑、苦闷的感情释放出来,从而寻求灵魂深处的解放。

曼 丽

□［中国］庐隐

晚饭以后，我整理了案上的书籍，身体觉得有些疲倦，壁上的时计，已经指在十点了，我想今夜早些休息了吧！窗外秋风乍起，吹得阶前堆满落叶，冷飕飕的寒气，陡感到罗衣单薄；更加着风声萧瑟，不耐久听，正想息灯寻梦，看门的老聂进来报说"有客！"我急忙披上夹衣，迎到院子里，隐约灯光之下只见久别的彤芬手提着皮箧进来了。

这正是出人意料的聚会，使我忘了一日的劳倦。我们坐在藤椅上，谈到别后的相忆，及最近的生活状况；又谈到许多朋友，最后我们谈到曼丽。曼丽是一个天真而富于情感的少女，她妙曼的两瞳，时时射出纯洁的神光，她最崇拜爱国舍身的英雄。今年的夏末，我们从黄浦滩分手以后，一真没有得到她的消息；只是我们临别时一幅印影，时时荡漾于我的脑海中。

那时正是黄昏，黄浦滩上有许多青年男女挽手并肩在那里徘徊，在那里密谈，天空闪烁着如醉的赤云，海波激射出万点银浪。蜿蜒的电车，从大马路开到黄浦滩旁停住了，纷纷下来许多人，我和曼丽也从人丛中挤下电车，马路上车来人往，简直一刻也难驻足。我们也就走到黄浦滩的绿草地上，慢慢地徘徊着。后来我们走到一株马樱树旁，曼丽斜倚着树身，我站在她的对面。

曼丽看着滚滚的江流说道："沙姊！我预备一两天以内就动身，姊姊！你对我此行有什么意见？"

我知道曼丽决定要走，由不得感到离别的怅惘；但我又不愿使她知道我的怯弱，只得噙住眼泪振作精神说道：

"曼丽！你这次走，早在我意料中，不过这是你一生事业的成败关头！希望你不但有勇气，还要再三慎重！……"

曼丽当时对于我的话似乎很受感动，她紧握着我的手说道："姊姊！望你相信我，我是爱我们的国家，我最终的目的是为国家的正义而牺牲一切。"

当时我们彼此珍重而别，现在已经数月了。不知道曼丽的成功或失败，我因向彤芬打听曼丽的近状，只见彤芬皱紧眉头，叹了一口气道："可惜！可惜！曼丽只因错走了一步，终至全盘失败，她现今住在医院里，生活十分黯淡，我离沪的时候曾去看她，唉！憔悴得可怜……"

我听了这惊人的消息，不禁怔住了。彤芬又接着说道："曼丽有一封长信，叫我转给你，你看了自然都能明白。"说着她就开了那小皮箧，果然拿出一封很厚的信递给我，我这时禁不住心跳，不知这里头是载着什么消息，忙忙拆开看道：

沙姊：

我一直缄默着，我不愿向人间流我悲愤的眼泪，但是姊姊，在你面前，我无论如何不应当掩饰，姊姊你记得吧！我们从黄浦滩头别后，第二天，我就乘长江船南行。

江上的烟波最易使人起幻想的，我凭着船栏，看碧绿的江水奔驰，我心里充满了希望。姊姊！这时我十分地兴奋，同时十分地骄傲,我想在这沉寂荒凉的沙漠似的中国里,到底叫我找到了肥美的草地水源,时代无论怎样的悲惨,我就努力地开垦,使这绿草蔓延全沙漠,使这水源润泽全沙漠,最后是全中国都成绿野芊绵的肥壤,这是多么光明的前途,又是多么伟大的工作……

姊姊!我永远是这样幻想,不问沙鸥几番振翼,我都不曾为它的惊扰打断我的思路,姊姊你自然相信我一直是抱着这种痴想的。

然而谁知道幻想永远是在流动的,江水上立基础永远没有实现的可能,姊姊!我真悲愤!我真惭愧!我现在是睡在医院的病房里,我十分地萎靡,并不是我的身体支不起,实是我的精神受了惨酷的荼毒,再没方法振作呵!

姊姊!我惭恨不曾听你的忠告,——我不曾再三的慎重——我只抱着幼稚的狂热的爱国心,盲目的向前冲,结果我像是失了罗盘针的海船,在惊涛骇浪茫茫无际的大海里飘荡,最后,最后我触在礁石上了!姊姊!现在我是沉溺在失望的海底,不但找不到肥美的草地和水源,并且连希望去发现光明的勇气都没有了。姊姊!我实在不耐细说。

我本拼着将我的羞愤缄默地带到九泉,何必向悲惨人间哓舌;但是姊姊,最终我怀疑了,我的失败谁知不是我自己的欠高明,那么我又怪谁?在我死的以前,我怎可不向人间忏悔,最少也当向我亲爱的姊姊面前忏悔。

姊姊!请你看我这几页日记吧!那里是我彷徨歧路的残痕;同时也是一般没有主见的青年人,彷徨歧路的残痕;这是我坦白的口供,这是我藉以忏悔的唯一经签……

曼丽这封信，虽然只如幻云似地不可捉摸；但她涵盖着人间最深切的哀婉之情，使我的心灵为之震惊；但我要继续看她的日记，我不得不极力镇静……

八月四日 半个月以来，课后我总是在阅报室看报，觉得国事一天糟似一天，国际上的地位一天比一天低下。内政呢！就更不堪说了，连年征战，到处惨象环生……眼看着梁倾巢覆，什么地方足以安身？况且故乡庭园又早被兵匪摧残得只剩些败瓦颓垣，唉！……我只恨力薄才浅，救国有志，也不过仅仅有志而已！何时能成事实！

昨天杏农曾劝我加入某党，我是毫无主见，曾去问品绮，他也很赞成。

今午杏农又来了，他很诚挚地对我说："曼丽！你不要彷徨了。现在的中国除了推翻旧势力，培植新势力以外，还有什么方法希望国家兴盛呢？……并且时候到了，你看世界已经不像从前那种死寂，党军北伐，势如破竹，我们岂可不利用机会谋酬我们的夙愿呢？"我听了杏农的话，十分兴奋，恨不得立刻加入某党，与他们努力合作。后来杏农走了，我就写一封信给畹若，告诉他我现在已决定加入某党，就请他替我介绍。写完信后，我悄悄地想着中国局势的危急，除非许多志士出来肩负这困难，国家的前途，实在不堪设想呢……这一天，我全生命都浸在热血里了。

八月七日 我今天正式加入某党了，当然填写志愿书的时候，我真觉得骄傲，我不过是一个怯弱的女孩子，现在肩上居然担负起这万钧重的革命事业！我私心的欣慰，真没有法子形容呢！我好像有所发见，我觉得国事无论糟到什么地步，只要是真心爱国的志士，肯为国家牺牲一切，那末因此国家永不至沦亡，而且还可产生出蓬勃的新生命！我想到这里，我真高兴极了，从此后我要将全副的精神为革命奔走呢！

下午我写信告诉沙姊，希望她能同我合作。

八月十五日　今天彤芬来信来，关于我加入某党，她似乎不大赞成。她的信说："曼丽！接到你的信，知道你已经加入某党，我自然相信你是因爱国而加入的，和现在一般投机分子不同，不过曼丽，你真了解某党的内容吗？你真是对于他们的主义毫无怀疑的信仰吗？你要革命，真有你认为必革的目标吗？曼丽，我觉得信仰主义和信仰宗教是一样的精神，耶稣吩咐他的门徒说：你们应当立刻跳下河去，拯救那个被溺的妇女和婴孩，那时节你能决不踌躇，决不怀疑地勇往直前吗？曼丽，我相信你的心是纯洁的；可是你的热情往往支配了你的理智，其实你既已加入了，我本不该对你发出这许多疑问，不过我们是很好的朋友，我既想到这里，我就不能缄默，曼丽，请你原谅我吧！

彤芬这封信使我很受感动，我不禁回想我入党的仓猝，对于她所说的问题我实在未能详细的思量，我只凭着一腔的热血无目的地向人间喷射……唉！我今天心绪十分恶劣，我有点后悔了！

八月二十二日　现在我已正式加入党部工作了，一切的事务都呈露紊乱的样子，一切都似乎找不到系统——这也许是因我初加入合作，有许多事情是我们不知道其系统之所在，并不是它本身没有系统吧！可是也就够我彷徨了。

他们派我充妇女部的干事，每天我总照法定时间到办公室。我们妇女部的部长，真是一个奇怪的女人，她身体很魁伟，常穿一套棕色的军服，将头发剪得和男人一样，走起路来，腰干也能笔直，神态也不错；只可惜一双受过摧残，被解放的脚，是支不起上体的魁伟；虽是皮鞋作得很宽大，很充得过去，不过走路的时候，还免不了袅娜的神态，这一来可就成了三不像了。更足使人注意的，是她那如宏钟的喉音，她真喜欢演说，我们在办公处最重要的公事，大概就是听她的演说了……真的，她的口才不算坏，尤其使人动听的是那一句"我们的同志们"，真叫得亲热！但我有时听了有些不自在……这许是我的偏见，我不惯作革命党，没有受过好训练——我缺乏她那种自满的英雄气概，——我总觉得我所想望的革命不是这么回事！

现在中国的情形，是十三分的复杂，比乱麻还难清理。我们现在是要作剔清整理的革命工作，每一个革命分子，以我的理想至少要镇天的工作——但是这里的情形，绝不是如此。部长专喜欢高谈阔论，其他的干事员写情书的依然写情书，讲恋爱的照样讲恋爱，大家都仿佛天下指日可定，自己将来都是革命元勋，作官发财，高车驷马，都是意中事，意态骄逸，简直不可一世——这难道说也是全民所希冀的革命吗？唉！我真彷徨。

九月三日　我近来精神真萎靡，我简直提不起兴味来，这里一切事情都叫我失望！

昨天杏农来说芸泉就要到美国去，这真使我惊异，她的家境很穷困，怎么半年间忽然又有钱到美国了？后来问杏农才知道她作了半年妇女部的秘书，就发了六七千元的财呵！这话真使我惊倒了，一个小小的秘书，半年间就发了六七千元的财，那若果要是作省党部的秘书长，岂不可以发个几十万吗？这手腕真比从前的官僚还要厉害——可是他们都是为民众谋幸福的志士，他们莫非自己开采得无底的矿吗？……呵！真真令人不可思议呵！

沙姊有信来问我入党后的新生命，真惭愧，这里原来没有光大的新生命，军阀要钱，这里的人们也要钱；军阀吃鸦片，这里也时时有喷云吐雾的盛事。呵！腐朽！一切都是腐朽的……

九月十日　真是不可思议，在一个党部里竟有各式各样不同的派别！昨天一天，我遇见三方面的人，对我疏通选举委员长的事。他们都称我作同志，可是三方面各有他们的意见，而且又是绝对不同的三种意见，这真叫我为难了，我到底是谁的同志呢？老实说吧，他们都是想膨胀自己的势力，那一个是为公忘私呢……并且又是一般只有盲目的热情的青年在那里把持一切……事前没有受过训练，唉！我不忍说——真有些倒行逆施，不顾民意的事情呢！

小珠今早很早跑来，告诉我前次派到C县作县知事的宏卿，在那边勒索民财，妄作威福，闹了许多笑话，真叫人听着难受。本来这些人，一点学识没有，他们进党的目的，只在发财升官，一旦手握权柄，又怎免滥用？杏农的话真不错！他说："我们革命应有步骤，第一步是要充分的预备，无论破坏方面，建设方面，都要有充足的人材准备，第二步才能去作破坏的工作，破坏以后立刻要有建设的人材收拾残局……"而现在的事情，可完全不对，破坏没人才，建设更没人才！所有的分子多半是为自己的衣饭而投机的，所以打下一个地盘以后，没有人去作新的建设！这是多么惨淡的前途呢，土墙固然不好，可是把土墙打破了，不去修砖墙，那还不如留着土墙，还成一个片断。唉！我们今天越说越悲观，难道中国只有这默淡的命运吗？

九月十五日　今天这里起了一个大风潮……这才叫作丢人呢！

维春枪决了！因为他私吞了二万元的公款，被醒胡告发，但是醒胡同时却发了五十万的大财，据说维春在委员会里很有点势力！他是偏于右方的，当时惹起反对党的忌恨，要想法破坏他，后来知道醒胡和他极要好，因约醒胡探听他的私事，如果能够致维春的死命，就给他五十万元，后来醒胡果然探到维春私吞公款的事情，到总部告发了，就把维春枪决了。

这真像一段小说呢！革命党中的青年竟照样施行了。自从我得到这消息以后，一直懊恼，我真想离开这里呢！

下午到杏农那里，谈到这件事，他也很灰心，唉！这到处腐朽的国事，我真不知应当怎么办呢？

九月十七日　这几天党里的一切事情更觉紊乱，昨夜我已经睡了，忽接到杏农的信，他说："这几天情势很坏，军长兵事失利，内部又起了极大的内讧——最大的原因是因为某军长部下所用一般人，都是些没有实力的轻浮少年，可是割据和把持的本领均很强，使得一部分军官不愿意他们，要想反戈，某军长知道实在不可为了，他已决心不干，所以我们不能不准备走路……请你留意吧！"

唉！走路！我早就想走路，这地方越作越失望，再往下去我简直要因刺激而发狂了！

九月二十二日　支党部几个重要的角色都跑尽了，我们无名小角也没什么人注意，还照旧在这里鬼混，但也就够狼狈了！有能力的都发了财，而我们却有断炊的恐慌，昨晚检点皮箧只剩两块钱。

早晨杏农来了，我们照吃了五毛钱一桌的饭，吃完饭，大家坐在屋里，皱着眉头相对。小珠忽然跑来，她依然兴高采烈，她一进门就嘻嘻哈哈地又说又笑，我们对她诉说窘状，她说："愁什么！我这里先给你们二十块，用完了再计较。"杏农才把心放下，于是我们暂且不愁饭吃，大家坐着谈些闲话，小珠对着我们笑道："我告诉你们一件有趣的新闻：你们知道兰芬吗？她真算可以，她居然探听到敌党的一切秘密；自然兰芬那脸子长得漂亮，敌党的张某竟迷上她了！只顾讨兰芬的喜欢，早把别的事忘了……他们的经过真有趣，昨天听兰芬告诉我们，真把我笑死！前天不是星期吗？一早晨，张某就到兰芬那里，请兰芬去吃午饭，兰芬就答应了他。张某叫了一辆汽车，同兰芬到德昌饭店去。到了那里，时候还早，他们就拣了一间屋子坐下，张某就对兰芬表示好意，诉说他对兰芬的爱慕。

兰芬笑道：'我很希望我们作一个朋友，不过事实恐怕不能！你不能以坦白的心胸对我……'张某听了兰芬的话，又看了那漂亮的面孔，真的，他恨不得把心挖出来给她，就说道：'兰芬，只要你真爱我，我什么都能为你牺牲，如果我死了，于你是有益的，我也可以照办。'兰芬就握住他的手说道，'我真感激你待我的诚意，不过我这个人有些怪僻，除非你告诉我一点别人所听不到的事情，那我就信了。'张某道：'我什么事都可以告诉你，现我背我的生平你听，兰芬！那你相信我了吧！'兰芬说：'你能将你们团体的秘密全对我说吗？……我本不当有这种要求，不过要求彼此了解起见，什么事不应当有掩饰呢！'张某简直迷昏了，他绝不想到兰芬的另有用意，他便把他的团体决议对付敌人种种方法告诉兰芬，以表示爱意……这真滑稽得可笑！"

小珠说得真高兴，可是我听了，心里很受感动，天下多少机密事是误在情感上呢！

十月一日 在那紊乱的N城，厮守不出所以然来。今天我又回到了上海，早车到了这里，稍吃了些点心，我就去看朋友。走到黄浦滩，由不得想到前几个月和沙姊话别的情形，那时节是多么兴奋！多么自负！……唉！谁想到结果是这么狼狈。现在觉悟了，事业不但不是容易成功，便连从事事业的途径也是不易选择的呢！

回到上海——可是我的希望完全埋葬在N城的深土中，什么时候才能发芽蓬勃滋长，谁能知道？谁能预料呵？

十月五日 我忽然患神经衰弱病，心悸胸闷，镇天生气，今天搬到医院里来。这医院是在城外，空气很好，而且四周围也很寂静。我睡在软铁丝的床上，身体很舒适了。可是我的病是在精神方面，身体越舒服暇馥，我的心思越复杂，我细想两三个月的经历，好像毒蛇在我的心上盘咬！处处都是伤痕。唉！我不曾加入革命工作的时候，我的心田里，万丛荆棘的当中，还开着一朵鲜艳的紫罗兰花，予我以前途灿烂的希望。现在呢！紫罗兰萎谢了，只剩下刺人的荆棘，我竟没法子迈步呢？

十月七日　两夜来，我只为已往的伤痕懊恼，我恨人类世界，如果我有能力，我一定要让它全个湮灭！……但是我有时并不这样想，上帝绝不这样安排的，世界上有大路，有小路，有走得通的路，有走不通的路，我并不曾都走遍，我怎么就绝望呢！我想我自己本没有下过探路的工夫，只闭着眼跟人家走，失败了！还不是自作自受吗？……

奇怪，我自己转了我愤恨的念头，变为追悔时，我心头已萎的紫罗兰，似乎又在萌芽了，但是我从此不敢再随意的摧残了，……我病好以后，我要努力找那走得通的路，去寻求光明。

以前的闭眼所撞的伤痕，永远保持着吧！……

曼丽的日记完了，我紧张的心弦也慢慢恢复了原状，那时夜漏已深，秋扇风摇，窗前枯藤，声更憀栗！彤芬也很觉得疲倦，我们暂且无言地各自睡了。我痴望今夜梦中能见到曼丽，细认她的心的创伤呢！

佳作点评

《曼丽》属于书信体小说，哀婉缠绵，色调也是悲哀的。作者期盼"今夜梦中能见到曼丽，细认她的心的创伤呢！"《曼丽》编于庐隐写于1927年的第二本短篇小说集《曼丽》，在个人因素和社会环境的双重影响下，作者的创作思想发生了变化，而短篇小说集《曼丽》就成为她"从颓唐中振起来的作品"。如《曼丽》集中多数作品一样，本篇作品也代表了作者希望脱掉幻想的感情花衫，并重新估定人生价值的期望。

玉 薇

□ [中国] 石评梅

久已平静的心波，又被这阵风雨，吹皱了几圈纤细的银浪，觉着窒息重压的都是乡愁。谁能毅然决然用轻快的剪刀，挥断这自吐自缚的罗网呵！

昨天你曾倚着窗默望着街上往来的车马，有意无意地问我："波微！前些天你寄我那封信含蓄着什么意思？"我当时只笑了笑，你说了几声"神秘"就走了。今天我忽然想告你一切，大胆揭起这一角心幕给你看：只盼你不要讥笑，也不要惊奇。

在我未说到正文以前，先介绍你看一封信，这封信是节录地抄给你：

飞蛾扑火而杀身，青蚕作茧以自缚，此种现象，岂彼虫物之灵知不足以见及危害？要亦造物网罗有一定不可冲破之数耳。物在此网罗之中，人亦在此网罗之中，虽大力挣扎亦不能脱。君谓"人之所幸幸而希望者，亦即我惴惴然而走避者"，实告君，我数年前即为坚抱此趋向之一人，然而信念自信念，事实则自循其道路，绝不与之相伴；结果，我所讪笑为追求者固溺矣，即我走避者，又何曾逃此藩篱？

　　世界以有生命而存在，我在其狂涡呓梦之中，君亦在其狂涡呓梦之中；吾人虽有时认得狂涡呓梦，然所能者仅不过认识，实际命运则随此轮机之旋转，直至生命静寂而后已。吾人自有其意志，然此意志，乃绝无权处置其命运，宰制之者乃一物的世界。人苟劝我以憬悟，勿以世为有可爱溺之者；我则愿举我之经验以相告，须知世界绝不许吾人自由信奉其意志也。我乃希望世人有超人，但却绝不信世上会有超人，世上只充满庸众。吾人虽或较认识宇宙；但终不脱此庸众之范围，又何必坚持违生命法则之独见，以与宇宙抗？

　　看完这封信，你不必追究内容是什么？相信我是已经承认了这些话是经验的事实的。

　　近来，大概只有两个月吧！忽然觉得我自己的兴趣改变了，经过许多的推测，我才敢断定我，原来在不知什么时候，我忽然爱恋着一个十七八岁的少女，她是我的学生。

　　这自然是一种束缚，我们为了名分地位的隔绝，我们的心情是愈压伏愈兴奋，愈冷淡愈热烈；直到如今我都是在心幕底潜隐着，神魂里系念着。她栖息的园林，就是我徘徊萦绕的意境，也就是命运安排好的囚笼。两月来我是这样沉默着抱了这颗迂回的心，求她的收容。在理我应该反抗，但我决不去反抗，纵然我有力毁碎，有一切的勇力去搏斗，我也不去那样做。假如这意境是个乐园，我愿作个幸福的主人，假如这意境是囚笼，我愿作那可怜的俘虏。

　　我确是感到一种意念的疲倦了。当桂花的黄金小瓣落满了雪白的桌布，四散着清澈的浓香，窗外横抹着半天红霞时，我每每沉思到她那冷静高洁的丰韵。朋友！我心是这样痴，当秋风吹着枯黄的落叶在地上旋舞，枝上的小鸟悼伤失去的绿荫时,我心凄酸地欲流下泪来;但这时偶然听见她一声笑语,我的神经像在荒沙绝漠寻见绿洲一样的欣慰!

我们中间的隔膜,像竹篱掩映着深密芬馥的花朵,像浮云遮蔽着幽静皎洁的月光,像坐在山崖上默望着灿烂的星辉,听深涧流水,疑惑是月娥环佩声似的那样令人神思而梦游。这都是她赐给我的,惟其是说不出、写不出的情境,才是人生的甜蜜,艺术的精深呢!

我们天天见面,然而我们都不说什么话,只彼此默默地望一望,尝试了这种神秘隐约的力的驱使,我可以告诉你,似在月下轻弹琵琶的少女般那样幽静,似深夜含枚急驱的战士般那样渺茫,似月下踏着红叶,轻叩寺门的老僧那样神远而深沉。但是除了我自己,绝莫有人相信我这毁情绝义的人,会为了她使我像星星火焰,烧遍了原野似的不可扑灭。

有一天下午,她轻轻推开门站在我的身后,低了头编织她手中的绒绳,一点都没有惊动我;我正在低头写我的日记,恰巧我正写着她的名字。她轻轻地叫了一声,我抬起头来从镜子里看见她,那时我的脸红了!半响才说了一句不干紧要的话敷衍下去;坦白天真的她,何曾知道我这样局促可怜。

我只好保留着心中的神秘,不问它银涛雪浪怎样淹没我,相信那里准有个心在——那里准有个海在。

写到这里我上课去了。吃完饭娜君送来你的信,我钦佩你那超越世界系缚的孤渺心怀,更现出你是如何的高洁伟大,我是如何的沉恋渺小呵!最后你因为朋友病了,战争阻了你的归途,你万分诅恨和惆怅!诚然,因为人类才踏坏了晶洁神秘的原始大地,留下这疏散的鸿爪;因为人类才废墟变成宫殿,宫殿又变成丘陵;因为人类才竭血枯骨,攫去大部分的生命,装潢一部分的光荣。

我们只爱着这世界,并不愿把整个世界供我支配与践踏。我们也愿意戴上银盔,骑上骏马,驰骋于高爽的秋郊,马前有献花的村女,四周有致敬的农夫；但是何忍白玉杯里酌满了鲜血，旗麾下支满了枯骨呢？自然，我们永远是柔弱的女孩，不是勇武的英雄。

这几夜月儿皎莹，心情也异常平静。心幕上掩映着的是秋月，沙场，凝血，尸骸；要不然就是明灯绿帷下一个琴台上沉思的情影。玉薇！前者何悲壮，后者何清怨？

佳作点评

石评梅的一生，便是一个极美丽的悲剧，这几乎在她的绝大部分作品里都能体现，本篇也不例外。主人公暗恋着他的女学生，"我每每沉思到她那冷静高洁的丰韵。朋友！我心是这样痴……"于是秋风落叶、枝上小鸟都变得无比凄酸，作者善于描绘种种悲痛、忧伤的心灵感受，世间万物因为那爱而不能的思恋无不蒙上了忧郁灰暗的色彩。而主人公的心情是"愈压伏愈兴奋，愈冷淡愈热烈"，"心幕底潜隐着，神魂里系念着"，作者极尽其能，把暗恋的感觉表达得淋漓尽致，令人折服。

漱 玉

□ ［中国］石评梅

永不能忘记那一夜。

黄昏时候，我们由嚣扰的城市，走进了公园，过白玉牌坊时，似乎听见你由心灵深处发出的叹息，你抬头望着青天闲云，低吟着："望云惭高鸟，临水愧游鱼……"你挽着我的手靠在一棵盘蜷虬曲的松根上，夕阳的余辉，照临在脸上，觉着疲倦极了，我的心忽然搏跳起来！沉默了几分钟，你深呼了一口气说："波微！流水年华，春光又在含媚地微笑了，但是我只有新泪落在旧泪的帕上，新愁埋在旧愁的坟里。"我笑了笑，抬头忽见你淡红的眼圈内，流转着晶莹的清泪。我惊疑想要追问时，你已跑过松林，同一位梳着双髻的少女说话去了。

从此像微风吹经了一池春水，似深涧潜伏的蛟龙蠕动，那纤细的网，又紧缚住我。不知何时我们已坐在红泥炉畔，我伏在桌上，想静静我的心。你忽然狂笑摇着我的肩说："你又要自找苦恼了！今夜的月色如斯凄清，这园内又如斯寂静，哪能让眼底的风景逝去不来享受呢？振起精神来，我们狂饮个醺醉，我不能骑长鲸，也想跨白云，由白云坠在人寰时，我想这活尸也可跌她个粉碎！"你又哈哈地笑起来了！

葡萄酒一口一口地啜着,冷月由交织的树纹里,偷觑着我们,暮鸦栖在树阴深处,闭上眼睛听这凄楚的酸语。想来这静寂的园里,只有我们是明灯绿帏玛瑙杯映着葡萄酒,晶莹的泪映着桃红的腮。沉寂中你忽然提高了玉琴般的声音,似乎要哭,但莫有哭;轻微地咽着悲酸说:"朋友!我有八年埋葬在心头的隐恨!"经你明白的叙述之后,我怎能不哭,怎能不哭?我欣慰由深邃死静的古塔下,掘出了遍觅天涯找不到的同情!我这几滴滴在你手上的热泪,今夜才找到承受的玉盂。真未料到红泥炉畔,这不灿烂,不热烈的微光,能照透了你严密的心幕,揭露了这八年未示人的隐痛!上帝呵!你知道吗?虚渺高清的天空里,飘放着两颗永无归宿的小心。

在那夜以前,莫有想到地球上还有同我一样的一颗心,同我共溺的一个海,爱慰抚藉我的你!去年我在古庙的厢房卧病时,你在我病榻前讲了许多幼小时的过去,提到母亲死时,你也告过我关乎醒的故事。但是我哪能想到,悲惨的命运,系着我同时,系着你呢?

漱玉!我在你面前流过不能在别人面前流的泪,叙述过不能在别人面前泄漏的事,因此,你成了比母亲有时还要亲切的朋友。母亲何曾知道她的女儿心头埋着紫兰的荒冢,母亲何曾知道她的女儿,怀抱着深沉在死湖的素心——惟有你是地球上握着我库门金钥的使者!我生时你知道我为了什么生,我死时你知道我是为了什么死;假如我一朝悄悄地曳着羽纱,踏着银浪在月光下舞蹈的时候,漱玉!惟有你了解,波微是只有海可以收容她的心。

那夜我们狂饮着醇醴,共流着酸泪,小小杯里盛着不知是酒,是泪?咽到心里去的,更不知是泪,是酒?

红泥炉中的火也熄了,杯中的酒也空了。月影娟娟地移到窗上;我推开门向外边看看,深暗的松林里,闪耀着星光似的小灯;我们紧紧依偎着,心里低唤着自己的名字,高一步,低一步地走到社稷坛上,一进了那圆形的宫门，顿觉心神清爽，明月吻着我焦炙的双腮，凉风吹乱了我额上的散发，我们都沉默地领略这刹那留在眼上的美景。

那时我想不管她是梦回，酒醒，总之：一个人来到世界的，还是一人离开世界；在这来去的中间，我们都是陷溺在酿中沉醉着，奔波在梦境中的游历者。明知世界无可爱恋，但是我们不能不在这月明星灿的林下痛哭！这时偌大的园儿，大约只剩我俩人；谁能同情我们？我们何必向冷酷的人间招揽同情，只愿你的泪流到我的心里，我的泪流到你的心里。

那夜是悱恻哀婉的一首诗，那夜是幽静孤凄的一幅画，是写不出的诗，是画不出的画；只有心可以印着她，念着她！归途上月儿由树纹内，微笑地送我们；那时踏着春神唤醒的草，静卧在地上的斑驳花纹，冉冉地飘浮着一双瘦影，一片模糊中，辨不出什么是树影，什么是人影？

可怜我们都是在静寂的深夜，追逐着不能捉摸的黑影，而驰骋于荒冢古墓间的人！

宛如风波统治了的心海，忽然裹一点外物的诱惑，转换成几于死寂的沉静；又猛然为了不经意的遭逢，又变成汹涌山立的波涛，簸动了整个的心神。我们不了解，海涛为什么忽起忽灭；但我们可以这样想，只是因那里有个心，只是因那里有个海吧！

我是卷入这样波涛中的人，未曾想到你也悄悄地沉溺了！因为有心，而且心中有罗曼舞踏着，这心就难以了解了吗？因为有海，而且海中有巨涛起伏着，这海就难以深测了吗？明知道我们是错误了，但我们的心情，何曾受了理智的警告而节制呢！既无力自由处置自己的命运，更何力逃避系缠如毒蟒般的烦闷？它是用一双冷冰的手腕，紧握住生命的火焰。

纵然有天辛飞溅着血泪，由病榻上跃起，想拯救我沉溺的心魂；哪知我潜伏着的旧影，常常没有现在，忆到过去的苦痛着！不过这个心的汹涌,她不久是要平静;你是知道的,自我去年一月十八日坚决地藏裹起一切之后,我的愿望既如虹桥的消失,因之灵感也似乎麻木,现在的急掠如燕影般的烦闷,是最容易令她更归死寂的。

我现在恨我自己,为什么去年不死,如今苦了自己,又陷溺了别人,使我更在隐恨之上建了隐痛;坐看着忠诚的朋友,反遭了我的摧残,使他幸福的鲜花,植在枯寂的沙漠,时时受着狂风飞沙的撼击!

漱玉!今天我看见你时,我不敢抬起头来;你双眉的郁结,面目的黄瘦,似乎告诉我你正在苦闷着呢!我应该用什么心情安慰你,我应该用什么言语劝慰你?

什么是痛苦和幸福呢?都是一个心的趋避,但是地球上谁又能了解我们?我常说:"在可能范围内赐给我们的,我们同情地承受着;在不可能而不可希望的,我们不必违犯心志去破坏他。"现在我很平静,正为了枯骨的生命鼓舞愉乐!同时又觉着可以骄傲!

这几天我的生活很孤清,去了学校时,更感着淡漠的凄楚:今天接到 Celia 的信,说她这次病,几次很危险地要被死神接引了去,现在躺在床上,尚不敢转动;割的时候误伤了血管,所以时时头晕发烧。她写的信很长,在这草草的字迹里,我抖颤地感到过去的恐怖!我这不幸的人,她肯用爱的柔荑,检起这荒草野冢间遗失的碎心,盛入她温馨美丽的花篮内休养着,我该如何地感谢她呢?上帝!祝福她健康!祝福她健康如往日一样!

这几夜月光真爱人,昨夜我很早就睡了,窗上的花影树影,混成一片;静极了,虽然在这雕梁画栋的朱门里,但是景致宛如在三号一样;只缺少那古苍的茅亭,和盘蜷的老松树。我看着月光由窗上移到案上,案上移到地上,地上移到床上,洒满在我的身上。那时我静静地想到故乡锁闭的栖云阁,门前环抱的桃花潭,和高冈上姐姐的孤坟。母亲上了栖云阁,望见桃花潭后姐姐的坟墓,一定要想到漂泊异乡的女儿。

这时月儿是照了我,照了母亲,照着一切异地而怀念的人。

佳作点评

石评梅是民国时期的女作家,她的作品凄婉、忧伤,特别是她的散文,词语华丽,情真意切,以追求爱情,渴望自由、光明为主题。我们品尝一下她在《漱玉》中的描写,"在那夜以前,莫有想到地球上还有同我一样的一颗心,同我共溺的一个海,爱慰抚藉我的你!"爱与恨,生与死,"红泥炉中的火也熄了,杯中的酒也空了",道出"满纸辛酸泪"的图画。

关于女人

□ ［中国］瞿秋白

国难期间女人似乎也特别受难些。一些正人君子责备女人爱奢侈，不肯光顾国货。就是跳舞，肉感等等，凡是和女性有关的，都成了罪状。仿佛男人都成了苦行和尚，女人都进了修道院，国难就得救了似的。

其实那不是她的罪状，正是她的可怜。这社会制度，把她挤成了各种各式的奴隶，还要把种种罪名加在她头上。西汉末年，女人的眉毛画得歪歪斜斜，也说是败亡的预兆。其实亡汉的何尝是女人！总之，只要看有人出来唉声叹气地不满意女人，我们就知道高等阶级的地位有些不妙了。

奢侈和淫靡只是一种社会崩溃腐化的现象，决不是原因。私有制度的社会本来把女人也当做私产，当做商品。一切国家，一切宗教，都有许多稀奇古怪的规条，把女人当做什么不吉利的动物，威吓她，要她奴隶般地服从；同时又要她做高等阶级的玩具。正像正人君子骂女人奢侈，板着面孔维持风化，而同时正在偷偷地欣赏肉感的大腿文化。

阿拉伯一个古诗人说："地上的天堂是在圣贤的经典里，在马背上，在女人的胸脯上。"这句话倒是老实的供状。

自然，各种各式的卖淫总有女人的份。然而买卖是双方的。没有买淫的嫖男，哪里会有卖淫的娼女。所以问题还在卖淫的社会根源。这根源存在一天，淫靡和奢侈就一天不会消灭。女人的奢侈是怎么回事？男人是私有主，女人自己也不过是男人的所有品。她也许因此而变成了"败家精"。她爱惜家财的心要比较得差些。而现在，卖淫的机会那么多，家庭里的女人直觉地感觉到自己地位的危险。民国初年就听说上海的时髦总是从长三堂子传到姨太太之流，从姨太太之流再传到少奶奶，太太，小姐。这些"人家人"要和娼妓竞争——极大多数是不自觉的，——自然，她们就要竭力地修饰自己的身体，修饰拉得住男子的心的一切。这修饰的代价是很贵的，而且一天天地贵起来，不但是物质的代价，还是精神上的。

美国的一个百万富翁说："我们不怕……我们的老婆就要使我们破产，较工人来没收我们的财产要早得多呢，工人他们是来不及的了。"而中国也许是为着要使工人"来不及"，所以高等华人的男女这样赶紧地浪费着，享用着，畅快着，那里还管得到国货不国货，风化不风化。然而口头上是必须维持风化，提倡节俭的。

1933 年 4 月 11 日

佳作点评

瞿秋白是无产阶级革命家、文学理论批评家、翻译家。他的青年时代正处于新文化运动的酝酿和爆发期。他积极参加五四运动，1920 年被北京《晨报》聘为旅苏记者。瞿秋白还写了一些杂文和通俗文学作品，其中《关于女人》是他在"国难"之中，"当男人像女人，女人像男人的时候"写作的。他痛斥道："正像正人君子骂女人奢侈，板着面孔维持风化，而同时正在偷偷地欣赏肉感的大腿文化。"

菊英的出嫁

□［中国］鲁彦

菊英离开她已有整整的十年了。这十年中她不知道滴了多少眼泪，瘦了多少肌肉了，为了菊英，为了她的心肝儿。

人家的女儿都在自己的娘身边长大，时时刻刻倚傍着自己的娘，"阿姆阿姆"地喊。只有她的菊英，她的心肝儿，不在她的身边长大，不在她的身边倚傍着喊"阿姆阿姆"。

人家的女儿离开娘的也有，例如出了嫁，她便不和娘住在一起。但做娘的仍可以看见她的女儿，她可以到女儿那边去，女儿可以到她这里来。即使女儿被丈夫带到远处去了，做娘的可以写信给女儿，女儿也可以写信给娘，娘不能见女儿的面，女儿可以寄一张相片给娘。现在只有她，菊英的娘，十年中不曾见过菊英，不曾收到菊英一封信，甚至一张明片。十年以前，她又不曾给菊英照过相。

她能知道她的菊英现在的情形吗？菊英的口角露着微笑？菊英的眼边留着泪痕？菊英的世界是一个光明的？是一个黑暗的？有神在保佑菊英？有恶鬼在捉弄菊英？菊英肥了？菊英瘦了？或者病了？——这种种，只有天知道！

但是菊英长得高了，发育成熟了，她相信是一定的。无论男子或女子，到了十七八岁的时候想要一个老婆或老公，她相信是必然的。她确信——这用不着问菊英——菊英现在非常地需要一个丈夫了。菊英现在一定感觉到非常地寂寞，非常地孤单。菊英所呼吸的空气一定是沉重的，闷人的。菊英一定非常地苦恼，非常地忧郁。菊英定感觉到了活着没有趣味。或者——她想——菊英甚至于想自杀了。要把她的心肝儿菊英从悲观的、绝望的、危险的地方拖到乐观的、希望的、平安的地方，她知道不是威吓，不是理论，不是劝告，不是母爱，所能济事；唯一的方法是给菊英一个老公，一个年青的老公。自然，菊英绝不至于说自己的苦恼是因为没有老公；或者菊英竟当真的不晓得自己的苦恼是因何而起的也未可知。但是给菊英一个老公，必可除却菊英的寂寞，菊英的孤单。他会给菊英许多温和的安慰和许多的快乐。菊英的身体有了托付，灵魂有了依附，便会快活起来，不至于再陷入这样危险的地方去了。问一个十七八岁的女子要不要老公，这是不会得到"要"字的回答的。不论她平日如何注意男子，喜欢男子，想念男子，或甚至已爱上了一个男子，你都无须多礼。菊英的娘明白这个道理，所以也毅然地把对女儿的责任照着向来的风俗放在自己的肩上了。她已经耗费了许多心血。五六年前，一听见媒人来说某人要给儿子讨一个老婆，她便要冒风冒雨，跋山涉水地去东西打听。于今，她心满意足了，她找到了一个非常好的女婿。虽然她现在看不见女婿，但是女婿在七八岁时照的一张相片，她看见过。他生得非常的秀丽，显见得是一个聪明的孩子。因了媒人的说合，她已和他的爹娘订了婚约。他的家里很有钱，聘金的多少是用不着开口的。四百元大洋已做一次送来。她现在正忙着办嫁妆，她的力量能好到什么地步，她便好到什么地步。这样，她才心安，才觉得对得住女儿。

菊英的爹是一个商人。虽然他并不懂得洋文，但是因为他老成忠厚，森森煤油公司的外国人遂把银行托付了他，请他做经理。他的薪水不多，每月只有三十元，但每年年底的花红往往超过他一年的薪水。他在森森公司五年，手头已有数千元的积蓄。菊英的娘对于穿吃，非常地俭省。虽然菊英的爹不时一百元二百元地从远处带来给她，但她总是不肯做一件好的衣服，买一点好的小菜。她身体很不强健，屡因稍微过度的劳动或心中有点不乐，她的大腿腰背便会酸起来，太阳心口会痛起来，牙床会浮肿起来，眼睛会模糊起来。但是她虽然这样地多病，她总是不肯雇一个女工，甚至一个工钱极便宜的小女孩。她往往带着病还要工作。腰和背尽管酸痛，她有衣服要洗时，还是不肯在家用水缸里的水洗——她说水缸里的水是备紧要时用的——定要跑到河边，走下那高高低低摇动而且狭窄的一级一级的埠头，跪倒在最末的一级，弯着酸痛的腰和背，用力地洗衣服。眼睛尽管起了红丝，模糊而且疼痛，有什么衣或鞋要做时，她还是要带上眼镜，勉强地做衣或鞋。她的几种病所以成为医不好的老病，而且一天比一天厉害了下去，未始不是她过度地勉强支持所致。菊英的爹和邻居都屡次劝她雇一个女工，不要这样过度地操劳，但她总是不肯。她知道别人的劝告是对的。她知道自己的身体一天不如一天的缘故。但是她以为自己是不要紧的，不论多病或不寿。她以为要紧的是，赶快给女儿嫁一个老公，给儿子讨一个老婆，而且都要热热闹闹阔阔绰绰地举办。菊英的娘和爹，一个千辛万苦地在家工作，一个飘海过洋地在外面经商，一大半是为的儿女的大事。如果儿女的婚姻草草地了事，他们的心中便要生出非常地不安。因为他们觉得儿女的婚嫁，是做爹娘责任内应尽的事，做儿女的除了拜堂以外，可以袖手旁观。不能使喜事热闹阔绰，他们便觉得对不住儿女。人家女儿多的，也须东挪西扯地弄一点钱来尽力地把她们一个一个、热热闹闹阔阔绰绰地嫁出去，何况他们除了菊英没有第二个女儿，而且菊英又是娘所最爱的心肝儿。

佳作点评

鲁彦是我国现代著名的乡土小说家、翻译家，被鲁迅评价为"一代乡土文学代表作家"。其作品大都以半殖民化的中国江南小镇为背景，描摹了浙东农村的人情世态、民风习俗，显示其细腻、淳朴、自然的风格。小说《菊英的出嫁》反映的是浙东农村的"冥婚"习俗，描写了旧时代妇女的悲惨命运。所选章节细致描写了作为当嫁女子父母的复杂心理，让人体悟到"可怜天下父母心"的甘苦。

凤子进城

□［中国］缪崇群

才是黄昏的时刻，因为房子深邃，已经显得非常黑暗了。对面立着一个小女孩子，看不清她的相貌，只觉得她的身材比八仙桌子高不了许多。

嫌房子黑，也想看一看这个小人。

"会擦洋灯罩子吗？"我指了一指那盏放在桌子当中的美孚行的红洋油灯。迟疑，没有回答。连自己想着也怕麻烦，便划了一根火柴把它点着了。

骤然的光亮，使她的眼睛感着一种苦涩的刺激似的。

"我们乡里下不点灯，天黑了就上床睡觉了。"边说着边不停地眨着眼。话的声调很清楚，样子是伶俐的。

看见她有一张薄薄的嘴，扁扁的鼻子，细小的眼睛，一根黄黄的短辫子，拖着的是一副灰白的脸。

想到刚才介绍人说的她的年龄，不大相信起来了。

"看你只有十一二岁，别瞒人。"

"十六，真的是十六，我属羊子的。"

"属羊子的十六——"

她急忙点着头，自己接连着说：

"我大姐二十四，我二哥十九，我小哥十八，我，我十六，小毛子十四，小丫头十一，春子——春子九岁……"

知道她也许真的是十六岁了，想——乡村里的孩子是这样地长大不起来啊！一群一群没有营养的小孩子的面庞，无数只的瘦小的手，像是在眼前陈列了起来，伸举起来了。

"春子是顶小的了。"想止住了她的话，免得她再计算再背。

她摇了一摇头，随着搬起左手的小指和无名指说：

"还有两个，一个吃着奶，一个才会走。"

"你们家里的人可真不少了。"

"还送掉两个给人哩。小毛子给人家做养媳，他们家里穷，也在家里。"

"对了，还没有问你叫什么名子哩。"

"我叫凤子。"

听到这个好名字，却想到了许多不幸的小孩子们的名子了。她们叫金宝，她们叫银子，她们叫小喜子，叫小红儿……可是她们是贫贱的，褴褛的，饥饿的，她毫无生气的在茅草棚里，在土坯洞里活着，像没有在地上映过一个影子似的那么寂寞，那么短促地又离散了又死亡了。不知怎么，这个初进城的凤子，带来了一种时代的忧郁的气氛，仿佛把这一间房子罩得更阴沉了一些似的了。

晚饭的时候，让凤子也坐在一旁吃。拨了一碟腌菜，和空了一半的咸蛋。她吃得不住口，说也不住口：

"我们乡里下的菜可没有这多油，一酒杯要炒一大锅，蛋是谁也舍不得吃，两个半铜板一个，拿去换盐换米，他们一贩到城里就卖六七个铜板了。我们有七只鸭，天天放到河里，有了歹人，偷一只，偷一只，偷一只，后来都偷光了。"放下了碗筷，拿手比着势子，说挺肥挺大的。她爹也想出来了，乡下的日子过不了。

问她爹会作什么，风子说顶有力气，会烧大锅的饭。

……

"我进城来爹爹送了我很远很远，他说他长了这么大还没有进过城，倒是我能来了。他又回去了……真的，他顶有力气，他会烧大锅的饭。"

她停顿着，像在探试着她的推荐有没有效果似的。

谁能告诉她的爹的力气有什么用处呢？城里头就是有千万个烧大锅饭人的地方，饥饿的乡里人怕也只是徒然望着他家里的那个张着大嘴的空大锅叹息罢？

吃罢饭，风子到老虎灶冲水去了，去了很久，她的介绍人又来了。笑着，是一个狡猾的有油的家伙。他把风子带走了。

后院的陈妈说刚才老虎灶上有人拖风子的辫子，摸她的脸。

"外边尽是歹人！"是她的结语。

风子进城了，怕又到了城的另一隅了。城像一个张着口的大锅，恐怕不用油，也能炒熟了许多许多东西的罢。

佳作点评

缪崇群的散文清新、淡雅，小人物、小地方的悲欢是他作品固定的题材，在《风子进城》中，看似简单的只是记述了"我"与风子的交谈，谈的内容也只是风子对自家生活的介绍，但作者的一句话，却表明其意图不仅仅如此——"不知怎么，这个初进城的风子，带来了一种时代的忧郁的气氛，仿佛把这一间房子罩得更阴沉了一些似的了。"作者对受苦受难的劳苦大众充满同情，对社会现实存在严重的不满，但又似乎无能无力，反映其矛盾的内心世界。

不速之客

□ [中国] 郑振铎

这里离上海虽然不过一天的路程，但我们却以为上海是远了，很远了；每日不再听见隆隆的机器声，不再有一堆一堆的稿子待阅，不再有一束一束来往的信件。这里有的是白云，是竹林，是青山，如果整日地靠在红栏杆上，看看山，看看田野，看看书，那么，便可以完全与外面的世界隔绝。偶然地听着鸟声桀格桀格地啭着，或一只两只小鸟，如疾矢似的飞过槛外，或三五丛蝉声曼长地和唱着，却更足以显出山中的静谧与心中的静谧来。

然而我们每天却有两次或三次是要与上海及外面世界接触的：一次便是早晨八时左右邮差的降临，那是照例总有几封信及一束日报递来的。如果今天邮差迟了一点来，或没有信件，我们心里便有些不安逸。

"我有信没有？"一见绿衣人的急步噔噔噔地上了楼，便这样的问；有时在路上遇见了，那时时间是更早，也便以这同样的问题问他。

他跑得满头是汗，从邮袋中取了信件日报出来，便又匆匆地转身下楼了。我到了山中不到三天，已与这个邮差熟悉。因为每次送这一带地方邮件的总是他。据他说，今年上山的人不到三百。因为熟悉了，在中途向他要信时，他当然不会不给的。

再一次是下午五时左右：那时带了外面的消息来的，又是邮差，且又是同样的那一个邮差；不过这一次是靠不住的，有时来，有时不来。

最后一次是夜间九、十时左右，那时是上海或杭州的旅客由山下坐了轿子来的时候。因为滴翠轩的一部分是旅馆，所以常常有旅客来。我的房间隔壁，有两间空房，后面也有一间，这几个房间的住客是常常更换的。有时是官僚，有时是军人，有时是教育家，有时是学生——我还曾在茶房扫除房间时，见到一封住客弃掉的诉说大学生活的苦闷的信——有时是商人，有时是单身，有时是带了女眷。虽然我是不大同他们攀谈的，但见了他们的各式各样的脸，各式各样的举动，也颇有趣。不过他们来时，往往我们已经睡了。第二天一清晨，便听见老妈子们纷纷传说来的是什么样的人。有时，座谈得迟了，便也看见他们上山。大约每一二夜总有一批人来。一见轿夫挑夫的喧语，呼唤茶房的声音，楼梯上杂乱匆促的足步声，便知山客是又多了几个了。有时，坐在廊前，也看见对山有灯火荧荧地移动。老妈子们便道："又有人上山了。"刘妈道："一个，两个，还有一个，妈妈呀，轿子多着呢！今天来的人真不少呀！"这些人当然不是到滴翠轩来的，因为到滴翠轩是走老路近，而对山却是新路，轿夫们向来不走的。走新路的，都是到岭上各处别墅上去的。

第一次第二次的外面消息，是我们所最盼望的，因为载来的是与我们有关的消息。尤其热忱地来候着的是我。因为，箴没有和我同来，我几次写信去，总催她快些上山来。上海太热，是其一因，还有……

别离，那真不是轻易说的。如果你偶然孤身做客在外，如果你不是怕见你那母夜叉似的妻，如果你没有在外眷恋了别一个女郎，你必定会时时地想思到家中的她，必定会有一种说不出的离情别绪萦挂在心头的，必定会时时地因事，因了极小极小的事，而感到一种思乡或思家之情怀的。那是每个人都是这个样子的，毋庸其讳言。即使你和她向来并不怎么和睦，常常要口角几声，隔了几天，且要大闹一次的，然而到了别离之后，你却在心头翻腾着对于她的好感。别离使你忘了她的坏处，而只想到了她，特别是她的好处。也许你们一见面，仍然再要口角，再要拍桌子，摔东西地大闹，然而这时却有一根极坚固极大的无形的情线把你和她牵住，要使你们互相接近。你到了快归家时，你心里必定是"归心如箭"；你到了有机会时，必定要立刻地接了她出来同住。有几个朋友，在外面当教员的，一到暑假，经过上海回家时，必定是极匆忙地回去，多留一天也不肯。"他是急于要想和他夫人见面呢。"大家都嘲笑似的谈着。那不必笑，换了你，也是要如此的。

这也毋庸讳言，我在这里，当然地，时时要想念到她。我写了好几封信给她，去邀她来。"如果路上没有伴，可叫江妈同来。"但她回了信，都说不能来。我们大约每天总有一封信来往，有时有两封信，然而写了信，读了信，却更引起了离别之感。偶然她有一天没有信来，那当然是要整天地不安逸的。

"铎，你不在，我怎么都不舒服，常常地无端生气，还哭了几次呢。你什么时候才能回来呢？"这是她在我走了第二日写来的信。

凄然的离情，弥漫了全个心头，眼眶中似乎有些潮润，良久，良久，还觉得不大舒适。

听心南先生说，有两位女同事写信告诉他，要到山上来住。那是很好的机会，可以与箴结伴同行的。我兴冲冲地写了信去约她。但她们却终于没有成行，当然她也不来了。我每天匆匆地工作着，预备早几天把要做的工做完。她既不能来，还是我早些回去吧。

有一次，我写信叫她寄了些我爱吃的东西来。她回信道："明后天有两位你所想不到的人上山来，我当把那些东西托他们带上。"

这两位我所想不到的人是谁呢？执了信沉吟了许久，还猜不出。也许是那两位女同事也要来了吧？也许是别的亲友们吧？我也曾写信去约圣陶、予同他们来游玩几天，也许会是他们吧？

一天过去了，两天过去了，这两位还没有到，我几乎要淡忘了这事。

第三夜，十点钟的左右，我已经脱了衣，躺在床上看书。倦意渐渐迫上眼睫，正要吹灭了油灯，楼梯上突然有一阵匆促的杂乱的足步声；这足步到了房门口，停止了。是茶房的声音叫道：

"郑先生睡了没有？楼下有两位女客要找你。"

"是找我么？"

"她说是要找你。"

我心头扑扑地跳着。女客？那两位女同事竟来了么？匆匆地穿上了睡衣，黑漆漆地摸到楼梯边，却看不出站在门外的是谁。

"铎，你想得到是我来了么？"这是箴的声音，她由轿夫执的灯笼光中先看见了我，"是江妈伴了我来的。"

这真是一位完全想不到的不速之客！

在山中，我的情绪没有比这一时更激动得厉害的了。

1926年11月28日

佳作点评

郑振铎在商务印书馆工作期间，总编辑高梦旦先生的小女儿高君箴闯入了他的生活。她欣赏郑振铎的人品和才华，最终有情人终成眷属，他们幸福地结合了。我们从《不速之客》这篇优美的文字中可以看到爱恋中的男女主人公的心理，多么情意缠绵！正如古人云："一日不见如三秋兮！"

直到成功

□ [美国] 奥格·曼狄诺

坚持不懈，直到成功。

在古老的东方，挑选小公牛到竞技场格斗有一定的程序。它们被带进场地，向手持长矛的斗牛士攻击，裁判以它受戳后再向斗牛士进攻的次数多寡来评定这只公牛的勇敢程度。从今往后，我须承认，我的生命每天都在接受类似的考验。如果我坚韧不拔，勇往直前，迎接挑战，那么我一定会成功。

坚持不懈，直到成功。

我不是为了失败才来到这个世界上的，我的血管里也没有失败的血液在流动。我不是任人鞭打的羔羊，我是猛狮，不与羊群为伍。我不想听失意者的哭泣，抱怨者的牢骚，这是羊群中的瘟疫，我不能被它传染。失败者的屠宰场不是我命运的归宿。

坚持不懈，直到成功。

生命的奖赏远在旅途终点，而非起点附近。我不知道要走多少步才能达到目标。踏上第一千步的时候，仍然可能遭到失败。但成功就藏在拐角后面，除非拐了弯，我永远不知道还有多远。

再前进一步，如果没有用，就再向前一步。事实上，每次进步一点点并不太难。

坚持不懈，直到成功。

从今往后，我承认每天的奋斗就像对参天大树的一次砍击，头几刀可能了无痕迹。每一击看似微不足道，然而，累积起来，巨树终会倒下。这恰如我今天的努力。就像冲洗高山的雨滴，吞噬猛虎的蚂蚁，照亮大地的星辰，建起金字塔的奴隶，我也要一砖一瓦地建造起自己的城堡，因为我深知水滴石穿的道理，只要持之以恒，什么都可以做到。

坚持不懈，直到成功。

我决不考虑失败，我的字典里不再有放弃、不可能、办不到、没法子、成问题、失败、行不通、退缩……这类愚蠢的字眼。我要尽量避免绝望，一旦受到它的威胁，立即想方设法向它挑战。我要辛勤耕耘，忍受苦楚。我放眼未来，勇往直前，不再理会脚下的障碍。我坚信，沙漠尽头必是绿洲。

坚持不懈，直到成功。

我要牢牢记住古老的平衡法则，鼓励自己坚持下去，因为每一次的失败都会增加下一次成功的机会。这一次的拒绝就是下一次的赞同，这一次皱起的眉头就是下一次舒展的笑容。今天的不幸，往往预示着明天的好运。夜幕降临，回想一天的遭遇，我总是心存感激。我深知，只有失败多次，才能成功。

坚持不懈，直到成功。

我要尝试，尝试，再尝试。障碍是我成功路上的弯路，我迎接这项挑战。我要像水手一样，乘风破浪。

坚持不懈，直到成功。

从今往后，我要借鉴别人成功的秘诀。过去是否成败，我全不计较，只抱定信念，明天会更好。当我精疲力竭时，我要抵制回家的诱惑，再试一次。我一试再试，争取每一天的成功，避免以失败收场。我要为明天的成功播种，超过那些按部就班的人。在别人停滞不前时，我继续拼搏，终有一天我会丰收。

坚持不懈，直到成功。

我不因昨日的成功而满足，因为这是失败的先兆。我要忘却昨日的一切，是好是坏，都让它随风而去。我信心百倍，迎接新的太阳，相信"今天是此生最好的一天"。

只要我一息尚存，就要坚持到底，因为我已深知成功的秘诀：

坚持不懈，终会成功。

佳作点评

奥格·曼狄诺出生于美国东部的一个平民家庭，年轻时做过保险推销员，但因没有业绩整个人消沉颓废，终日与酒精作伴，最终失去了宝贵的家庭、房子和工作，几乎赤贫如洗。幸运的是他偶然之间遇到一位学识渊博、见识高远的牧师，在他指导下，努力读书，坚持不懈，寻找自己，最大限度地实现自己的价值。他创办了杂志社——《成功》，改变了自己的命运，成为美国家喻户晓的公众人物、英雄。《直到成功》这篇作品，仿佛就是奥格·曼狄诺总结自己的人生经历而发出的个人宣言：坚持不懈，直到成功，而且终会成功。

积极的进取

□［美国］拿破仑·希尔

卡耐基曾经告诉过我："有两种人绝不会成大器：一种是除非别人要他做，否则绝不主动做事的人；另一种人则是即使别人要他做，也做不好事情的人。那些不需要别人催促，就会主动去做应做的事，而且不会半途而废的人必将成功。"

创造非凡成就的人都有一些共同的特质，包括：制订明确目标；不断追求明确目标的动机；成立智囊团以期获得达到目标的力量；独立；自律；以"赢的意志"为基础所建立起来的坚毅精神；有所节制和导引的丰富想象力；迅速且明确地决策的习惯；以事实为根据发表意见而非猜测；要求自己多付出一点点的习惯；激发热忱和控制热忱的能力；要求细节的习惯；听取批评而不动怒的能力；熟悉十项基本的行为动机；一次致力于一项工作的能力；为自己的行为负更多责任的能力；为属下的过失承担所有责任的意愿；对属下和朋友付出耐心；随时保持积极心态；运用信心的能力；贯彻到底的习惯；强调彻底而非强调速度的习惯；可信赖性。

当你明确目标之时，就是你开始运用个人进取心的时候了，开始执行你的计划，组织你的智囊团。尽管你会发现在执行计划的过程中，你的目标发生一些变化，但最重要的是"马上展开"你的计划。

别让外在力量影响你的行动，虽然你必须对他人的惊讶和你所面对的竞争做出反应，但你必须每天以你的既定计划为基础向前迈进。用你对成功的想象来滋养你的强烈的欲望；让你的欲望和热情燃烧，最好能烧到你的屁股，随时提醒你不可在应该行动时，仍然坐待机会。

每当你完成一件工作时就应做一番反省，这是你所能做到的最好的成绩吗？如何能做得更好，何不现在就使自己更进一步？是否能够发挥个人进取心，应视你对于每次机会的觉醒程度，以及你是否能在发现机会时立即行动而定。

很明显地，个人进取已是一种要求甚多的特质，它的实践需要许多心理资源作为后盾。当你的进取已处于低潮时，不妨求助于可在其他所有成功原则中注入新生命力，并且使它们再度发挥作用的一项原理：积极心态。

▎佳作点评▎

拿破仑·希尔是影响美国两任总统及千百万读者的成功学大师。他在《积极的进取》一文中告诉我们，如何做才算是积极的人生以及创造非凡成就的人都有哪些共同特质。积极的人生态度是成功的基石。

创造成功的机会

□ [美国] 奥里森·马登

不要等待非同寻常的机会在你的面前出现，而要抓住每一个普通的机会，让它在你的手中变得非同寻常。1838年9月6日早晨，在英格兰与苏格兰之间的兰斯顿灯塔里，一位年轻的女子被外面恐惧的呼叫声惊醒了。外面正狂风大作，暴雨倾盆如注，海浪在怒吼翻滚，一阵凄厉的呼叫声穿越呼啸的风声与咆哮的波涛声传来。而她的父母却什么也没有听见。通过望远镜，她看见九个人，他们正拼命地抓住一艘失事船只的漂浮木板，而船头却悬挂在了半英里之外的岩石上。

"我们对此无能为力。"灯塔的看守人威廉姆·达琳无可奈何地摇摇头说。"不，一定会有办法的，想想办法吧。我们必须把他们救出来。"女儿含泪苦苦地恳求着父母。父亲终于动摇了："好吧，格雷思，我就按你的要求去试一试，但我知道这样有悖常理，不合我的判断。"

随后，一叶小舟如同狂风中飘零的一片羽毛一样，在汹涌澎湃的大海上颠簸起伏，穿过疾风骤雨，钻过惊涛骇浪，驶向失事的船只。那些船员们的尖声呼叫将这位羸弱女子的柔弱身躯挤压成了钢筋铁骨。不知道从哪儿来的一股勇气和力量，这个勇敢的姑娘与父亲一道，奋力地划着桨在暴风雨中穿行。九个船员最终得救了，他们安全地到了船上。

"愿上帝保佑你，亲爱的姑娘。没想到您这么一位如此单薄瘦弱的姑娘，却在惊涛骇浪中救了这么多的人。"一位船员难以置信地看着这位女英雄，不禁脱口称赞道。她的所作所为让全英国的人都感到无比光荣。她的英雄气概让高贵的君王在她面前也黯然失色。

弱者等待机会，而强者创造机会。

夏宾说过："优秀的人不会等待机会的到来，而是寻找并抓住机会，把握机会，征服机会，让机会成为服务于他的奴仆。"

你一生中能获得特殊机会的可能性还不到百万分之一；然而，机会却常常出现在你面前，你可以把握住机会，将它变为有利的条件。而你所需要做的事情只有一件：行动起来。

软弱的人和犹豫不决的人总是借口说没有机会，他们总是喊：机会！请给我机会！其实，每个人生活中的每时每刻都充满了机会。你在学校或是大学里的每一堂课是一次机会；每一次考试是你生命中的一次机会；每一个病人对于医生都是一个机会；每一篇发表在报纸上的报道是一次机会；每一个客户是一个机会；每一次布道是一次机会；每一次商业买卖是一次机会，是一次展示你的优雅与礼貌、果断与勇气的机会，是一次表现你诚实品质的机会，也是一次交朋友的好机会；每一次对你自信心的考验都是一次机会。

在这个世界上，生存本身就意味着上帝赋予了你奋斗进取的特权，你要利用这个机会，充分施展自己的才华，去追求成功，那么这个机会所能给予你的东西要远远大于它本身。想一想吧，像弗莱德·道格拉斯这样一个连身体都不曾属于自己的奴隶，尚且能够通过自身的努力最终成为一位杰出的演说家、作家和政治家，那么，当今的年轻人，与道格拉斯相比拥有无限机会的年轻人，是不是应该做得更好些呢？

只有懒惰的人才总是抱怨自己没有机会，抱怨自己没有时间；而勤劳的人永远在孜孜不倦地工作着、努力着。有头脑的人能够从琐碎的小事中寻找出机会，而粗心大意的人却轻易地让机会从眼前飞走了。有的人在其有生之年处处都在寻找机会。他们就像辛劳的蜜蜂一样，从每一朵花中汲取琼浆。对于有心人而言，每一个他们遇到的人，每一天生活的场景都是一个机会，都会在他们的知识宝库里增添一些有用的知识，都会给他们的个人能力注入新的能量。

佳作点评

奥里森·马登被公认为美国成功学的奠基人和最伟大的成功励志导师、成功学之父。他是《成功》杂志的创办人，致力于把个人成功学传授给每一个想出人头地的年轻人。"弱者等待机会，而强者创造机会。"机会之于每个人都是公平的，不同的人做出了不同的选择，从而塑造了不同的人生。

创造性天才

□［美国］爱迪生

伟大的天才人物并不是全部为世界所欣赏，这是因为他们那些令人惊叹、喜爱的作品，并不是凭借于技巧和学识，而是由于他们的天赋才情而创作出来的。在这些伟大的天才人物身上似乎有些伟大的品质，这些东西的美是法国人称之为文人才子的所有品格和修饰的美所远远不能比拟的，他们靠这些东西表现出一种天才，而这种天才是在交际、思考和阅读最高雅的作品的过程中培育成的。那些伟大的天才可以在涉猎高尚艺术和科学中捕捉信息，进而陷于模仿的境地。

在人类的历史中，许多伟大的天才人物，在其成功的道路上从未受过艺术规律的限制和束缚。在荷马的作品中，想象的奔放是维吉尔力所不及的；而在《旧约全书》中我们看到，有些章节又比荷马作品中的任何章节都更为庄严和崇高。在认为古代人是更伟大和更富于魅力的天才的同时，我们必须承认，他们中间最伟大的人物可以说远远不能超过现代人的精细与恰切。在他们的暗喻或明喻的创作中，只要某种相似性的存在与否而对比喻的合宜不加考虑。例如，所罗门把他爱人的鼻子比做面朝大马士革的黎巴嫩塔楼，就像夜间盗贼进宅。在《新约全书》中也有类似的比喻。古人描写中个别的过失，为那些庸才俗子的讥讽嘲笑敞开了广阔的言路。荷马用麦田中一头被全村孩子痛打而无法移动一步的驴子，来比喻他的一位被敌人包围的英雄。而把另一位在床上翻来滚去并且怒不可遏的英雄，比做一块在煤火上烘烤的鲜肉。他们根本体味不到描写伟大作品的崇高美，只知道嘲笑作品中的某种不合礼仪。

当代的波斯皇帝遵奉东方人的这种思维方式，在许许多多自命不凡的头衔之中，选取了光辉的太阳和快乐的树种。简单地说，要放弃那种对古人创作中微小瑕疵的探究。特别是热带的那些古人，他们的想象最热烈也最生动，因此我们必须以一丝不苟的精雕细刻的创作精神来弥补我们气魄和力量的不足。我们的同胞莎士比亚就是这种第一流伟大天才的卓越典范。

佳作点评

爱迪生，伟大的科学家、发明家。他发明了电灯、留声机、电话、电报、电影等，为人类的文明和进步做出了巨大的贡献。《创造性天才》一文表达了这位伟人对于"天才"的理解，指出天才不会因为小的"瑕癖"而影响其作为天才的伟大。

你不必完美

□ [美国] 哈罗德·库辛

因为世界上没有十全十美的事，所以我们只能尽最大努力把事情做好。每天，我们都面对着许多不同的问题，以至于无人能始终都不出错。

每当我把某件事做错了而必须向自己的孩子们道歉时，我都会害怕他们不再爱戴我。但后来我才知道，我的担心是多余的。他们因为我愿意承认自己的错误而更爱我，比较起来他们更喜爱诚实、正直的父亲。

然而，有时人们并不能正确对待自己的过失。我们的父母总是期望我们完美无瑕；我们的朋友也常念叨着我们的缺点，并希望我们能够改正。而他们难以谅解的是因为我们的过失总在他们最脆弱的时候触痛了他们的心。

我们为此感到惭愧。但在承担过错之前，我们必须先问问自己，我们真的应该成为他们想象中的模样吗？

有一天，我从一个童话中得到了这样一个启示。故事大概是这样的：

一个被劈去了一小片的圆想要找回一个完整的自己，从而踏上了找寻那块碎片的路途。由于它是不完整的，滚动得非常慢，从而领略了沿途美丽的鲜花。它和虫子们聊天，有时，它在阳光的怀抱中，尽情呼吸。它找到许多不同的碎片，但它们都不是自己的那一块，于是它坚持地寻找着……直到有一天，它实现了自己的心愿。然而，作为一个完美无缺的圆，它滚动得太快了，错过了花开时节，忽略了虫子、小鸟、阳光。它很快意识到了这一点，便毅然舍弃了历尽千辛万苦才找回的碎片。

圆的故事告诉我们：正是不完美，才令我们更可爱。一个完美的人，在某种意义上说，是一个可怜的人，他永远不可能体会到有所追求、有所希冀的感觉，也永远不可能体会到爱他的人带给他的某些他一直求而不得的东西的喜悦。

只有那些有勇气放弃自己无法实现的梦想的人是完整的；只有那些能坚强地面对失去亲人的悲痛的人是完整的——因为他们经历了最坏的遭遇，却没有被这种痛心而压倒。

生命不是上帝用来捕捉你的错误的陷阱。犯了一个错误，并不是代表你就成为了不合格的人。生命如一场球赛，最好的球队也有丢分的时候，最差的球队也有辉煌的一天。我们的目标是尽可能让自己的球队得分多、丢分少。

当别人正为完美困惑的时候，我们首先去接受人的不完美，让我们为生命的继续运转而心存感激，我们便能成就完整。

请相信，我们能够得到别的生命所不曾获得的圆满。因为我们能勇敢地去爱、去原谅，并为别人的幸福而慷慨地表示自己的欣慰，且理智地珍惜着环绕我们的爱。

佳作点评

哈罗德·库辛的《你不必完美》一文从另一个角度让我们思索"完美"。因为追求完美恰恰是人性之根深蒂固的秉性。而作者的观点却令人耳目一新,掩卷深思,"正是不完美,才令我们更可爱。"是的,正是因为不完美,才造就了这个世界上人的形形色色、万物的千差万别,从而让生活变得丰富多彩。

幸福是什么

□［美国］丽莎·普兰特

我躲避在大自然的角落里，寻找幸福。在我看来，幸福来源于"简单生活"。那些成功、财富和荣誉，只属于虚荣的人，真正的幸福来自于发现真实独特的自我，保持心灵的宁静。

有人说，"简单生活"就意味着苦行僧般的清苦生活，辞去待遇优厚的工作，靠微薄的存款过活，并清心寡欲，但这是对"简单生活"的误解。"简单"意味着"简洁、明了"，仅此而已。丰富的存款，如果你喜欢，用于收藏，重要的是要做到收支平衡，不要让金钱给你带来无谓的麻烦。无论是中产阶级，还是收入微薄的退休工人，都可以生活得尽量悠闲、舒适，在"简单生活"面前，人人平等。这个时代，不是人人都必须像梭罗一样带上一把斧子走进森林，才能获得平静安逸的感觉。关键是我们对待生活的方式，是我们是否愿意抵制媒体、商业向我们大力促销的"财富中心论"，是我们如何在日常生活中挖掘、发展生命的热情、真实和意义。

简单，是平息外部无休无止的喧嚣，回归内在自我的唯一途径。我们加班加点地拼命工作，以至于夜夜疲惫地在沙发上倒下，是为了得到一幢倾心已久的别墅；或者是为了一次小小的提升，而默默忍受上司苛刻的指责，并一年到头赔尽笑脸；为了无休无止的约会，精心装扮，强颜欢笑，到头来回家面对的只是一个孤独苍白的自己的时候，我们真该扪心自问：为什么一定要这么做？它们对我就那么重要么？

简单的好处在于：也许我没有海滨前华丽的别墅，而只是租了一套干净漂亮的公寓，这样我就能节省一大笔钱来做自己喜欢的事，比如旅行或者是买上早就梦想已久的摄影机。我无需在上司面前唯唯诺诺，我自己要做自己的主人，提升并不是唯一能证明自己的方式，很多人从事半日制工作或者是自由职业，这样他们就有更多的时间由自己支配。而且如果我不是那么太忙，能推去那些不必要的应酬，我将可以和家人、朋友交谈，和他们一起共享美妙的晚间生活。

我们总是把拥有物质的多少、外表形象的好坏看得过于重要，用金钱、精力和时间换取一种有目共睹的优越生活，却没有关心自己的心灵已一步步走向衰老。事实上，只有真实的自我才能让人真正地容光焕发，当你只为真实的自己而活，并不在乎外在的虚荣，幸福感将会润泽你干枯的心灵，就如同雨露滋润干涸的大地。

我们想要的越少，得到的幸福就越多。正如梭罗所说："大多数豪华的生活以及许多所谓的舒适的生活，不仅不是必不可少的，反而是人类进步的障碍，对于豪华和舒适，有识之士更愿过比穷人还要简单和粗陋的生活。"简单的生活有利于生命的价值。为了认清它，我们必须从清除嘈杂声和琐事开始，认清我们生活中出现的一切。保存那些必须拥有的，丢弃一切没有用的。

简单生活所追求的目标也很简单：增加舒畅，将会减少焦虑；保留真实，虚假无处藏身；快乐多一点，悲伤就会滚蛋。外界生活的简朴将带给我们内心世界的丰富，从而我们将发现新生活在面前敞开；我们将变得更敏锐，能真正深入、透彻地体验和理解自己的生活；我们将为每一次日出、草木无声的生长而欣喜不已；我们将重新向自己喜爱的人敞开心扉，表现真实的自然，热情地置身于家人、朋友之中，彼此关心，分享喜悦，真诚以对。那时我们将发现不能接近他人，因隔阂而不能相互沟通，不过是匆忙、疲惫造成的假象。只有当我们轻松下来，开始悠闲的生活才能体验亲密和谐，友爱无间，我们将不会迷恋于生活的虚伪中，而透切地聆听生活的美妙，让生长在大自然中的我们变得更加充实。

佳作点评

"幸福是什么"是一个热门的话题。答案是多种多样的，仁者见仁，智者见智。丽莎·普兰特认为"幸福来源于简单生活"。这一论断切中要害，振聋发聩。而"简单生活"也并非一些人所理解的苦行僧式的禁欲生活，而是一种"简洁明了"的生活。这种观念恰与当今提倡的"不持有的生活"观念异曲同工。

抉　择

□［英国］休谟

　　一个人在选择他的生活道路时，可以根据他的兴趣爱好进行选择；为确保比另一个追求相同目标的人更加成功，却可以采取许多办法。

　　如果你追求的主要目标是财富，那你就要专心你那一行，以获得熟练技能；要勤勉地实际练习它；要扩大你的朋友和熟人的范围；要避免享乐和花哨；决不要做无谓地慷慨大方，而要想到你必须节俭才能得到更多的钱。

　　如果你想得到公众的好评，你就要避免过谦和狂妄这两种极端，显出你是自尊的，但也没有轻视别人。如果你陷入这两种极端之一，那你就会由于你胆小如鼠的谦卑和你似乎喜欢说些低声下气的话让别人看不起你，就会由于你的傲慢而激起人们对你的傲慢态度。

　　你可能认为这些不过是教人遇事斟酌，小心谨慎罢了，每个孩子都受过这方面的教育。每个头脑健全的人在他选定的生活道路上都是这样做的。可是你还想得到的更多东西又是什么呢？——是的，我们应该怎样选择我们的生活目的，而不是达到这些目的的手段。因为我们不知道选择什么志向能使我们满意，什么情感我们应当依从，什么嗜好我们应当迷恋。

佳作点评

　　人在一生中有很多选择，而在作选择时则要费些思考功夫、权衡利弊，但太过谨慎、犹犹豫豫、举棋不定，结果往往会与好事交臂失之，错失良机。就像柏拉图式的爱情，在麦田里空空地走了一遍，没选到一颗麦穗。抉择对于人生很重要，但同样它给千千万万的人带来困惑，在本文中，休谟告诫我们在挑选的时候，要紧的不是求百分之百的完美，而是抓住机会，马上去做。

求 知

□ [英国] 培根

求知可以作为消遣，可以作为装饰，也可以增长才干。

当你孤独寂寞时，阅读可以消遣。当你高谈阔论时，知识可供装饰。当你处世行事时，正确运用知识意味着力量。懂得事物因果的人是幸福的。有实际经验的人虽能够办理个别性的事务，但若要综观整体，运筹全局，却唯有掌握知识方能办到。

求知太慢会痴惰，为装潢而求知是自欺欺人，完全照书本条条办事会变成偏执的书呆子。

求知可以改进人的天性，而实验又可以改进知识本身。人的天性犹如野生的花草，求知学习好比修剪移栽。实习尝试则可检验修正知识全身的真伪。

佳作点评

求知的正确目的是培根希望通过这篇作品的论述来传达给人们的。本文开篇作者就提出三种不同类型的求知目的，求知可以作为消遣，可以作为装饰，也可以增长才干。三种目的代表着求知中的三种偏向，但最终目的还是在于掌握知识。人的才能有高有低，人的能力、知识也不是先天就有的，必须通过学习才能获得。而求知，正是学习的动力。

路

□ [英国] 劳伦斯

世上的自由意志有很多。我们可以交出意志从而成为大趋势中的一朵火花，或者扣留意志，蜷缩在意志之内，从而逗留在大趋势之外，豁免生或死。可死神最终是要来临的。即便到了那时也无法改变这样一个事实，我们能够生存，在虚无中豁免死，将否定施加给我们的自由意志。

我们唯一可以做的就是在孤独中认出哪条是我们应该走的路，然后迈出脚步，坚定地向着目的走去。笔直的死亡路上有其壮丽和英勇的色彩；热情和冒险妆扮着它，浑身跃动着奔跑的豹、钢铁和创伤，长着水淋淋的水莲，它们在自我牺牲的腐泥里发出冰冷而迷人的光。生之路上的植物又是另一番景象，一路上野鸟啼鸣，歌唱着美妙的春天，歌唱梦中创造的神奇的建筑。我踏上了充满敌意的敏感之路，为了我们高贵的不朽的荣耀，为了一些娇小的贵夫人，为了无瑕的、由血浇灌的百合花，我们冲破迷人的血的炫耀。或者从我的静脉中生出一朵高雅的、无人知晓的玫瑰，一朵娇艳挺拔的玫瑰。这玫瑰是世界上独一无二的。对虚无来说，我这闪光的、超然存在的玫瑰只是一颗小小的卷心菜，当羊群走进花园时，它们会冷淡地对待玫瑰，但吃卷心菜时却贪婪无比。对虚无来说，我壮丽的死就像江湖骗子的表演，如果我在消极的嗅觉下稍稍使我的矛倾斜一下那就是可怕的、非人道的罪行，必须用"正确"的统一的回声压倒和制止窒息。

世上有两条路和一条没有路的路。我们不会注意那不是路的路。没有人愿意去走那条没有路的路。但也许会有一种人会坐在他那没有路的路的尽头，像一颗长在花梗盲肠上的卷心菜。

那条路，那条没有路的路往往被人忘却。有条路有炽热的阳光洒落下来，使大地的种子尽情呼吸。有红色的火在它回去的路上，在即将来临的分裂中向上升腾。火从太阳那儿下来投入种子，扑通一声跳入生命的小水库。绿色的泡沫和细流向上喷射，一棵树、一口玫瑰的喷泉、一片梨花般的云朵。火又返了回来，树叶枯萎，玫瑰凋谢。火又返回到太阳，暗淡的水流消逝了。

这一切就是生，就是死——懒汉般的羊群也不过如此。有迅速的死，也有缓慢的死。我投一束光线在多花的灌木上，平衡倒塌变成了火焰路，在死亡的翅膀上，灌木丛向上冲去，在烟雾中暗淡的水在流逝。

佳作点评

英国诗人、小说家、散文家劳伦斯曾在英伦中部的闹市荒村漫游，也曾在国外漂泊十多年，他是在时刻寻找"路"的。他用"路"来比喻人生：世上有两条路和一条没有路的路。而通常我们不会注意那条不是路的路，也没有人愿意去走那条没有路的路。但也许会有一种人会坐在他那没有路的路的尽头。但是，路是人走出来的，也是人发现并选择的。因而我们"唯一可以做的就是在孤独中认出哪条是我们应该走的路，然后迈出脚步，坚定地向着目的走去"。这是作者要告诉我们的人生哲理。

成功的代价

□ [英国] 罗素

美国人在进行投资时，几乎所有人都会选择利润率高的风险投资而会毫不犹豫地放弃4％的安全投资。结果又如何呢？金钱不断地丧失，人们为之担忧烦恼不已。就我来说，我希望从金钱中得到安逸快活的闲暇时光。但是典型的现代人，他们希望得到的则是更多地用来炫耀自己的金钱，以便胜过同自己地位一样的人。这是因为美国的社会等级是不确定的，且处于不断的变化中，所有的势利意识，较之那些社会等级固定的地方，更显得波动不已。其次，虽然为使自己声名显赫，只有金钱是不行的，但没有金钱则是万万不行的。再者，一个人挣钱多少已成了公认的衡量智商水平的尺度。大款一定是聪明人，反之，穷光蛋就肯定不怎么聪明。在利益的驱使下，没有人愿意被看成傻瓜，纷纷选择高利润率的风险投资。于是，当市场处于不景气局面时，人就会像年轻时代在考场上一样惶惶不安。

在这种投资中，破产所带来的真正的、非理性的恐惧感远远大于破产本身。这种恐惧感常常会进入商人焦虑意识里。我毫不怀疑地相信，那些童年时饱受贫穷折磨的人，常常被一种担心自己的孩子遭受同样命运的恐惧所困扰；他们还常常产生这种想法，即很难积聚百万钱财来抵挡这一灾难。阿诺德·贝奈特笔下的克莱汉格，无论他变得多么富有，却总在担心自己会死在工厂里。在创业者一代中，这种恐惧很可能是不可避免的，但对于从来不知一贫如洗为何物的人来说，却很可能没有什么影响。

这种恐惧的根源是人们对竞争成功的过分期待，期待它成为幸福的主要源泉。我不否认，成功意识更容易使人热爱生活。比方说，一个在整个青年时期一直默默无闻的画家，一旦他的才华得到公认，他多半会变得快乐幸福起来。我也不否认，在一定意义上，金钱能大大地助于增进幸福。而一旦超出这种意义，事情就不一样了。因此我认为成功只能是构成幸福的一个因素，如果为了成功而不惜牺牲幸福的其他一切因素，那么这种牺牲实在是太不值得的。

佳作点评

英国哲学家罗素一生著述很多，内容涉及认识论、心理学、道德、教育、政治和社会改革等诸多领域。在本文中罗素论证了幸福与工作、生活的关系。他谆谆教导我们："成功只能是构成幸福的一个因素，如果为了成功而不惜牺牲幸福的其他一切因素，那么这种牺牲实在是太不值得的。"如果把幸福当成成功的结果，就会失去更多的人生意义和快乐。那些只会疯狂工作的人，需要更多关注简单、快乐、充实的平凡生活中蕴藉的人生意义。

培养独立的人

□ [英国] 爱因斯坦

在教育学的研究中，我只是一个半外行，我的意见除了个人信念和经验外，并没有其他的基础。那么我究竟是凭着什么而有胆量发表这些意见呢？如果这真是一个科学的问题，人们也许就因为这样一些考虑而不想讲话了。

针对人类事务的能动性而言，单靠真理的知识是不够的。相反，如果要不失掉知识，人们必须以不断的努力来使它经常更新。它像一座矗立在沙漠上的大理石像，随时都有被流沙掩埋的危险。为了使它永远在阳光照耀之下，必须不间断地加以维护。我愿为此而奋斗。

学校向来是将传统的财富从一代传到一代的最重要机构。同过去相比，今天更是这样。由于现代经济生活的发展，家庭作为传统和教育的承担者，已经削弱了。因此人类社会的延续和健全比以往更加依赖于学校。

人们对学校存有一种错误的看法：学校是一种工具，靠它来把知识传授给成长中的一代。这是因为知识是死的，学校也是死的，二者都要为活人服务。它应当在青年人中发展那些有益于公共福利的品质和才能。但这并不意味着应当消灭个性，使个人变成社会的工具，像一只蜜蜂或蚂蚁那样。如果一个社会由没有个人独创性和个人志愿的统一规格的人所组成的，这个社会是不幸的，因为它毫无发展的可能。相反，学校的目标应当是培养独立工作和独立思考的人，这些人把为社会服务看做自己最崇高的人生目的。人们应当向这种理想迈进。

但是人们应当怎样努力才能达到这种理想呢？讲道理是否能实现这个目标呢？完全不是。言辞永远是空的，而且通向毁灭的道路的总是和奢谈理想联系在一起的。但是人格绝不是靠所听到的和所说出来的言语形成的，而是靠劳动和行动形成的。

因此，鼓励学生去实践是最重要的教育方法。如刚入学的儿童第一次学写字是这样；大学毕业写论文也是如此，简单地默记一首诗，解一道数学题，写一篇作文，解释和翻译一段课文，或在体育运动的实践中，都是这样。

佳作点评

本文是一篇针对教育科学的艺术散文，虽然爱因斯坦很谦虚地说自己在教育学的研究中只是一个半外行，自己的意见除了个人信念和经验外，并没有其他的基础。但同时，爱因斯坦认为自己凭着胆量发表意见是值得鼓励的，否则人们会因考虑太多的问题（尤其是当作科学问题来考虑）而不想讲话、不敢发表意见了。这样的话，培养独立的人这一目标也就很难达到了。

论坚毅

□［法国］蒙田

所谓坚毅，主要指耐心忍受无法补救的不测。但坚毅并不意味着不要尽我们所能地避开威胁我们的麻烦和不测，不要担心它们的突然降临。相反，任何预防不测的诚实做法不仅允许，而且值得赞扬。因此，如果能够利用身体的灵活或手中的武器避开别人的突然袭击都是好的办法。

古时候许多好战的民族将逃跑作为他们的主要武器，经验证明这种背对敌人的做法比面向敌人更危险。

土耳其人比较习惯这样做。

在柏拉图的人物传记中，苏格拉底嘲讽拉凯斯（苏格拉底密友）把勇敢定义为在对敌作战中坚守阵地。苏格拉底说："怎么？难道把阵地让给敌人再反击他们就是怯懦吗？"他还引证荷马如何称颂埃涅阿斯的逃跑战术。后来，拉凯斯改变了看法，承认斯基泰人和骑兵也采用逃跑的战术。这时苏格拉底又举斯巴达的步兵为例，这个民族比任何民族都英勇善战，攻克布拉的城。那天，由于冲不破波斯部队的方阵，斯巴达军队制造后退的假象，引诱波斯人追击，就这样斯巴达人打破和瓦解波斯人的方阵，取得了胜利。

至于斯基泰人，有人说当大流士皇帝率兵去征服他们的时候，强烈谴责他们的国王见到他时总是后退，对此，斯基泰人的国王安达蒂斯回答说，他后退既非怕大流士，也非怕其他什么人，而是他的民族行走的方式。因为他们既无耕地，也无城池和家园要保卫，不必担心敌人从中捞到好处。但是，如果说这位国王为什么要这样做，那么主要是因为他想靠近他们祖宗的墓地，在那里他就会找到对话者。

当进行炮战时，正如打仗时常有的那样，一旦被瞄准是不能怕被击中而躲开的，因为炮弹的威力之大，速度之快，让人防不胜防。但还是有人试图举手或低头来躲避炮弹，这至少会让同伴们嗤笑。

查理五世入侵普罗旺斯时，在风车的掩护下，居阿斯特侯爵去侦察阿尔城。当他离开掩护时，被正在竞技场上视察的德·博纳瓦尔和塞内夏尔·德·阿热诺阿两位老爷发现。他们将侯爵指给炮兵指挥官德·维利埃，后者用轻型长炮瞄准侯爵，侯爵看见开火，便扑向一旁，可是未及躲开便中了弹。

几年前，洛朗一世在维卡利亚一带围困意大利要塞蒙多尔夫。他看见瞄准他的一门大炮正在点火，便赶紧趴下，否则，炮弹可能会击中他的腹部，可现在仅仅从他的头顶擦过。说实话，我不认为他们的举动是经过思考的，因为在瞬间你怎么能判断得出对方是朝上还是朝下瞄准呢？人们更愿意相信能躲过炮弹那是侥幸，下次恐怕就难躲及，反而是飞蛾扑火，自取灭亡。

如果在我未防备的地方，突如其来的枪声传入我的耳朵，我可能也会发颤。这种情况在比我勇敢的人身上也发生过。

斯多葛派认为，他们哲人的心灵不能够抵挡突如其来的幻觉和想象。但是，他们一致认为这似乎是本能所致。比方说智者听到晴天霹雳，或是看到突降灾祸会大惊失色，浑身颤抖，对于其他的痛苦只要哲人的理智是健全的，他们的判断能力尚未受到损害，他们都会镇定自若。而对于非哲人来说，前一种反应是与智者一样的，而第二种就截然不同了。因为对于后者来说，痛苦的感受不是表面的，他的理智已经受到腐蚀和毒害。这种人只根据痛苦进行判断，并与其妥协。不妨好好瞧一瞧这位斯多葛哲人的心境：

他的心坚定不移，他的泪枉然流淌。

逍遥学派的哲人并不排斥烦恼，但他们善于抑制。

佳作点评

蒙田的散文语言流畅，平易亲切，妙趣横生，涵盖了作者对人类感情的冷静观察。什么叫坚毅？蒙田说："所谓坚毅，主要指耐心忍受无法补救的不测。"但坚毅并不是简单的忍受和耐心，他同时强调："坚毅并不意味着不要尽我们所能地避开威胁我们的麻烦和不测，不要担心它们的突然降临。相反，任何预防不测的诚实做法不仅允许，而且值得赞扬。"

充满选择的人生

□［法国］罗曼·罗兰

人生中常常有许多决定命运的时刻，永恒的火焰在昏黑的灵魂中燃着了，好似电灯在都市的夜里突然亮起来一样。只要一颗灵魂中蹦出一点火星，那个期待着的灵魂就能借此灵火燃烧。

如果人们的眼睛已经想不起阳光，就要在自己心中重新找到阳光的热力，你先得使周围变成漆黑，闭着眼睛，往下走到矿穴里，走到梦中的地道里。在那儿，你才能看到往日的太阳。

当一个人在人生中更换躯壳的时候，同时也换了一颗心；而这种蜕变并非老是一天一天地，慢慢儿来的：往往在几小时的剧变中，一切都立刻更新了，老的躯壳蜕下来了。在那些苦闷的日子里，一个人自以为一切都完了，殊不知一切才刚刚开始呢。一个生命死了，另外一个已经诞生了。

佳作点评

人生充满选择，大到职业、伴侣的抉择，小如漫步在岔道口的犹疑，选择无处不在。伟人之所以伟大，在于他们选择了伟大的事业，激发了他们的一切潜能，迸发出无比的智慧和勇气。罗曼·罗兰倡导一种积极的英雄主义，在本文中他歌颂理想的光芒："人生中常常有许多决定命运的时刻，永恒的火焰在昏黑的灵魂中燃着了，好似电灯在都市的夜里突然亮起来一样。只要一颗灵魂中蹦出一点火星，那个期待着的灵魂就能借此灵火燃烧。"他宣扬崇高理想，热烈鼓吹为理想而奋斗不息的精神。

一点不能再浪费光阴了

□ [法国] 卢梭

读书要讲究方法。我的读书方法，不仅不能使我得到益处，而且只能增加我的疲劳。因为我对读书没有正确的理解，竟认为要从读一本书得到好处，必须具有书中所涉及到的一切知识，丝毫没考虑到就是作者本人也没有那么多的知识，他写那本书所需要的知识也是随时从其他书吸取来的。由于方法的不当，我读书的时候就不时地停下来，从这本书跳到那本书，甚至有时我所要读的书自己看了不到十页，就得查遍好几所图书馆。在很长一段时间里，我顽固地死抱着这种极端费力的办法，脑子里越来越混乱不堪，几乎到了什么也看不下去、什么也不能领会的程度。幸好我觉悟早，发现自己置身于一个漫无边际的迷宫里，走在一条错误的道路上。因此在我还没有完全迷失在里面以前就回头了。

一个真正对学问有着爱好的人，在钻研学问的时候就一定会发觉各门科学之间有相互联系。这种联系使它们互相牵制、互相补充、互相阐明，哪一门也不能独立存在。虽然人的智力不能把所有的学问都掌握，而只能选择一门，但如果对其它科学一窍不通，那他对所研究的那门学问也就往往不会有透彻的了解。我觉得我的思路是好的和有用的，只是在方法上需要改变一下。我首先看的就是百科全书，我把它分成几个部分加以研究。不久，我又认为应当采取完全相反的方法：先就每一个门类单独加以研究，一个一个地分别研究下去，一直研究到使它们汇合到一起的那个点上。这样，我又回到前面的综合方法上来了，但这次我不是盲从的，我是有意识这样做的，而且是正确的方法。在这方面，我的深思弥补了知识的不足，合乎情理的思考帮助我走上了正确的方向。不论我是活在世上还是行将死去，我都一点不能再浪费光阴了。

一个人到了二十五岁，还是一无所知，就必须下决心很好地利用时间，学到一切。由于不知道什么时候命运或死亡可能打断我这种勤奋治学的精神，所以我无论如何也要先对一切东西获得一个概念，目的是试探一下我的天资，进而可以亲自来判断一下最好研究哪一门科学。

这个计划在执行的过程中我发现了一个意想不到的好处。那就是：很多时间都利用上了。应当承认，我本不是一个生来适于研究学问的人，因为我用功的时间稍长一些就会感到疲倦，甚至我不能保持半小时始终集中精力在一个问题上，尤其在顺着别人的思路进行思考时更是这样，当我顺着自己的思路进行思考时可能要用较长的时间，但还能有相当的成果。如果我必须用心去读一位作家的著作，刚读几页，我的精力就会涣散，并且立即陷入迷惘状态。即使我坚持下去，也是白费，结果是头昏眼花，什么也看不懂了。但是，如果我连续研究几个不同的问题，即使毫不间断，我也能轻松愉快地一个一个地思考下去，这一问题可以消除另一问题所带来的疲劳，用不着休息一下脑筋。于是我就开始对一些问题交替进行研究，这样，即使我整天用功也不觉得疲倦了。当然，田园里和家里的那些零星活计也是一种有益的消遣，但是，在我的求知欲日益高涨的时候，我便积极寻找能从工作中匀出学习的时间的办法，并且能同时从事两件事，而不担心会有哪一件进行的稍差一些。

我感到极为欣慰的是：我在时间分配上进行的种种实验已经尽可能

做到既轻松愉快，而又得到益处。对我来说，我的努力仿佛已经取得了结果，甚至还要超过许多，因为学习的乐趣在我的幸福中占据了主要的成分。

佳作点评

卢梭是18世纪法国大革命的思想先驱，启蒙运动最卓越的代表人物之一。他对青春和时间有自己的看法，"浪费一分钟，就是犯下一桩大罪"。有人说生命是匆忙的，卢梭在本文中表达了自己的看法，不浪费光阴，就是延长了生命。人不能一无所知，必须下决心很好地利用时间学到一切，而在充分有计划地利用时间学习的过程中，又体会到学有所获的幸福感。

属于安乐的东西

□ [德国] 歌德

世界是宽广、美丽的，但是我却由衷地高兴自己拥有一个小庭园。这个庭园虽小却是自己的庭园，它的土地不需要园丁的灌溉。倾心于自己庭园的人，拥有名誉、快乐与喜悦。

华丽的建筑与房间是属于王侯与富翁的。住在那些建筑中会越来越安定、满足、无所求。我完全不属于那里。如你所见，我的房间里连一张沙发也没有，我总是坐在老木头椅子上。为了头部而睡个枕头也是两三周以前的事。只要置身于安乐优美的布置中，想法就会变得懒散，情绪也会变得安乐、消极。拒绝享乐是我从年轻时便养成的不同于他人的习惯。我认为华丽的房间与优美的家具是为那些没有思想或不想有思想的人而专门设计的。

如果我是王侯的话，我不会把最高的职权给那些专门靠着自己是名门贵族、年长者以及没有做什么特殊工作的人——我寻求的是年轻人，但是他们必须是聪明活泼，而且具备善良意志与极高尚的性格等各种才能的人物——如此一来，他们才能有兴趣去处理政治、开发国民。但是，该到哪里找寻这般优良臣下的幸福王侯呢？

佳作点评

歌德的文学作品不仅在德语文学，而且在世界文学中也占有重要地位。他的散文同他的生活与思想是密切相连的。在本文中他提出对安乐的看法，觉得自己不属于那些会让人越来越安定、满足和无所求的华丽建筑与房间，"我的房间里连一张沙发也没有，我总是坐在老木头椅子上"。他好像在发出一连串的问题，问我们，人生是为了安乐吗？不，拒绝享乐才是作者不同于他人的习惯。

幸福的价值

□［德国］费尔巴哈

如果你为了追求幸福而将自己弄到自杀的地步，这并不能说明什么，只能说明你是为了自己认为是主要的东西而牺牲你认为是次要的东西，为了你的更高幸福而牺牲你的生命，为了高级的福利牺牲低级的福利，为了必要的东西牺牲可以缺少的东西，虽然这种可以缺少的东西也是你认为你所舍不得的，虽然缺少这种东西会引起你的苦痛。但是，如上所述，只要你想得到比它更好的，你的不舍也会变成舍得。

水不是酒，它只不过是适于饮用的一种液体，在各种饮料中它是一种无色无味的必需品。人们认为它具有一定魔力的时候，正是人们急需要它的时刻。这种必要性将水变为酒，将黑麦变为极精细的上等小麦粉，将草垫变为由鸭绒做的被褥；将泥土塑造为公爵，而反之也常将公爵变为泥土！将最平常、最不起眼的东西变为最高级的东西，将最不值钱的东西变为无价之宝；通常被人们任意践踏的乡土，到了远在他乡的落难者手中，却如同害怕别人抢夺的宝贝。

幸福生活的价值是变幻多端的，如寒暑表一样，它有时会升高，有时会降低。一个陈腐的真理是：我们并不把经常不断享受的东西感觉为幸福,并加以珍重。另一个陈腐的真理是:为了认识某种东西是幸福,最好我们先丧失这种东西;虽然我们不认识也不注意某种东西,但只要我们能拥有它就是幸福的。健康就是其中之一,对于一个健康者说来,健康是毫不为奇的,是当然的,是不值得注意和重视的,而实际上其他幸福的来源都基于它之上。当健康变成一种健康的饥饿时,那是因为自己的一贫如洗。但是,如果一个健康的穷光蛋一旦病了,或开始感觉不舒适,啊!你看,原来极少受重视的健康会怎样立刻在人生幸福中抬高自己的地位,会怎样变成超越其他一切幸福的幸福,变成最高的幸福!这个穷光蛋会激动地大声说:"只要有健康。我就是世界上最幸福的人,贫穷和苦难都滚一边去吧!从现在开始,我要用我的劳动来换取财富,我要成为最富有的人!"

佳作点评

费尔巴哈提出了"生命本身就是幸福"的主张。然而他由于片面强调了生命在生理意义上对幸福要求的重要性,忽视了在社会意义上对幸福要求的重要性,因而使其整个伦理学体系最终离开了唯物主义。费尔巴哈思辨地说:"幸福生活的价值是变幻多端的,如寒暑表一样,它有时会升高,有时会降低。"

同样的天赋

□ [古希腊] 柏拉图

啊，朋友，事物属于作为人的女人或者男人；而自然的天赋则按相同的方式在男女当中进行分配。妇女按其天性可以参加一切事务，就像男人可以参加一切事务一样。但是，妇女在一切方面都弱于男子——自然。所以我们想要把一切都委托给男子而不委托给妇女——这却从何而来——这是实际情况。我想正如我们所主张的那样，一位妇女天性是医学方面的，而另一位不是；一位是音乐家而另一位却独不喜欢音乐——其他又怎样呢？还有一位是爱好体育并且好斗的，但另一位却对此不感兴趣——我确实这样想——怎样？不是还有爱好智慧和蔑视智慧的吗？这一位勇敢而另一位怯懦吗——这也发生过——所以也有一位妇女适合于去当国家监督，而另一位不适合。我们不是同样认为有特别适合于当国家监督的天性的男子吗——确实有这样的人，所以男子和妇女具有同样的天性。由于天性的缘故都适于做国家监督，除了在有些方面一方弱一些和另一方强一些——这就是事实。

佳作点评

柏拉图和他的老师苏格拉底、学生亚里士多德并称为古希腊三大哲学家。《同样的天赋》是他一篇哲理散文,他幽默地说:"啊,朋友,事物属于作为人的女人或者男人;而自然的天赋则按相同的方式在男女当中进行分配。妇女按其天性可以参加一切事务,就像男人可以参加一切事务一样。"真是光彩耀眼,句句如珍珠。事实上每个人都拥有天赋,只是在有些方面弱一些,而在另一方面强一些,仅此而已。

互异成趣

□［日本］松下幸之助

你喜欢吃青菜，我喜欢吃鱼肉。虽然嗜好各有不同，然而我们还是一桌共食。若是我们每个人都尝到了自己喜爱的食物，大家都会感到舒舒服服。要是你说自己不愿吃青菜，别人也不会因此而排斥你，更不会命令你非吃不可。

当我们能够体悟到各自互异的本质时，便会对彼此的互异成趣，感到快乐。这种快乐可以稳定一个人的心。

每个人都存在不同思考问题的方式，但最终我们还是同席而坐。倘若我们相互讨论、相互学习，方可和气生财。

天底下本没有十全十美的人，你我都各有长处与缺点。若是我们能坦然地不断活用这些长处与缺点，就能提高我们的品位。因此，去批评、排斥、怀疑别人，是大可不必的。

这才是人类进步的原因，可只有真正的君子才可能真正地达到如此之境界。因思想不同而彼此相争的态度，因嗜食不同而彼此反目的行为，都不是真正的君子所为。

生命是短暂的，未来却是无限的。在有限的生命里，我们何必不去追寻能使你我互相进步的途径呢？

佳作点评

　　1918年松下幸之助创业以来，作为企业人，通过提供商品服务，始终以"为了使人们生活变得更加丰富、更加舒适，并为了世界文化的发展做出贡献"为宗旨。他有一句名言是："我们把一流的人才留下来经商，让二流人才到政界去发展。"生活中的朋友大多能互相取长补短，但事业中的朋友往往很难做到这一点。我们要向松下学习，善待他人，学会豁达与容忍，要拥有一颗平常心，以一种自我的良好心态投入生活，这样才会活得更快乐。

矜于细行

□ [古希腊] 柏拉图

勇敢是一种美德，而怯懦是罪恶的一部分；懒惰是怯懦的儿子，而疏忽是懒惰的儿子。

节制是一种秩序，一种对于快乐与欲望的控制。

人的灵魂里面有善恶两部分，而所谓"成为自己的主人"就是说恶的一部分受到善的一部分的控制。

我所描述的国家的确是有智慧的，因为它是有着很好谋划的。好的谋划本身就是一种智慧的体现。国家之所以有好的谋划，是由于智慧而不是由于愚昧。

对于舵手或将军，管家的人或政治家，以及其他这一类的人来说，如果他们只注意大事而忽略小事，他们做事不会令人满意。这就好像建筑师所说的一样，如果大石头要稳固不动就必须有小石头为其填补缝隙。

佳作点评

《尚书·旅獒》云："不矜细行，必累大德。"意思是：不顾惜小节方面的修养，到头来会伤害大节，酿成终生的遗憾。柏拉图笔下的《矜于细行》用浅显而深刻的道理，道出我们做事不仅需要智慧，而且更需要注重细节，精耕细作，谨小慎微。在世上的艰辛修行中，任何事情都是由一些微小的细节组成，只有每一个细节都做好了，事情才能做的圆满；而不注重细节的作用，往往一个小小的疏漏就可能坏了大事，乱了全局。

心中的真理

□ [印度] 泰戈尔

在人类社会，普通人永远都处于一种蒙昧状态，要使他们远离罪恶，必须保持他的幻想，用虚构的恐惧或希望，使自己恐惧或得到安慰，就像对待一个孩子或一头牲畜那样。这种幻想适用于社会，同样也适用于宗教团体。过去曾流行的见解和习惯，甚至在后来的许多年也没有改变。

在昆虫世界，我们发现一些弱小的昆虫伪装出可怕的样子以保护和壮大它们自己，社会法则也一样，它们千方百计将自己装扮成真理的化身以使自己强大和持久。一方面，它们有道貌岸然的威仪；另一方面，有在来世受苦的恐惧。各种各样严厉、残酷有时是不公正的社会惩罚手段，以地狱的威胁迫使人们屈从人为的不合理法规。印度的安达曼群岛，法国的德维尔群岛，意大利的利帕里群岛，都是这种基本观点在政治领域中的杰作。内心的真理是真理纯粹的法则，人为的法则只能以强权政治施行，那些追求真、善和人性尊崇为人的最终目标的人们，亘古以来一直在同这种态度进行不懈地、顽强地斗争。

我并不是说，善的价值同社会或者国家一样重要，我要讨论的是人如何才能接受这种真理，真理到底在哪里？在许多与社会和国家利益攸关的领域里，在日常行为中，我们发现了对这种真理的排斥和怀疑，但人的为人处世，需要一种行为准则，需要适合普遍人一种法规，法意味着人的最终本性。关于善的概念，虽然不同的国家、时代和个人，有着不同的见解，然而善的本质却是每个人都乐于接受并都以行善为荣。宗教本性的含义，"它是"和"它应该是"的冲突，从人类历史一开始就一直激烈地进行着。究其深层次的原因，我认为，在人的心灵中，一方面存在着普遍心态的人，另一方面存在着由于利欲熏心而追求私利而受到局限的动物性的人。人们力图调和这两方面的差距，在不同的宗教体系中，都进行了不同程度的努力。否则，在生活的法则中能够奏效的将只有优势和劣势，欢乐和痛苦，而罪恶和美德，善和恶都将失去衡量的标准，恣意妄为的后果乃是人性沦丧，世界大乱。

我们个人精神上所感受的痛苦和愉悦，在普遍精神中能不能感受到呢？假若你仔细思考就会发现，在现实社会中，个人的苦乐哀痛早已转到普遍精神的范围。试想，那些为真理、为国家、人类的利益献出自己生命的人，那些把自己的命运同远大的理想联系起来的人，个人的喜怒哀乐、幸福忧伤难道仅仅是反映的他一个人吗？

佳作点评

泰戈尔的《心中的真理》是一篇富含深刻哲理的散文。在泰戈尔的眼中，真理不是冷冰冰的，不是抽象的，而是具体的。在社会法则中，似乎有一种不可抗力量让你无条件接受社会标准，让你屈服于真理。而泰戈尔则认为：为人处世，需要"善"作为我们的本性，无论是谁，都应行好事，做善举。真理不是要你勉强接受，而是应该在你心中，因为真理属于你。

未有天才之前·［中国］鲁迅

碧伽女郎传·［中国］苏曼殊

卖笔的少年·［中国］柔石

小玲·［中国］石评梅

男人和女人·［中国］庐隐

女子装饰的心理·［中国］萧红

……

荣誉与快乐

在青春时期有一种永生不灭的心境，它使我们在一切事情上不断改进。享有青春年华就有如成为永垂不朽的圣人。

——哈兹里特

未有天才之前

□ ［中国］鲁迅

我自己觉得我的讲话不能使诸君有益或者有趣，因为我实在不知道什么事，但推托拖延得太长久了，所以终于不能不到这里来说几句。

我看现在许多人对于文艺界的要求的呼声之中，要求天才的产生也可以算是很盛大的了，这显然可以反证两件事：一是中国现在没有一个天才，二是大家对于现在的艺术的厌薄。天才究竟有没有？也许有着罢，然而我们和别人都没有见。倘使据了见闻，就可以说没有；不但天才，还有天才得以生长的民众。

天才并不是自生自长在深林荒野里的怪物，是由可以使天才生长的民众产生，长育出来的，所以没有这种民众，就没有天才。有一回拿破仑过 Alps 山，说，"我比 Alps 山还要高！"这何等英伟，然而不要忘记他后面跟着许多兵；倘没有兵，那只有被山那面的敌人捉住或者赶回，他的举动，言语，都离了英雄的界线，要归入疯子一类了。所以我想，在要求天才的产生之前，应该先要求可以使天才生长的民众。——譬如想有乔木，想看好花，一定要有好土；没有土，便没有花木了；所以土实在较花木还重要。花木非有土不可，正同拿破仑非有好兵不可一样。

然而现在社会上的论调和趋势，一面固然要求天才，一面却要他灭亡，连预备的土也想扫尽。举出几样来说：

其一说是"整理国故"。自从新思潮来到中国以后，其实何尝有力，而一群老头子，还有少年，却已丧魂失魄地来讲国故了。他们说："中国自有许多好东西，都不整理保存，倒去求新，正如放弃祖宗遗产一样不肖。"抬出祖宗来说法，那自然是极威严的，然而我总不信在旧马褂未曾洗净叠好之前，便不能做一件新马褂。就现状而言，做事本来还随各人的自便，老先生要整理国故，当然不妨去埋在南窗下读死书，至于青年，却自有他们的活学问和新艺术，各干各事，也还没有大妨害的，但若拿了这面旗子来号召，那就是要中国永远与世界隔绝了。倘以为大家非此不可，那更是荒谬绝伦！我们和古董商人谈天，他自然总称赞他的古董如何好，然而他决不痛骂画家，农夫，工匠等类，说是忘记了祖宗：他实在比许多国学家聪明得远。

其一是"崇拜创作"。从表面上看来，似乎这和要求天才的步调很相合，其实不然，那精神中，很含有排斥外来思想，异域情调的分子，所以也就是可以使中国和世界潮流隔绝的。许多人对于托尔斯泰，屠格涅夫，陀思妥夫斯基的名字，已经厌听了，然而他们的著作，为什么译到中国来？眼光囚在一国里，听谈彼得和约翰就生厌，定须张三李四才行，于是创作家出来了，从实说，好的也离不了刺取点外国作品的技术和神情，文笔或者漂亮，思想往往赶不上翻译品，甚者不宁加上些传统思想，使他适合于中国人的老脾气，而读者却已为他所牢笼，于是眼界便渐渐地狭小，几乎要缩进旧圈套里去。作者和读者互相为因果，排斥异流，抬上国粹，哪里会有天才产生？即使产生了，也是活不下去的。

这样的风气的民众是灰尘，不是泥土，在他这里长不出好花和乔木来！

还有一样是恶意的批评。大家的要求批评家的出现，也由来已久了，到目下就出了许多批评家。可惜他们之中很有不少是不平家，不像批评家，作品才到面前，便恨恨地磨墨，立刻写出很高明的结论道："唉，幼稚得很。中国要天才！"到后来，连并非批评家也这样叫喊了，他是听来的。其实即使天才，在生下来的时候的第一声啼哭，也和平常的儿童的一样，决不会就是一首好诗。因为幼稚，当头加以戕贼，也可以萎死的。我亲见几个作者，都被他们骂得寒噤了。那些作者大约自然不是天才，然而我的希望是便是常人也留着。

恶意的批评家在嫩苗的地上驰马，那当然是十分快意的事；然而遭殃的是嫩苗——平常的苗和天才的苗。幼稚对于老成，有如孩子对于老人，决没有什么耻辱；作品也一样，起初幼稚，不算耻辱的。因为倘不遭了戕贼，他就会生长，成熟，老成；独有老衰和腐败，倒是无药可救的事！我以为幼稚的人，或者老大的人，如有幼稚的心，就说幼稚的话只为自己要说而说，说出之后，至多到印出之后，自己的事就完了，对于无论打着什么旗子的批评都可以置之不理的！

就是在座的诸君，料来也十之九愿有天才的产生罢，然而情形是这样，不仅产生天才难，单是有培养天才的泥土也难。我想，天才大半是天赋的；独有这培养天才的泥土，似乎大家都可以做。做土的功效，比要求天才还切近；否则，纵有成千成百的天才，也因为没有泥土，不能发达，要像一碟子绿豆芽。

做土要扩大了精神，就有收纳新潮，脱离旧套，能够容纳，了解那将产生的天才；又要不怕做小事业，就是能创作的自然是创作，否则翻译，介绍，欣赏，读，看，消闲都可以。以文艺来消闲，说来似乎有些可笑，但究竟较胜于戕贼也。

泥土和天才比，当然是不足齿数的，然不是坚苦卓绝者，也怕不容易做；不过事在人为，比空等天赋的天才有把握。这一点，是泥土的伟大的地方，也是反有大希望的地方。而且也有报酬，譬如好花从泥土里出来，看的人固然欣然地赏鉴，泥土也可以欣然地赏鉴，正不必花卉自身，这才心旷神怡的——假如当作泥土也有灵魂的说。

佳作点评

《未有天才之前》是鲁迅在 20 世纪 20 年代初期发表的演讲，他针对文艺界存在的空喊现象，发出大声的疾呼。演讲是有针对性的，具有很强的现实意义，是一篇战斗的檄文。

碧伽女郎传

□［中国］苏曼殊

1916年夏，曼殊在上海得到一幅德国邮片，上有一女郎肖像。曼殊便与杨沧白、叶楚伧开玩笑，当作真有其人，请二人赋诗，自己则串缀成此文。

碧伽女郎，德意志产。父为一乡祭酒，其母国色也。幼通拉丁文。及长，姿度美秀，纤腰能舞。年十五，避乱至圣约克。邻居有一勋爵，老矣，悯其流落可叹，以二女一子师事之，时于灯下，弦轸自放。自云："安命观化，不欲求知于人。"和尚闻之，欲观其人，乃曰："天生此才，在于女子，非寿征也！"

蜀山父绝句云：

子夜歌残玉漏赊，春明梦醒即天涯。
岂知海外森林族，犹有人间豆蔻花！

白傅情怀，令人凄恻耳！

细雨高楼春去矣，围炉无语画寒灰。
天公无故乱人意，一树桃花带雪开。

碧伽女郎濒死幸生，程明经乃以歪诗题其小影。嗟乎！不幸而为女子，复蒙不事之名。吾知碧伽终为吾国比干剖心而不悔耳！

4月21日

佳作点评

仅是一张普通的邮票，上面一个女人的肖像，竟然引起诗人的伤感，可谓千古一心。苏曼殊能诗擅画，他的诗作更多是感怀之作，幽怨中透出凄恻，弥漫着人生的无奈与感叹。这篇小品极富形象化，具有较高的艺术性。

卖笔的少年

□ [中国] 柔石

我和K君从某大笔庄出来。K君买来了两支"纯羊毫小楷"。笔杆是古铜色的,上端镶着一块骨的头子。每支大洋两角,不折不扣。

离这家笔庄的门口没有几步,有一位少年,身前怀着一只蓝布的袋,袋内有许多种笔出卖。我就向K君说:"待我买他的两支,你看价钱多少?"

"喂,有小楷羊毫么?"

"有,先生。"

他答应得很快,近于慌张。一边就从他的袋内取出两支交给我。我先将这笔的外形一看,古铜色,上有"小楷纯羊毫"五个字,也有一块骨的头子。再将笔毛和K君所买的一比,自想,是两种完全一样的。我就问:

"多少钱一支?"

"先生,老老实实地,小洋一角。"

我吃了一惊。但人是便宜还想便宜的,况且在我也要看看它便宜到何种程度为止。我又向他说:

"我买三支,两角钱好么?"

"先生，我的笔是纯粹的，——算两角半罢。"

而他却眼睛不住地左右顾，好似怕惧什么。K君在旁默然。

"好好，就两角五枚。"我说。

他答："那么，先生，请快一些。"

我却奇怪地对他瞧了瞧，几乎要喊出：

"看你这个样子，你生意不做了么？"

一边心里想，对K君想：

"实在便宜呵，比起你的来。"

K君也奇怪为什么会这样便宜似的；细看我的笔，似要找寻出漏洞来。我一边摸钱。

这时却突然从背后来了两位警察，捉住卖笔的少年的肩膀，喊：

"去，去，又要罚！"

卖笔的少年立刻青了面孔，红起眼圈，哀求地苦告：

"我已经罚过一回了！饶饶罢！"

警察重说：

"所以，又要罚！又要罚六角！"

我和K君都非常地奇怪。心想："他的笔是偷来的么？为什么说又要罚？犯什么？"很以为自己买他的赃了，不应该，也要罚，害怕起来。同时钱已经拿出来了，两角五个铜板，只好递给他。他做着哭脸，完全没有心思地受去，似乎铅角子给他，也都可以。一边仍向警察哀求道：

"饶饶罢，我已经罚过一回了！我不卖了！"

K君几乎怒起来，问：

"为什么？"

"这里不能卖。"警察答。

"为什么不能卖呢？"

"因为妨害他们笔庄的营业。"

K君也就微笑起来说：

"警察先生，于你有什么关系啊？他一天有几角好赚？你却忍心要他去罚两次的六角？"

警察因为K君的求情，一边就将他放了，一边说：

"我们是不关的，不过商铺不准他在门口卖。"

K君接着又说：

"笔是他的便宜，人当然向他买了；假如笔庄便宜些，他自然没有生意。你看，这两支笔要四角大洋，这三支笔却不到两角大洋呢！笔完全是一样的，同一种类的笔。"

警察也摇摇头说：

"商铺请我们的上司叫我们这样做，我们也没有办法。"

"强权的商铺！"

K君骂了出来。一边，我们，警察，卖笔的少年，分离地走开了。

佳作点评

很多大师都写过一件小事，而柔石笔下的《卖笔的少年》一文，从小事中能够看出作者的情怀，更能看出作者爱憎分明的立场。此文描写无奇无怪，在平淡中露出锋锐。柔石是1931年被国民党秘密杀害于龙华的青年作家，在当时的黑暗时代，他借少年卖笔之事，把文字的利剑刺向那些专制的统治者。

小　玲

□ ［中国］石评梅

"又是今宵，孤檠作伴，病嫌衾重，睡也无聊。能禁几度魂消，尽肠断紫箫，春浅愁深，夜长梦短，人近情遥。"

今天慧由图书馆回来时，我刚睡着。醒来时枕畔放着一张红笺，上边抄着这首词，我知道是慧写的，但她还笑着不承应，硬说是梦婆婆送给我的。她天真烂漫得有趣极了，一见我不喜欢，她总要说几句滑稽话逗我笑，在这古荒的庙里，想不到得着这样的佳邻。

放心吧，爱的小玲！我已经好了；我决志做母亲的女儿，不管将来如何苦痛不幸，我总挨延着在地球上陪母亲。因我病已渐好，所以芷溪在上星期就回学校了，现在依然剩了我一个人。昨夜睡觉的时候，我揭起碧纱窗帷，望了望那闪烁的繁星，辽阔的天宇；静悄悄的院里，树影卧在地下，明月挂在天上，一盏半明半暗的灯光，照着压了重病，载了深愁的我；窗外一阵阵风大起来，卷了尘土，扑在窗纸上沙沙作响。这时隔屋的慧大概已进了梦乡，只有我蜷伏在床上，抚着抖颤欲碎的心，低唤着数千里外的母亲。这便是生命的象征，汹涌怒涛的海里，撑着这叶似的船儿和狂飚挣搏；谁知道哪一层浪花淹没我，谁知道哪一阵狂飙卷埋我？

朦胧中我梦见吟梅，穿着浅蓝的衣服，头上罩着一块白的羽纱，她的脸色很好看，不是病时那样憔悴；她不说什么话只默默望了我微笑！我这时并莫有想到她已经死了，我走上去握住她的手要想说话，但喉咙里压着声浪，一点音也发不出来；我正焦急的时候，她说了句："波微！我回去了，再见吧！"转瞬间黑漆一片渺茫的道路，她活泼的倩影，不知向何处去了？醒来时枕上很湿，我点起蜡烛一看，原来斑斑驳驳不知何时掉下的眼泪。这时，窗上月色很模糊，风也小了，树影映在窗帷上，被风摇荡着，像一个魂灵的头在那里隙望；静沉沉不听见什么声息，枕畔手表仍铮铮地很协和地摆动！

觉着眼里很模糊，忽然一阵风沙，吹着窗幕瑟瑟地响；似乎有人在窗下走着！不由得我打了几个寒噤，虽然不恐怖，但也毫无勇气坐着，遂拧灭了灯仍旧睡下。心潮像怒马一样地奔驰，过去的痕迹，像电影一样，一幕一幕迅速地揭着；我这时怀疑人生，怀疑生命，不知人生是梦？梦是人生？

"吟梅呵！我要问万能的上帝，你现在向何处去了？

桃花潭畔的双影，何时映上碧波？阳春楼头的玉箫，何时吹入云霄？你无语默默，悄悄披着羽纱走了，是仙境，是海滨，在这人间何处找你纤细的玉影？"唉！小玲！我这次病的近因，就是为了吟梅的死；我难受极了！

记得我未病以前，父亲来信说："我听见一个朋友说吟梅病得很重，星期那天我去她家看，她已经不能说话了，看见我时，只对我呆呆地望着，瘦得像骷髅一样，深陷的眼眶里似乎还有几滴未尽的泪；我看，过不了两三天吧？"

真的，莫有过三天，她姐姐道容来信说她四月十九的早晨死了！这封信我抄给你一看：

"波微：吟梅在一个花香鸟语的清晨，她由命运的铁链下逃逸了；我不知你对她是悲庆，还是哀悼？在我们家里起了无限的变态，父亲和母亲整日家哭泣，在梦寐中，饮食时，都默默然笼罩着一层悲愁的灰幕。我一方面要解慰父母的愁怀，同时我又感到手足的摧残；现在我宛如失群的孤雁在天边徘徊，这虚寂渺茫的地球上，永找不着失去的雁侣。

这消息母亲嘱我不要告你，不过我觉妹妹死时的情形，她的一腔心情，是极绻绻依恋的，我怎忍不告你？

4月19日的早晨5点钟，她的面色特别光彩，一年消失的红霞，也蓦然间飞上她的双腮；她让我在墙上把你的玉照取下来，她凝眸地望着纸上的你，起头她还微笑着，后来面目渐渐变了，她不断地一声声喊着你的名字；这房里只有母亲和我，还有表哥。——她死时父亲不在这里，父亲在姨太太那里打牌。——这种情形，真令人心酸泪落不忍听！后来母亲将你的像片拿去，但她的呼声仍是不断；甚至她自己叫自己的名字，自己答应着；我问她谁叫你呢？她说是波微！数千里外的你，不能安慰她，与谋一面，至死她还低低叫着你，手里拿着你的像片！唉！真是生离易，死别难。这次惨剧，现在已经结束了，这时正是她前三天咽气的时候，我伏在她的灵帷前，写这封信给你；波微！谁能信天真活泼如吟梅，她只活了十八岁就死了呢？幸而你早参透人生，愿你珍重，不要为她太伤感。死者已矣，只盼你仍继续着吟梅生时的情谊，不要从此就和她一样埋葬了这十几年的友谊！母亲很盼望你暑假回来，来这里多盘桓几天，或者父亲母亲看到你时能安慰些。……"

小玲，真未想到像我这样漂泊的人，能得到一个少女的真心；我觉着我真对不住她，莫有回去看她一次。自从接了这信，我病到现在。前几天我想了几句话给她，现在写给你看看：

因为这是梦，

才轻渺渺莫些儿踪迹；

飘飘的白云,

我疑惑是你的衣襟?

辉辉的小星,

我疑惑是你的双睛?

黑暗笼罩了你的皎容,

苦痛燃烧着你的朱唇,

十八年惊醒了这虚幻的梦,

才知道你来也空空,

去也空空!

死神用花篮盛了你的悲痛,

用轻纱裹了你的腐骨;

一束鲜花,

一杯清泪,

我望着故乡默祝你!

才知道你生也聪明,

死也聪明。

  她的病纯粹是黑暗的家庭,万恶的社会造成的;这是我们痛恨的事,有多少压死在制度环境下的青年!她病有一年之久,但始终我不希望她好,我只默祷着上帝,祝告着死神,早早解脱了她羁系的痛苦,和那坚固的铁链;使她可以振着自由的翅儿,向云烟中啸傲。

  虽然我终不免于要回忆那烟一般轻渺的过去。因为我们莫有勇气毅力,做一个社会上摒弃的罪人,所以委曲求全,压伏着万丈的火焰,在这机械般最冷酷的人生之轨上蠕动。这是多么可怜呢?自己摧残了青春的花,自己熄灭了生命火光!我真不敢想到!小玲!人生的道上远得很呢,崎岖危险你自己去领略吧!

这时夜静了，隔壁有月琴声断断续续地送来，我想闭着眼休息休息，听听这沙漠中的哀歌。

佳作点评

"这时夜静了，隔壁有月琴声断断续续地送来，我想闭着眼休息休息，听听这沙漠中的哀歌。"石评梅在文章的最一段写下这样的文字，使人来不及掩卷，伤感如洪水一般地扑来。石评梅哀婉的文字，如逼人的寒气，压抑人的情绪。每一个字都仿佛朵朵梅花，在风雪中孤独地绽放，永不凋零。

男人和女人

□［中国］庐隐

一个男人，正阴谋着要去会他的情人。于是满脸柔情地走到太太的面前，坐在太太所坐的沙发椅背上，开始他的忏悔："琼，在这个世界上只有你能谅解我——第一你知道我是一个天才，琼多幸福呀，做了天才者的妻！这不是你时常对我的赞扬吗？"

太太受催眠了，在她那感情多于意志的情怀中，漾起爱情至高的浪涛，男人早已抓住这个机会，接着说道："天才的丈夫，虽然可爱，但有时也很讨厌，因为他不平凡，所以平凡的家庭生活，绝不能充实他深奥的心灵，因此必须另有几个情人；但是琼你要放心，我是一天都离不得你的，我也永不会同你离婚，总之你是我永远的太太，你明白吗？我只为要完成伟大的作品，我不能不恋爱，这一点你一定能谅解我，放心我的，将来我有所成就，都是你的赐予，琼，你够多伟大呀！尤其是在我的生命中。"

太太简直为这技巧的情感所屈服了，含笑地送他出门——送他去同情人幽会，她站在门口，看着那天才的丈夫，神光奕奕地走向前去，她觉得伟大，骄傲，幸福，真是哪世修来这样一个天才的丈夫！

太太回到房里，独自坐着，渐渐感觉得自己的周围，空虚冷寂，再一想到天才的丈夫，现在正抱在另一个女人的怀里："这简直是侮辱，不对，这样子妥协下去，总是不对的。"太太陡然如是觉悟了，于是"娜拉"那个新典型的女人，逼真地出现在她心头："娜拉的见解不错，抛弃这傀儡家庭，另找出路是真理！"太太急步跑上楼，从床底下拖出一只小提箱来，把一些换洗的衣服装进去。正在这个时候，门砰的一声响，那个天才的丈夫回来了，看见太太的气色不大对，连忙跑过来搂着太太认罪道："琼！恕我，为了我们两个天真的孩子您恕我吧！"

太太看了这天才的丈夫，柔驯得像一只绵羊，什么心肠都软了，于是自解道："娜拉究竟只是易卜生的理想人物呀！"跟着箱子恢复了它原有的地位，一切又都安然了！

男人就这样永远获得成功，女人也就这样万劫不复地沉沦了！

佳作点评

"天才"丈夫的花言巧语，深深麻醉了文中的那位太太，也造就了她在人生的漩涡中挣扎的无情境遇。太太渴望从封建家庭的束缚中冲出来，但却无法摆脱传统的重负。一只普通的小箱子，却承载着主人公的困惑与无奈。《男人和女人》是庐隐的代表作品，她的作品风格自然流利，从不在形式上追求怪异。庐隐天真的文风，严肃的态度，贯穿在她所有的作品之中。

女子装饰的心理

□ [中国] 萧红

装饰本来不仅限于女子一方面的，古代氏族的社会，男子的装饰不但极讲究，且更较女子而过。古代一切狩猎氏族，他们的装饰较衣服更为华丽，他们甘愿裸体，但对于装饰不肯忽视。所以装饰之于原始人，正如现在衣服之于我们一样重要。现在我们先讲讲原始人的装饰，然后由此推知女子装饰之由来。

原始人的装饰有两种，一种是固定的为黥创文身，穿耳，穿鼻，穿唇等；一种是活动的，就是连系在身体上暂时应用的，如带缨、钮子这类。他们装饰的颜色主要的是红色，他们身上的涂彩多半以赤色条绘饰，因为血是红的，红色表示热烈，具有高度的兴奋力。就是很多的动物，对于赤色也和人类一样容易感觉，有强烈的情绪的联系。其次是黄色，也有相当的美感，也为原始人所采用，再是白色和黑色，但较少采用。他们装饰所选用的颜色，颇受他们的皮肤的颜色所影响，如白色和赤色对于黑色的澳洲人颇为采用，他们所采用的颜色是要与他们皮肤的颜色有截然分别的。

至于原始人对于装饰的观念怎样呢？他们究竟为什么要装饰？又为什么要这样装饰呢？这就谈到了他们装饰的心理问题了。

我们大概会惊异于他们这种重视装饰的心理吧，如黥身是他们身体装饰中最痛苦的，用刀或铁箭在身上刺成各种花纹，有的且刺满全身，他们竟甘于忍受痛苦而为其人的勇敢毅力的表示。而这种忍受，大都是为了装饰美观，极少含有其他作用。少年男女到了相当年龄，便执行着这种苦刑，而以为荣。以为假如身上没能刺刻着花纹，则将来很难找到爱侣。至于活动的装饰，如各种环璎之类的佩戴物，则一方面表示他们勇敢善战，不懦怯，一方面是引起异性的爱悦，因为他们都以勇敢善斗为荣。身上所佩戴的许多珍贵的装饰物，表示他们的富有，是以勇敢夺得或猎取来的。总之，原始人装饰的用意，一方面是引起异性爱悦，一方面是引起他人的敬畏。事实上，各种装饰是兼具此两种意义的，这实在是生存竞争中不可少和有效的工具。由这些情形看来，在原始社会中男子的装饰较女子讲究，也是因为原始社会的人民没有确定的婚姻制度，无恒久的配偶，而女子在任何情形中都有结婚的机会，男子要得到伴侣比较困难，故必须用种种手段以满足其欲望。

但在文明社会中，男女关系与此完全相反，男子处处站在优越地位，社会上一切法律权利都握在男子手中，女子全居于被动地位。虽然近年来有男女平等的法律，但在父权制度之下女子仍然是受动的。因此，男子可以行动自由，女子至少要受相当的约制。这样一来，女子为达到其获得伴侣的欲望，因此也要借种种手段以取悦异性了。这种手段便是装饰。

装饰主要的用意，大都是一方以取悦于男性，一方足以表示自己的高贵。脸上敷着白粉、红脂、口红、蔻丹等。刚才说过红色是原始人用做装饰的主要颜色，红白相称特别鲜明，不独引人注目，亦以表示其不亲劳动的身份。故牙齿既然是白的，口唇必须涂红。西洋妇女脸上涂桔黄色的粉，这是表示她们的富有，因为夏天海滨避暑为海风吹拂脸颊成黄色。白色最能显示脸部和身体的轮廓，原始人跳舞往往在夜间昏昏的灯光和月色之下，用白色把身体涂成条纹，使身体轮廓显明，易为人注目。妇女用红白二色饰脸部，也是利用其颜色鲜明，且白色其热烈性，易使人感动。中国少女结婚时多穿红衣红裙，大概不外这个意义。

女子装饰亦随社会习惯而变迁。昔人的观念以柔弱娇小为美，故女子束腰裹脚之风盛行，有"楚王好细腰，宫中多饿死"的惨事。近来体育发达，国人观念改变，重健康，好运动，女子以体格壮健肤色红黑为美。现在一班新进的女子大都不施脂粉，以太阳光下的红黑色肤色的天然风致为美了。黑色太阳镜之盛行，不外表示其常常外出的习惯而已。

佳作点评

此文是萧红为数不多的具有理论色彩的作品。她从女子的装饰入手，探析其社会历史根源。萧红一贯以原生创作为见长，她从女性独到的视角出发，纵观历史，以细微的笔触、精辟的道理，展现了她的另一面才华。此文语言朴白，借女子装饰的心理影射出社会历史对女人的不公平。

小 六

□［中国］萧红

"六啊，六……"

孩子顶着一块大锅盖，蹒蹒跚跚大蜘蛛一样从楼梯爬下来，孩子头上的汗还不等揩抹，妈妈又唤喊了：

"六啊！……六啊！……"

是小六家搬家的日子。八月天，风静睡着，树梢不动，蓝天好像碧蓝的湖水，一条云彩也未挂到湖上。楼顶闲荡无虑地在晒太阳。楼梯被石墙的阴影遮断了一半，和往日一样，该是预备午饭的时候。

"六啊……六，……小六……"

一切都和昨日一样，一切没有变动，太阳，天空，墙外的树，树下的两只红毛鸡仍在啄食。小六家房盖穿着洞了，有泥块打进水桶，阳光从窗子、门，从打开的房盖一起走进来，阳光逼走了小六家一切盆子、桶子和人。

不到一个月，那家的楼房完全长起，红色瓦片盖住楼顶，有木匠在那里正装窗框。

吃过午饭，泥水匠躺在长板条上睡觉，木匠也和大鱼似的找个荫凉的地方睡。那一些拖长的腿，泥污的手脚，在长板条上可怕地，偶然伸动两下。全个后院，全个午间，让他们的鼾声结着群。

虽然楼顶已盖好瓦片，但在小六娘觉得只要那些人醒来，楼好像又高一点，好像天空又短了一块。那家的楼房玻璃快到窗框上去闪光，烟囱快要冒起烟来了。

同时小六家呢？爹爹提着床板一条一条去卖。并且蟋蟀吟鸣得厉害，墙根草莓棵藏着蟋蟀似的。爹爹回来，他的单衫不像夏夜那样染着汗。娘在有月的夜里，和旷野上老树一般，一张叶子也没有，娘的灵魂里一颗眼泪也没有，娘没有灵魂！

"自来火给我！小六他娘，小六他娘。"

"俺娘哪来的自来火，昨晚不是借的自来火点灯吗？"爹爹骂起来："懒老婆，要你也过日子，不要你也过日子。"

爹爹没有再骂，假如再骂小六就一定哭起来，她想爹爹又要打娘。

爹爹去卖西瓜，小六也跟着去。后海沿那一些闹嚷嚷的人，推车的，摇船的，肩布袋的，拉车的……爹爹切西瓜，小六拾着从他们嘴上流下来的瓜子。后来爹爹又提着篮子卖油条、包子。娘在墙根砍着树枝。小六到后山去拾落叶。

孩子夜间说的睡话多起来，爹和娘也嚷着：

"别挤我呀！往那面一点，我腿疼。"

"六啊！六啊，你爹死到哪个地方去啦？"

女人和患病的猪一般在露天的房子里哼哽地说话。

"快搬，快搬……告诉早搬，你不早搬，你不早搬，打碎你的盆！瞒——谁？"

大块的士敏土翻滚着沉落。那个人嚷一些什么，女人听不清了！女人坐在灰尘中，好像让她坐在着火的烟中，两眼快要流泪，喉头麻辣辣，好像她幼年时候夜里的恶梦，好像她幼年时候爬山滚落了。

"六啊！六啊！"

孩子在她身边站着：

"娘，俺在这。"

"六啊！六啊！"

"娘，俺在这。俺不是在这吗？"

那女人，孩子拉到她的手她才看见。若不触到她，她什么也看不到了。

那一些盆子桶子，罗列在门前。她家像是着了火；或是无缘的，想也想不到地闯进一些鬼魔去。

"把六挤掉地下去了。一条被你自己盖着。"

一家三人腰疼腿疼，然而不能吃饱穿暖。

妈妈出去做女仆，小六也去，她是妈妈的小仆人，妈为人家烧饭，小六提着壶去打水。柏油路上飞着雨丝，那是秋雨了。小六戴着爹爹的大毡帽，提着壶在雨中穿过横道。那夜小六和娘一起哭着回来。爹说：

"哭死……死就痛快地死。"

房东又来赶他们搬家。说这间厨房已经租出去了。后院亭子间盖起楼房来了！前院厨房又租出去。蟋蟀夜夜吟鸣，小六全家在蟋蟀吟鸣里向着天外的白月坐着。尤其是娘，她呆人一样，朽木一样。她说："往哪里搬？我本来打算一个月三元钱能租个板房！……你看……那家算掉我……"

夜夜那女人不睡觉。肩上披着一张单布坐着。搬到什么地方去！搬到海里去？搬家把女人逼得疯子似的，眼睛每天红着。她家吵架，全院人都去看热闹。"我不活……啦……你打死我……打死我……"

小六惶惑着，比妈妈的哭声更大，那孩子跑到同院人家去唤喊："打俺娘……爹打俺娘……"有时候她竟向大街去喊。同院人来了！但是无法分开，他们像两条狗打仗似的。小六用拳头在爹的背脊上挥两下，但是又停下来哭，那孩子好像有火烧着她一般，暴跳起来。打仗停下了时候，那也正同狗一样,爹爹在墙根这面呼喘,妈妈在墙根那面呼喘。

"你打俺娘,你……你要打死她。俺娘……俺娘……"爹和娘静下来,小六还没有静下来,那孩子仍哭。

有时夜里打起来,床板翻倒,同院别人家的孩子渐渐害怕起来,说小六她娘疯了,有的说她着了妖魔。因为每次打仗都是哭得昏过去停止。

"小六跳海了……小六跳海了……"

院中人都出来看小六。那女人抱着孩子去跳湾(湾即路旁之臭泥沼),而不是去跳海。她向石墙疯狂地跌撞,湿得全身打颤的小六又是哭,女人号啕到半夜。同院人家的孩子更害怕起来,说是小六也疯了。娘停止号啕时,才听到蟋蟀在墙根鸣。娘就穿着湿裤子睡。

白月夜夜照在人间,安息了!人人都安息了!可是太阳一出来时,小六家又得搬家。搬向哪里去呢?说不定娘要跳海,又要把小六先推下海去。

佳作点评

萧红是中国最优秀的原生态创作的作家,她笔下的人物鲜活,如同大地的风一样,自然地生,自然地长,自然地生老病死。萧红绝不会为了故事吸引人,设置宕迭的悬念。本文中,萧红用朴素无华的语言描述了无家可归的小六一家,尤其是作为旧时代地位卑微女性——小六母女的悲惨处境。母亲抱着小六去跳湾,又疯狂地向石墙跌撞……"娘就穿着湿裤子睡",小六母女的形象跃然纸上,深入人心。

论青年

□ [中国] 朱自清

冯友兰先生在《新事论·赞中华》篇里第一次指出现在一般人对于青年的估价超过老年之上。这扼要地说明了我们的时代。这是青年时代,而这时代该从五四运动开始。从那时起,青年人才抬起了头,发现了自己,不再仅仅地做祖父母的孙子,父母的儿子,社会的小孩子。他们发现了自己,发现了自己的群,发现了自己和自己的群的力量。他们跟传统斗争,跟社会斗争,不断地在争取自己领导权甚至社会领导权,要名副其实地做新中国的主人。但是,像一切时代一切社会一样,中国的领导权掌握在老年人和中年人的手里,特别是中年人的手里。于是乎来了青年的反抗,在学校里反抗师长,在社会上反抗统治者。他们反抗传统和纪律,用怠工,有时也用挺击。中年统治者记得五四以前青年的沉静,觉着现在青年爱捣乱,惹麻烦,第一步打算压制下去。可是不成。于是乎敷衍下去。敷衍到了难以收拾的地步,来了集体训练,开出新局面,可是还得等着瞧呢。

青年反抗传统,反抗社会,自古已然,只是一向他们低头受压,使不出大力气,见得沉静罢了。家庭里父代和子代闹别扭是常见的,正是压制与反抗的征象。政治上也有老少两代的斗争,汉朝的贾谊到戊戌六君子，例子并不少。中年人总是在统治的地位，老年人势力足以影响他们的地位时，就是老年时代，青年人势力足以影响他们的地位时，就是青年时代。老年和青年的势力互为消长，中年人却总是在位，因此无所谓中年时代。老年人的衰朽，是过去，青年人还幼稚，是将来，占有现在的只是中年人。他们一面得安慰老年人，培植青年人，一面也在讥笑前者，烦厌后者。安慰还是顺的，培植却常是逆的，所以更难。培植是凭中年人的学识经验做标准，大致要养成有为有守爱人爱物的中国人。青年却恨这种切近的典型的标准妨碍他们飞跃的理想。他们不甘心在理想还未疲倦的时候就被压进典型里去，所以总是挣扎着，在憧憬那海阔天空的境界。中年人不能了解青年人为什么总爱旁逸斜出不走正路，说是时代病。其实这倒是成德达材的大路；压迫的，挣扎着，材德的达成就在这两种力的平衡里。这两种力永恒地一步步平衡着，自古已然，不过现在更其表面化罢了。

青年人爱说自己是"天真的""纯洁的"，但是看看这时代，老练的青年可真不少。老练却只是工于自谋，到了临大事，决大疑，似乎又见得幼稚了。青年要求进步，要求改革，自然很好，他们有的是奋斗的力量。不过大处着眼难，小处下手易，他们的饱满的精力也许终于只用在自己的物质的改革跟进步上；于是骄奢淫逸，无所不为，有利无义，有我无人。中年里原也不缺少这种人，效率却赶不上青年的大。眼光小还可以有一步路，便是做了自了汉，得过且过地活下去；或者更退一步，遇事消极，马马虎虎对付着，一点不认真。中年人这两种也够多的。可是青年时就染上这些习气，未老先衰，不免更教人毛骨悚然。所幸青年人容易回头，"浪子回头金不换"，不像中年人往往将错就错，一直沉到底里去。

青年人容易脱胎换骨改样子，是真可以自负之处；精力足，岁月长，前路宽，也是真可以自负之处。总之可能多。可能多倚仗就大，所以青年人狂。人说青年时候不狂，什么时候才狂？不错。但是这狂气到时候也得收拾一下，不然会忘其所以的。青年人爱讽刺，冷嘲热骂，一学就成，挥之不去；但是这只足以取快一时，久了也会无聊起来的。青年人骂中年人逃避现实，圆通，不奋斗，妥协，自有他们的道理。不过青年人有时候让现实笼罩住，伸不出头，张不开眼，只模糊地看到面前一段儿路，真是"前不见古人，后不见来者"。这又是小处。若是能够偶然到所谓"世界外之世界"里歇一下脚，也许可以将自己放大些。青年也有时候偏执不回，过去一度以为读书就不能救国就是的。那时蔡孑民先生却指出"读书不忘救国，救国不忘读书"。这不是妥协，而是一种权衡轻重的圆通观。懂得这种圆通，就可以将自己放平些。能够放大自己，放平自己，才有真正的"*工作与严肃*"，这里就需要奋斗了。

　　蔡孑民先生不愧人师，青年还是需要人师。用不着满口仁义道德，道貌岸然，也用不着一手摊经，一手握剑，只要认真而亲切地服务就是人师。但是这些人得组织起来，通力合作。讲道理，可是不敷衍，重诱导，可还归到守法上。不靠婆婆妈妈去乞怜青年人，不靠甜言蜜语去买好青年人，也不靠刀子手枪去示威青年人。只言行一致按着应该做地放胆放手做去。不过基础得打在学校里；学校不妨尽量社会化，青年训练却还是得在学校里，学校好像实验室，可以严格地计划着进行一切；可不是温室，除非让它堕落到那地步。训练该注重集体的，集体训练好，个体也会改样子。人说教师只消传授知识就好，学生做人，该自己磨练去。但是得先有集体训练，教青年有胆量帮助人，制裁人，然后才可以让他们自己磨练去。这种集体训练的大任，得教师担当起来。现行的导师制注重个别指导，琐碎而难实践，不如缓办，让大家集中力量到集体训练上。学校以外倒是先有了集中训练，从集中军训起头，跟着来了各种训练班。前者似乎太单纯了，效果和预期差得多，后者好像还差不多。不过训练班至多只是百尺竿头更进一步，培植根基还得在学校里。在青年时代，学校的使命更重大了，中年教师的责任也更重大了，他们得任劳任怨地领导一群青年人走上那威德达材的大路。

佳作点评

朱自清这位国学大师,在特殊的时代背景下,写出了这篇警世的作品,他像师长一样,循循善诱,引导青年人走上正途,避免歧路。此文还是一把"投枪",投向腐朽社会,他要"烧毁自己""在遗烬里爆出一个新中国"。展现作者对未来、对青年一代充满希望。

眷眷草

□ [中国] 缪崇群

> 恋情哟,你来,躺下吧!
> 像镇压我的生命的墓石一般的!
>
> ——亚赫玛托娃

之 一

一只淡黄色的佛手,其实是一个奇怪样子的拳头,有许多根手指卷曲着,好像有什么东西握在掌心里。

她拿起来嗅一嗅,轻轻说:"多么香呀!"

我也拿起来嗅了一嗅,不经意却有同感地说:"真是香哩。"

我忽然懊悔我所说的话有些唐突,因为这只佛手原是刚从她的手里放下,并且是刚被她嗅过的。

"真是香哩,"但不知道能不能代替或等于我也嗅过了她的手和她的气息那般地?

之 二

到了春天，小孩子和女人们的脸上，常常容易生起一种轻微的，发白色的癣，在我小的时候也生过。记得大人们说，不碍事，这叫"桃花癣"。我觉得这个癣的名字很美丽；一方面似乎说明了这种癣的季候性，一方面也在象征着她的美丽：桃花很容易谢，桃花也很够美丽。

我们正提着这癣的名字，有一个女孩子很坦白地怀疑起她自己，说："我脸上好像就有一块，一小块，不大看得出来吧？"

她不说，不会有人注意；即使注意，也很不容易一眼便发现出来。

"让我看！"

刚要走近她一步，她马上把一只手，连着腕子都遮盖到脸上，脸已经完全变得绯红。她怕人真的逼近了她，盯着要看她的脸。

这一刹那，她是真实的，无法掩藏地露出"羞花"之貌了。

之 三

一个我不认识的，也并不好看的女人，她独自立在庙堂的门口，垂着两只手，把肩臂无可奈何地倚在门边。门是很古旧的了，门框上还有许多没有糊过纸的小方格子。

我一眼瞥见了她的眸子里含着一种光辉。

她好像在瞩望着什么：庙堂里很幽暗，而神龛的那边更是黑沉沉的。

她在祈祷么？虽然她没有跪下，也不膜拜，可是从她的眼睛里我瞥见了虔诚：她的眼睛已经使周围发了光，她顿时变成了一个美丽的人。

一个有了信心的人，是比那些有着容貌的更可爱，更高贵的。

我怀恋着那些女人：虽然我不认识，也从来不曾见过一面的女人，她们知道神，默对着神，含着纯洁的泪珠，以自己唯一的虔诚的流露，奉献给神，为怀念着那些失去了的或是希冀着"他"还会归来的爱的慰抚！

佳作点评

　　从佛手上她的手香，脸上长白癣的害羞的小姑娘，到庙堂门口默默祈祷的女子，这些一面之缘的女性，在作者眼中，像含着纯洁的泪珠，"流露虔诚，奉献给神"，在作者眼中，寻常、平凡的人事无不蕴藏深情，包含大美。文章精细婉约，文约意沛，令人吟味沉思，回味无穷。

自尊与自信

□ [美国] 奥里森·马登

苏格兰有一个纺织工人虽然很贫穷,却非常虔诚,他每天都要做祷告。他的祷告中有一项内容非常奇怪,他祈求神让他对自己有一个好的评价。其实,这又有什么奇怪的?难道不应该这样吗?如果我们对自己都没有好的评价,怎么期望别人会对我有好的评价呢?正如一句谚语说得好:不自重的人,别人也不会尊重他。如果人们发现我并不怎么尊重自己,那么,他们也有权利拒绝我,把我看成骗子。因为我一方面对别人说,他们应该对我有好感,另一方面自己却对自己没有好感。其实,对自己的尊重和别人对自己的尊重是建立在同一原则基础之上的。

林肯曾经说:"你可以在某一段时间内欺骗所有的人,也可以在所有的时间里欺骗某一部分人,但你不可能在所有的时间里欺骗所有的人。"然而,无论在什么时候,我们都无法欺骗自己。所以,要真正产生自尊的感觉,唯一的办法就是让自己配得上这种对自己的尊重。

人们有权利按照我们看待自己的眼光来评价我们,我们认为自己有多少价值,就不能期望别人把我们看得比这更重。一旦我们踏入社会,人们就会从我们的脸上、从我们的眼神中去判断,我们到底赋予了自己多高的价值。如果他们发现，我们对自己的评价都不高，他们又有什么理由要给他们自己添麻烦，来费心费力地研究我们的自我评价到底是不是偏低呢？很多人都相信，一个走上社会的人对自己价值的判断，应该比别人的判断要更真实、更准确。

一次，英国首相皮特在任命沃尔夫将军统领驻守加拿大的英军后，刚好有机会领略了一番沃尔夫将军的自我吹嘘。这个年轻的军官挥舞着佩剑，不停地敲着桌面，在屋子里手舞足蹈，吹嘘着他将要建立的功勋。皮特非常厌恶他，忍不住对坦普尔勋爵说："上帝啊，我居然把整个国家、整个政府的命运都托付给这样的人了！"

但这位首相大概想象不到，就是这么一个喜欢自我夸耀的年轻人，会不顾自己重病在身，从病床上起来指挥部队在亚伯拉罕高地赢得了辉煌的胜利。其实，他的自夸是对自己未来所能达到的高度的一种预言。

佳作点评

自尊与自信对于人类来说，是两个重要的词。自尊不是自傲，不是目中无人、骄气十足。尊是尊敬，敬重自己，这样才能有自信，照着自己的意志去做。对成功而言，自信是非常重要的，也是成功的秘诀。本文中，奥里森·马登告诉我们：当自尊与自信组合在一起，就产生了强大的力量，它们代表着不同的精神，拧绞成一种势不可挡的力量。

宇宙的习惯

□ [美国] 拿破仑·希尔

每个人都因为自己所培养的习惯，而成为与他人有所不同的个体。但是有的时候你必须审查自己所有的习惯，改变自己的习惯。为了达到这个目的，你必须了解并且运用一种被称为"宇宙习惯力量"的东西。

宇宙习惯力量是一种使所有生物和所有事物，都臣服在环境影响之下的法则。这个法则可能会对你有利或可能对你不利，结果如何全看你的选择而定。

宇宙习惯力量和整个宇宙具有一定的关系。宇宙是经由一定的模式或习惯，而达到平衡的法则。宇宙习惯力量则是一种迫使所有生物和物体受其环境影响的法则(包括人类的生理习惯和思维习惯)。

宇宙习惯力量是当你运用宇宙法则和原则时，连同积极心态一起应用的力量，当你运用你的思想力量(无论意识还是潜意识)时，同时也在运用宇宙力量，而这就是你思考、致富或实现任何你所希望，而且不违背上帝律法或同胞权利之欲望的方法。

我们所有人都受到习惯的约束，当思想和经验重复的次数愈多，习惯对我们的约束也就愈深。你有控制自己思想的绝对权力。人类经由反复一定的观念或行为而创造了思考模式，这些思考模式最后被宇宙习惯力量法则吸收，并且使他们保持或长或短的持续性，直到你有意识地再重组这些模式为止。

习惯有好有坏，有许多习惯是你已知的，也有一些习惯是你所不知的。你内心中的每一个人、事物不是存在于意识里，就是存在于潜意识。你可适当地运用你的思想任意发展，淡化或变更这些人、事或物，你确实具有这种力量的。

人类确实受到习惯的约束。去掉一个习惯之后，又会再出现一个新习惯，务必要培养出有助于你达到明确目标的积极习惯。

播下行为的种子，你就会收割习惯；

播下习惯的种子，你就会收割性格；

播下性格的种子，你就会收割一定的命运。

佳作点评

习惯是一种生活方式，积久养成的习惯不是轻易会改变的。拿破仑·希尔在本文中阐述了习惯有正反两面，有好的习惯，也有坏的习惯。有的是暴露在外面的，也有的潜藏在里面，连自己都不知道。而我们要培养积极的习惯，只有这样才可以塑造自己优秀的性格，创造精彩的人生。

简单的完美

□ [美国] 丽莎·普兰特

"简简单单才是真。"这种方式的生活正流行于当今社会。其实,大多数的生活,以及许多所谓的舒适生活,都是没有必要的,有的甚至是人类进步的障碍和历史的悲哀。由此,人们选择了另一种生活方式,过简单而且真实的日子。

在一次社区的停电中,斯迪芬女士意外地发现了许多有趣的事。

停电的夜晚,斯迪芬和家人享受到了久违的家庭温馨以及邻里关怀,全家人相偎而坐观赏着静寂的城市,还有神奇的萤火虫。他们深深感受到"无电"世界静寂的惊喜。

其实,在离他们不远的地方,已经有些人选择了"无电"的生活。

那么为什么要选择无电生活呢?最大的可取之处在于:他们可以在无电视的环境里成长。没有暴力,没有商业行为,没有电子游戏。孩子们读书、爬树、在河里游泳……总之,这些小孩子会像健康的小动物一样成长。其实,这是培养身心健康的孩子的理想乐园。

无电生活的另外一个优点就是经济、省钱。电费、有线电视费以及各种网络服务费用将远离人们,甚至我们可以不必受到电视广告的诱惑而为自己节约一笔开支。

春天的一个夜晚，瑞得·派克在他的无电小屋中和家人围坐在炉火前望着窗外的星空，静静地聆听，静静地观察。桌上放着跳动着火焰的蜡烛，冒着热气的铁锅听候于炉中。在小屋里度过的每一天都让瑞得一家感到家庭的温馨和生活的恬静，夜晚更是充满了神奇和憧憬。

当然，简单生活并不只针对于财物的节约，它是一种精神的自在；简单生活并不是无所事事，它是一种心灵的单纯。一个清洁工和一个公司总裁同样可以选择过简单生活，一个隐居者和一个百万富翁如果都认同简单的做法，他们同样可以更充分地吸取生活的营养，然后快乐终生。"简单"的关键来自于你自己的选择和内心感受。就像素食主义者只是简单主义者的一种选择，但并非简单生活的实质。

简单其实是一种全新的生活哲学。如果你可以用一种全新的视野观察生活、对待生活，那你就会惊奇地发现许多简单的东西才是最美的，而许多美的东西正是那些最简单的事物。

佳作点评

随着社会物质生活的高速发展，人们骤然发现简单的生活状态才是最佳的生存方式。本文中丽莎·普兰特对简单的定义作了阐述，"简"就是删掉一切繁杂的东西，恢复简洁和事物的本真；"单"不是单一，而是朴素的境界。简单的完美是一种全新的生活哲学。只要用新的视野对待生活，我们就会发现简单才是最完美的。

自我尊敬

□ ［美国］爱因·兰德

为了追求并获得生命所需的价值，进而成功地与真实世界打交道，人们需要自我尊敬：他们需要对自己的能力和价值有充分的信心。

与自我尊敬相对立的是焦虑和犯罪感，这是心理疾病的症状，它们使人价值丧失、思维分裂和行动表现为麻木不仁。

只有当一个自我尊敬的人选择了他的价值，确立了他的目标，并且有一个长远的规划时，他才会有统一的行动。这就像一座通向未来的桥，生命将在这座由信念支撑的桥上通过，这种信念是一种思维、价值和判断的能力，也是人的价值。

这种信念不是特殊的知识、能力和技巧对真实世界的控制。它不依赖于某种特定的成功或失败。它反映了人与真实世界的基本关系，人们信念的基本能力和价值。它也反映了一种自信，也就是人在本质上或原则上对世界的权利。

自我尊敬是一种形而上学上的评价，具有传统道德的人是不可能接受它的。他们的自我牺牲的和神秘主义信条都不可能使人达到心理健康或自我尊敬。这些信条是心理论和存在论的自我毁灭。维持自我生命和达到自我尊敬，要求人们完全运用理智，而道德传统却要求人们具有完全信赖于一种教条的信仰，而这种信仰是不具备感官事实和理性证据的。

一个人自己判断的标准只有两条：要么是理性，要么是他的感觉。所谓神秘主义者，就是以自己的感觉为认识工具的人；在这种人的心目中，感觉与知识的方程式等同。

为了达到所谓信仰的"德性"，自我牺牲的信条驱使人们放弃自我的观察和判断，过着无法使自己的生活感受成为他人知识一部分的非理智的生活，并使自己陷入假想之中。由此，人们必须压抑自己的批判性思维，并把它看成是罪恶的，人们必须限制由此不断产生的任何问题。

所有人类的知识和概念都是一个有等级秩序的结构。人类思维的基础和出发点是人的感官知觉。只有在这个基础上，人们才能形成最初的概念，然后，通过确认和整理更大范围内的新概念构造知识大厦。

佳作点评

自我尊敬，不是自私且把自己吹捧得如神一般。自我尊敬是人生价值的体现，自己所追求的目标的确立和精神紧密相连。"这种信念不是特殊的知识、能力和技巧对真实世界的控制。它不依赖于某种特定的成功或失败。它反映了人与真实世界的基本关系，人们信念的基本能力和价值。它也反映了一种自信，也就是人在本质上或原则上对世界的权利。"爱因·兰德的论证，不是在做文字游戏，也不是在调侃人生，而是在阐释人生的哲理，为人生竖起清晰的路标。

活得简朴与明智

□ [美国] 亨利·梭罗

信念和经验都使我坚信，只要我们愿意活得简朴和明智，在这个地球上保持一个人的自我，不是一件苦事，而是一件乐事。你看，那些较为简朴的民族以之为职业的，那些较为浮华的民族仍然以之为娱乐。一个人未必要靠额上的汗水来挣得生计，除非他比我还容易出汗。

我认识这样一位小伙子，他有幸继承到几十亩田产。他对我说他并不希望得到那份田产，而是只想像我一样生活。我并不愿意让任何人采取我的活法。因为，当他学会了我现在的生活时，我也许已经为自己找到了另一种愿意。不仅如此，我还希望，世界上最好各种各样的人都有，花色越多越好。只是，我愿世界上每一个人都非常审慎地找到并走上属于他自己的路，而不是模仿别人的。那位小伙子不管他需不需要那份田产，或者他把它用来种植，或者他干脆拿来送人，但——千万不要让他固执地学我。只有经过深思熟虑，我们才可达于智慧之境。你看那水手或逃奴，他们晓得把眼睛一直看着北斗。仅这一点智慧，就足以引导我们终生。也许我们无法估计出船只靠岸的日期，但我们却可以保持好正确的航线。

佳作点评

亨利·梭罗一生倡导简朴生活，自己的言行也坚定不移地遵循这一理论。本文中，我们可以看到作者这一理论。一个人自我奋斗，在大自然中寻找简朴的生活，找到生命的乐趣，这不是容易事，不是空口套荣誉。在充满诱惑的时代，这是一件难得的事情，必须付出代价。明智地选择活得简朴，这个目标是一种使命，更是一种信仰。

生活，就是追求力量

□［美国］爱默生

人类社会发展到今天，我们仍不无遗憾地发现，我们仍无法为一个人所可能具有的才能开列一张清单，而我们所能做的只是把一个人的见解奉为金科玉律。又有谁能够为一个人的影响力划定一条界线呢？有那么一些人，他们能够把整个民族吸引到身旁，并且引导着人类的生活。然而，他们并没有什么特异功能，他们所凭借的只是自身和他的民族之间相互吸引的感应力而已。

在人世间，假如说人的心灵能够与自然形影相随的话，换句话说，就是人心和自然之间真有某种神秘的联系的话，那么，也许有些人身上的确蕴藏着无比巨大的磁力，以此他可以牵引物质和自然的力量，而且无论他们在什么地方显身，各种各样神奇的力量都会自然而然地在他们周围凝聚、运转。

什么是生活？生活就是对力量的追求。这个颠扑不破的真理浸透了空间的角角落落，也弥漫了时间的时时刻刻。每个瞬间，每条罅隙，它都无所不在。所以，真诚的追求战无不胜，哪里有付出，哪里就有收获，这就是生活的真理。

因此，我们应该时刻告诫自己，珍视事件和财物，而不是把它们视为炫耀的装饰品，也不要把它们视为品德的绊脚石，它们不过是一堆有待开发的矿物质，我们确实在这里面找到了力量——一种美妙的矿物质。

如果事件、财物和身体的呼吸，可以把他们的价值物化为力量，灌输到人的身体之中，那么，毫无疑问人们会像捕着鱼后抛弃鱼网一样放弃具体的事件、财物和呼吸。这和人们得到了长生不老的仙丹之后，就能够把那些仙丹从中蒸馏而出的广阔花园加以抛弃一样。集求知的智慧和行动的勇气于一身的品德高尚的人士，是大自然追求的最高目标，而所有这一切，这一切地质学和天文学所荟萃的精神之花，就是对意志的孕育和培养。

众所周知，所有成功者都在一件事情上有比较相同的见解，他们都是因果论的忠实笃信者。他们相信，事物绝非偶然的产物，当然了，更不是侥幸发展的结果；相反，他们坚信事物在自然规律的运动下有条不紊地发展。他们确信在联结着事物起源和终结的因果链上，决不会有任何一个薄弱的或者破裂的环节，一切都是牢不可破的。

所有宝贵的心灵都有一个共同的特点：相信因果关系，或者说，相信即使是一件极细小琐碎的事情也与生活的原则密切相关。他们相信后果，相信报应，或者说他们相信善良的花朵不会结出恶劣的果实，而恶劣的花朵也绝对不会结出善良的果实。

勤奋者所流的每一滴汗水都是这种信念的具体体现。最勇敢的人，也最相信法则的张力。所向披靡的波拿巴曾经说过："所有伟大的首领都是依靠顺应技巧的规则，靠着使自己的努力适应于障碍，而获得了巨大的成就。"

打开时代之锁也许是这一把钥匙，也许是那一把钥匙，或者是另外的那一把……不更事的演说家们就是这样渲染着。然而，他们却无法得悉愚蠢低能才是解答一切时代的钥匙。我们必须承认，在任何时候绝大多数人都是愚蠢低能的，甚至英雄们也无法幸免。除了在特定的辉煌时刻，他们大多数时候也都笼罩在愚蠢低能的阴霾之中。毫无疑问，他们都是地球引力、习俗和恐惧的牺牲品。天地间的芸芸众生总是在日出日落之间打发着日子，他们并不具备独立自主或者独立创造的习惯——也正是这一点，才使得强者显得力量无穷。

佳作点评

生活是一种美丽的矿石，需要我们去开采，发现丰富的矿脉。而如何去开采，如何去追求，应该追求什么，爱默生在此告诉我们，生活追求的是力量，在这过程中人们得到的力量，不是凭空而来的，有时必须付出一生的代价。当人们得到这种力量的时候，就会找到真理，相信自己，坚定不已，开始有了收获的季节。

把世界的喧闹变成音乐

□［美国］富尔顿·沃斯勒

百老汇的一位喜剧演员有一次做了个梦：自己在一个座无虚席的剧院给成千的观众表演——讲笑话、唱歌，可全场竟没有一个人发出会意的笑声和掌声。

"即使一个星期能赚上10万美元，"他说，"这种生活也如同下地狱一般。"

事实上不只演员需要鼓掌，如果没有赞扬和鼓励，任何人都会丧失自信。可以这样说：我们大家都有一种双重需要，即被别人称赞和去称赞别人。

赞扬人也是一种艺术，不但需要合适的方式加以表达，而且还要有洞察力和创造性。一位举止优雅的妇女对一位朋友说："你今天晚上的演讲太精彩了。我情不自禁地想，你当一名律师该会是多么出色。"这位朋友听了这意想不到的评语后，像小学生似的红了脸。正如安德烈·毛雷斯曾经说过的："当我谈论一名将军的功劳时，他并没有感谢我。但当一位女士提到他眼睛里的光彩时，他却表露出无限的感激。"

没有人不会被真心诚意的赞赏所触动。耶鲁大学著名的教授威廉·莱昂·弗尔帕斯经历过这样一件事：有一年夏天又闷又热，他走进拥挤的列车餐车去吃午饭，在服务员递给他菜单的时候，他说："今天那些在炉子边烧菜的小伙子一定是够受的了。"那位服务员听了后吃惊地看着他说："上这儿来的人不是抱怨这里的食物，便是指责这里的服务，要不就是因为车厢里闷热大发牢骚。19年来，你是第一位对我们表示同情的人。"弗尔帕斯得出结论说："人们所需要的，是一点作为人所应享有的被关注。"

在这种关注之中，真诚是最为重要的。因为只有真诚才能使赞语具有效力。做父亲的劳累了一天后回家，当他看到自己的孩子将脸贴着窗子正等待和注视着自己的时候，便会感到自己的灵魂沐浴在甜蜜的甘露之中。

真诚地赞扬别人，能帮助我们消除在日常接触中所产生的种种摩擦与不快。这一点在家庭生活中体现得最为明显。妻子或丈夫如能有心经常适时地讲些使对方感到高兴的话，那就等于取得了最好的婚姻保险。

孩子们总是特别渴望得到别人的肯定。一个孩子如果在童年时代缺少家长善意的赞扬，那就可能影响到他个性的发展，甚至还可能成为他终生的不幸。一位年轻的母亲讲了一件令人深思的事：我的小女儿经常淘气，我不得不常常责骂她。有一天她表现得特别好，没有做一件惹人生气的事。那天晚上，我把她安顿上床后正要下楼时，突然听到她在低声哭泣。我不禁问她出了什么事，她一边哭一边问道："难道我今天不是一个很乖的小姑娘吗？"

说话和善——适用于所有人与人之间的关系。我小时候住在巴尔的摩，邻近的街区新开了一家药店，而帕克·巴洛——我们的经验丰富的久有声望的药店主，对此感到非常气愤。他指责他年轻的对手卖次药，毫无配药方的经验。后来，这个受到攻击的新来者准备为此事向法院起诉。他去请教一位律师，这名律师劝告他说："别把这件事闹得满城风雨，你不妨试着表示善意。"

第二天，当顾客们又向他述说帕克的攻击时，他说："一定是在什么事上产生了误会。帕克是这个城里最好的药店主，他在任何时候都乐意给病人配药。他这种对病人的关心给我们大家树立了榜样。我们这个地方正在发展之中，有足够的余地可供我们两家做生意。我是以巴洛医生的药店作为自己的榜样的。"

帕克听到这些话后——因为好话乘上闲谈之翼也跟流言飞得一样快——便急不可待地去见自己的年轻对手，并向他介绍了自己的一些经验，提了一些有益的劝告。这样，真诚的赞扬消除了怨恨。

要是有不少人聚在一起，那就需要考虑周到。大家集在一起交谈，一个有心人会让每个人都感到自己是这场讨论的参加者。我的一位朋友曾经常带着赞赏谈论亚瑟·詹姆斯·巴尔弗总理作为餐桌上的主人的情况："他会接过一个害羞的人所讲的犹犹豫豫的观点，从中发现出人意料的智慧之处，把它加以扩展，直至最初提出这个观点的人都感到自己确实对人类智慧做出了某种贡献。每个客人在离开餐桌时，都会感到像是在空中行走，相信自己比原来想象得要伟大些。"

为什么我们中的大多数人没能把一些令人愉快的真实感受说出口呢？而这本来是可以使别人感到十分快乐的。有这样一句话："给活着的人献上一朵玫瑰，比给死者送去豪华的花圈要好得多。"此话不无道理。有一位商人常去光顾一家古董店。一天，他刚离开，店主的妻子对丈夫说："刚才我真想告诉他，我们对他经常上这儿来感到多么高兴。"丈夫回答说："那么等他下次来时告诉他吧。"

第二年的夏天，一名年轻女子来到这家古董店，自我介绍说她是那个商人的女儿，并说她父亲已经去世了。店主的妻子告诉了她，在她父亲最后一次来店里时自己和丈夫的谈话。这个女子顿时含着泪水说："要是你当时把你的话给我父亲说了，那该有多好啊！"

"从那天以后，"这位店主说，"每当我想到某人有什么好的地方，我就告诉他。因为说不定我以后再也不会有这样的机会了。"

如同艺术家在把美带给别人时感到愉快一样，任何掌握了赞扬艺术的人都会发现，赞扬不仅给听者，也给自己带来极大的愉快。它给平凡的生活带来了温暖和快乐，把世界的喧闹声变成了音乐。

人人都有值得称道的地方，我们只须把它说出来就是了。

佳作点评

在教育心理学中，有一教育原则众所周知，就是赞扬和鼓励之于受教育者的健康、积极作用，本文的作者意在提倡人们发现周围人与事的优点与有利因素，不吝赞扬与鼓励，以期创造一种乐观向上的人生态度。

瞬 间

□ [苏联] 邦达列夫

她紧紧地挨靠着他,说道:

"太快了,青春消逝得真是太快了……我们是否相爱过还是从未有过爱情,这一切难道就能轻而易举地忘记吗?从咱俩初次相见至今有多长时间了,是过了一小时,还是过了一辈子?"

灯熄了,黑暗立刻统治了窗外。大街上那低沉的嘈杂声正在渐渐地平静下来。闹钟在柔和的夜色中滴答滴答地响个不停,钟已上弦,闹钟拨到了早晨六点半。这些他都知道,因为这些年以来一直如此。明日的晨曦必将替代眼前的黑暗,跟平日生活一样,起床、洗脸、做操、吃早饭、上班工作……

突然,他似乎感觉这脱离人的意识而日夜运转的时间车轮停止了转动,他仿佛飘飘忽忽地离开了家门,滑进了一个无底的深渊。那儿既无白昼,也无夜晚,更无光亮,一切都毋须记忆。这种感觉真是太奇怪了。他觉得自己已变成了虚无飘缈的幻体,一个失去躯体的影子,一个看不见、摸不着的隐身人,没有身长和外形,没有过去和现在,没有经历、欲望、夙愿、恐惧,当然也不会知道自己已经活了多少年。

刹那间，他的一生被浓缩了，结束了。

过去的记忆突然在瞬间无踪无影，烟消云散，他不能追忆流逝的岁月、发生的往事、实现的愿望，不能回溯青春、爱情、生儿育女以及体魄健壮带来的欢乐，他不能憧憬未来。一粒在浩瀚的宇宙中孤零零的、注定要消失在黑漆漆的空间的沙土是否也有同样的感受呢？

然而，这毕竟不是一粒沙土的瞬间，而是一个上了年纪的人在他心力衰竭时的刹那间的感觉。在那通向深渊的大门敞开的一瞬间，他领会到并且体验了老年和孤寂的痛苦，一股难以忍受的怜悯之情油然而生，他怜悯自己，更深深地怜悯这个他深深爱恋的女人。他们朝夕相处，分享人生的悲欢，没有她，他根本无法想象他的日子会过得怎么样。妻子一向沉着稳重，居然也叹息光阴似箭，看来失去的一切不仅仅是与他一人有关。

他用冰冷的嘴唇亲吻了她，轻轻地说了一句："晚安，亲爱的。"

他闭眼躺着，轻声地呼吸着，他感到可怕。当老年和孤寂向他启开大门的一刹那，他想起了死亡，当死神光临的时候，他那失去对青春记忆的灵魂也就将无家可归，漂泊他乡。

佳作点评

邦达列夫把时间浓缩为稍纵即逝的瞬间，这是心灵的传记，是通向作家心灵的轨道。从纷杂的现实和逝去的岁月中，梳理出哲学的思考，这是对生死的感悟，也是对生命的敬畏。作者找到"瞬间"这个合适的表现对象，以独特的风格，表达了瞬间永恒的魅力。

心灵的气质

□ [英国] 休谟

如果一个人能够深切地了解荣誉和美德的意义，而且情欲适中，他的举止就总能合乎道德规矩。即使他不小心违背了这些规矩，回头也很容易。反之，如果一个人生来就在心灵结构上别扭乖张，或生性冥顽不化，对美德和人性无动于衷，麻木不仁，对他人没有同情心，也不想得到人家的评价和赞扬，这样的人必定是完全不可救药的，哲学也会对他束手无策的。这种人只会满足于卑贱的色欲，沉溺在恶劣的情欲之中；他不会忏悔和抑制自己的罪恶倾向；他甚至没有意识到自己需要有一个较好的品质，也没有产生这一意识的必要。

对这样的人，我不知道怎么同他说话，也不知道是否存着改造他的道理。

品德善良是最幸福的心灵气质。也就是说，它能引导我们行动和工作，使我们在同别人交际时通情达理，在遭受命运打击时有钢铁般的意志，使各种感情趋于适中，使我们自己心安理得，把社会的和交际的愉快看得高于感官的愉快。

言至于此，即使最粗心大意的人也肯定明白了，并非心灵的所有气质都同样有利于得到幸福，某种情欲或脾气也许是非常可爱的，而另一种也许是很让人讨厌的。的确，生活状况的全部区别不在于物质而是依赖于心灵。任何一件事，就它本身来说，都无所谓哪个更能使人幸福。好和坏，包括自然和道德，都完全是相对于人的感受和情感而言的。那么只要人们能改变自己的感情，没有人会永远不幸。

佳作点评

休谟是苏格兰哲学家，他在《心灵的气质》一文中写道："最幸福的心灵气质是品德善良。或者换句话说，它能引导我们行动和工作，使我们在同别人交际时通情达理，在命运打击下有钢铁般的意志，使各种感情趋于适中，使我们对自己的种种想法心安理得，把社会的和交际的愉快看得高于感官的愉快。"人有了心灵的气质，在生命中体验到幸福，懂得珍惜和拥有。培养心灵气质的品德，就会拥有超越其他一切幸福的源泉，就会达到幸福的最高境界。

青年的成长

□［英国］罗素

　　一个年轻人在选择自己的工作时，如果发现自己是那种与周围环境不相适应的人，只要有可能，就应该努力选择一种能给他们寻找志同道合的伙伴提供机会的工作，哪怕这种选择会给自己的收入带来很大的损失。但可悲的是，他们很少意识到这样做是可行的，因为他们对世界的了解非常偏狭，并且极易想象，他们在这里已经习惯了的这种偏见，全世界到处都有。在这方面，年轻人应当向老年人多多求教，因为他们有着丰富的阅历。

　　在如今这个心理分析的时代，任何一个年轻人，他之所以与他的环境不相谐调，是因为某种程度的心理紊乱。我认为这完全是错误的，例如：有个相信达尔文的年轻人，他的父母认为进化论是邪恶的，在这种情况下，使他失去父母同情的唯一原因只是知识问题。不错，一个人与环境不相和谐一致是不幸的，但是这种不幸并不一定值得花一切代价去加以避免。尤其是当这一环境充满了愚昧、偏见和残忍时，与它的不和谐反而是一种优点。上述情况在某种程度上都会在几乎所有的环境中产生。伽利略和开普勒有过"危险的思想"，我们时代最有才华的人也是如此。以为社会意识应该变得如此强大，如此发展，以至于使得那些叛逆者对由他们的思想所激怒的社会普遍敌视态度表示恐惧，是不可取的。这还不如找到一些方法，使这种敌视态度尽可能得到减弱，并在最大程度上失去其影响。

目前，这一问题主要存在于青年人那儿。如果一个人处在合适的职业和环境中，社会的迫害很可能不会降临到他身上。但是在他还年轻的时候，在他的优点还没有经过考验的时候，他往往处于那些无知者的掌握中。这些无知者自以为能够对那些一无所知的事情做出判断，但是，当他们知道一个年轻的小子竟然比自己这些阅历广泛、经验丰富的人懂得还要多时，不禁怒从心起。因此，许多年轻人在摆脱了这些无知者的独断专横之后，往往经过长期的艰苦抗争和精神压抑，这时他们会感到痛苦失望，精神大受挫折。有这样一种颇为轻松的说法：似乎天才注定会成功。根据这种观点，外界环境对年轻人的能力的迫害仿佛不会造成多大的危害。但是竭尽全力也不能找出接受这种说法的理由。

这正如那种说杀人者必露马脚的观点一样，我们知道的所有杀人者都是已经被发现了的。但是谁知道到底还有多少杀人者没有被人发现？同样，尽管我们听到的那些天才都是在战胜重重困难之后才获得成功的，但是这并不意味着许多天才不是在青年时期夭折消失的。

佳作点评

罗素是英国著名哲学家、数学家、逻辑学家，他一生冷静地去审视和探讨生命的意义。他敏锐、冷静和机智，著作不追逐时尚，他的作品属于永存之作。在本文中，他对青年的成长做了分析：当一个年轻人走上社会，在选择自己的工作时，可能会发现自己融入不到周围环境，和别人沟通不起来，不适应环境。针对这一现象，罗素深刻地指出："一个人与环境不相和谐一致是不幸的，但是这种不幸并不一定值得花一切代价去加以避免。尤其是当这一环境充满了愚昧、偏见和残忍时,与它的不和谐反而是一种优点。上述情况在某种程度上都会在几乎所有的环境中产生。"罗素痛击了环境和社会的流弊,批判了保守派对年轻一代的伤害,倡导为年轻人的成长创造和谐的外部环境。

英雄崇拜

□ [英国] 卡莱尔

一个独立、自主、诚信的人，他一定是一个崇尚真理的人。他只会倾向于和觉得有必要怀疑别人的僵死公式、传闻和谎言，并且非要怀疑不可。这种人是睁开双眼拥抱真理的。他之所以能够拥抱真理，原因是他睁开了眼睛，如果他不得不闭上双眼，他还能爱他那真理的大师吗？只要怀有一颗无限感激和真正忠诚的心灵，他就会爱戴那位从黑暗中给他送来光明的英雄大师。这不就是人人见到都叩拜的真英雄吗？虚伪是我们在这个世界中的共同敌人，它也要匍匐拜倒于他的勇敢之下。正是他为我们征服了世界！这样说来，路德不就是被当做一位真正的教皇或精神圣父而备受尊崇吗？拿破仑不就是在激进共和主义者声势浩大的造反中，当上了皇帝吗？

英雄崇拜从没有被驱赶过，而且也不可能被驱赶。在这个世界上，忠诚与统治都是永恒的：它们不是基于外表和虚伪之上，而是建立在真实和真诚的基础之上。不是要你们闭上眼睛，自动放弃选择的权利，而是要你们睁开眼睛，仔仔细细将事物分辨清楚。路德的福音是要废黜取消一切虚伪的教皇和君主，致力于迎接真正的新教皇和新君主，尽管他们起程的时间还很遥远。

因此，我们应该把所有的自由、平等、选举权、独立等等，都看做是一种暂时的现象，决非是最终的结果。哪怕这种现象迟迟不退，哪怕给我们带来烦恼和困惑，我们也必须欢迎它，将它看做是对以往种种罪恶的惩罚，看做是即将到来的无可估量的利益的先兆。无论在哪一方面，人们都应该放弃幻影，返回到事实，不管代价多大，都应坚持做到底。有骗人的教皇和没有自我裁决能力的信徒存在，装模作样的骗子统治了那些傻子，我们又能有何作为？只剩下了痛苦与奸诈。

你不能够用钱将虚伪的人们连在一起，没有测锤和水平尺相辅量出直角，你就不能够建起一座大厦！在以新教为先河的一切暴烈的革命运动中，我看到有一种最神圣的结果正在酝酿：不是要废止英雄崇拜，恰恰相反，是要建成一个完整的英雄世界。只要报以真诚就能成为英雄，那么，我们又何乐而不为呢？那将是一个完全真诚的世界，一个有信仰的世界，这样的世界过去有过，现在又将重新来临，不可阻挡地来临。那才是真正的英雄崇拜者：他们全都是真和善的，世界上绝不会再有比得到他们的尊敬更高的荣誉了！

佳作点评

卡莱尔说："伟大人物总是像天上的闪电，普通人只是备用的燃料，有了伟人这个火花，他们才能燃烧发光。"英雄的产生是一个耐人寻味的历史事件。在本文里，卡莱尔形象地将英雄和普通人比喻为闪电和燃料，他们激烈地碰撞，燃烧出的力量创造出一片新的天地。然而对于英雄，人们的意识除了历史深处继承下来的崇拜外，英雄自身应保持真诚，这样才会有一个和善的、有信仰的英雄世界。

雏 菊

□ [法国] 雨果

前几天我经过文宪路，一座联结两处六层高楼的木栅栏引起我的注意。它投影在路面上，透过拼合得不严紧的木板，阳光在影上划线，吸引人的平行金色条纹，像文艺复兴时期美丽的黑缎上所见的。我走近前去，从板缝向里看。

这座栅栏今天所围住的是两年前，即1839年6月被焚毁的滑稽歌舞剧院的场地。

午饭后两点，烈日炎炎，路上空无人迹。

一扇灰色的门，大概是单扇门，两边隆起中间塌下，还带着洛可可式的装饰，可能是百年前爱俏的年轻女子的闺门，正安装在栅栏上。我稍稍提起，插栓门就开了。我走了进去。

这可真是一片废墟。满地泥灰，到处是曾经加过粗工的大石块，被遗弃在那里。石块苍白如墓碑散发出阵阵霉气。场里没有人，邻近的房屋墙上留有明显的火焰与浓烟的痕迹。

可是，这块土地，火灾以后已遭受两个春天的连续毁坏，在它的梯形的一隅，在一块正在变绿的巨石下面，延伸着埋葬虫与蜈蚣的地下室。巨石后面的阴暗处，长出了一些小草。

我坐在石上俯视这些小草。

天啊！就在那里长出一棵世界上最美丽的小小的雏菊，一个可爱的小小的飞虫绕着雏菊娇艳地来回飞舞。

这朵草花安静地生长，并遵循大自然的美好的规律，在泥土中，在巴黎中心，在两条街道之间，离王宫广场两步，离骑兵竞技场四步，在行人、店铺、出租马车、公共马车和国王的四轮华丽马车之间，这朵花，这朵临近街道的田野之花激起我无穷无尽的遐想。

十年前，谁能预见日后有一天在那里会长出一朵雏菊呢？

如果说在这原址上，如像旁边的地面上，从没有别的什么，只有许多房屋，就是说房产业主，房客和看门人，以及夜晚临睡前小心翼翼地灭烛的居民，那么，在这里绝对不会长出田野的花。

这朵花凝结了多少事物，多少失败和成功的演出，多少破产的人家，多少意外的事故，多少奇遇，多少突然降临的灾难！对于每晚被吸引到这里来生活的我们这班人，如果两年前眼中出现这朵花，这帮人骇然会把它当作幽灵。命运是作弄人的迷宫，多少神秘的安排，归根结底终于化为这洁光四射的悦目的小小黄太阳！

必须先要有一座剧院和一场火灾，即一个城市的欢乐和一个城市的恐怖，一个是人类最优美的发明，一个是最可怕的天灾，三十年的狂笑和三十小时的滚滚火焰，才生长出这朵雏菊，赢得这飞虫的喜悦！

对善于观察的人，最渺小的事物往往就是最重大的事物。

▎佳作点评▎

雨果被认为是伟大的人文主义作家，而并不是每个作家都能得到这个敬称的。雨果在《雏菊》这篇散文中，弥漫着沉郁的人生况味。一朵雏菊，不过是平常之花，在大师的眼中，它却是"世界上最美丽的小小的雏菊"。雏菊无声地开放，在僻静的角落，以自己的个性感染投来的目光。雨果在文中写道："天啊！就在那里长出一棵世界上最美丽的小小的雏菊……"。一声"天啊！"，饱含了作家的关爱和情感。

荣誉与快乐

□ [德国] 黑格尔

因为荣誉总被认为是本身自足的善,是一切行为所趋赴的最后目的,所以人心陷溺于荣誉的追求也就显得特别强烈。而我们获得荣誉与财富,不像获得感官快乐那样立刻就有相伴而来的悔恨和苦恼。与之相反,荣誉、财富只会加强我们想要增加荣誉、财富的欲望。但是当一个人的希望破灭感到沮丧时,极大的苦恼便开始困绕身心。

如果荣誉还妄想掩饰迷乱的大灾大难时的心情,那么就一定能真实地感受到这种不可避免的命运所引起的苦痛,如果他当时立即用哀号来发泄他的恐怖、苦痛和绝望,使自己感到舒畅一点,那么,他就会是一个庸俗的人。

一个坚强高尚的心灵也能忍受哀怨和苦痛,即使在深刻地意识到自己的苦痛之时,保持住自由,也还能在隔得很远的东西上用心思,用这些遥远的东西来把自己的命运表现于意象。

佳作点评

黑格尔是哲学家，他不会轻易地在文字中表达一个事物的结论。他在这么短的文章中，阐述了"荣誉与快乐"。黑格尔认为："一个坚强高尚的心灵也能忍受哀怨和苦痛，即使在深刻地意识到自己的苦痛之时，保持住自由，也还能在隔得很远的东西上用心思，用这些遥远的东西来把自己的命运表现于意象"。这段话说得多么好，任何的"荣誉与快乐"，不是建筑在空中，经不起时间的抽打。忍受和保持，能够给人带来"荣誉与快乐"。

男儿自强不息

□ [日本] 松下幸之助

在不久以前到月球探险还只是人类的梦想而已,在科学家们的努力下,这个昔日理想终于变成了现实。因此说,人类的智慧可以说是无穷尽的,也是永远不会衰竭的宝贵资源。

由此我们可以设想未来,即使今日看来最完善的事,到了明天,或者又会有新的方法和新道路可行。如果只是以得过且过的态度进行工作或生活,实在是令人忧心。

当事业稍有成就或者得到好处的时候,人们通常会耽于安逸,安于现状,故步自封,不想再求新向上,降低求知的热情。这正如逆水行舟,不进反退,终要被时代潮流所遗弃。因此我们要时常由内心生出警惕,激发求新的欲念,唤起求知进取的精神,这才是面对时代潮流应有的态度。

生活中自有无数的道路和无限的目标可供选择,对人类来说最重要的莫过于凡事不畏艰难,抱定事在人为的决心,以热情和诚意全力以赴。说也奇怪,假使你能热心地专注于工作,就会不断有创造性的观念和做法产生。

佳作点评

松下幸之助是日本著名跨国公司"松下电器"的创始人,被人称为"经营之神"。这是一篇励志的作品,松下幸之助平淡中,说出人生的真谛——自强不息,开拓进取。这是充满力量的文字,洋溢着阳光一般的激励,使人产生深刻的思索和企盼。

永不停航的船

□ [智利] 聂鲁达

很久以来，一些无形的航海家驾着我在陌生的大海上通过奇妙的大气乘风破浪。我在深邃的空间里永不停息地自由遨游。我的龙骨曾把一大块漂动、闪亮的冰山撞碎，因为它企图借那尘封的躯体挡住航道。后来，我航行在茫茫的云海里，那云海在另一些比地球更加明亮的天体间扩展开来。然后，我在白皑皑的海上，在红彤彤的海上航行，我顿时被大海用它们的色彩和雾霭涂染。有时我还穿过纯净的大气，那浓密明亮的大气浸透了我的帆，使我的帆像太阳那样灿烂夺目。

我在一些被水或风征服的国度里久久停留。有一天，而且总是那么令人意外，我的无形的航海家们拖起我的锚，让风涨满了我那难扬的帆，驾着我重新驶进漫无路径的永恒中，驶进空寂的平原上空那没遮没拦的大气中。

我驶抵了一个国度，便在蓝天下很陌生的澄碧的大海上停泊。我那高耸挺直的桅樯，是太阳、月亮以及给它以考验的多情的风的挚友。从未见过的鸟儿飞来，在桅樯上停留，然后划过天际，一去不再回还。我的锚已经习惯于波涛的绿色的吻，在海底金色的沙子上休息，一面与海底缠绕扭曲的植物嬉戏，一面扶持着从绵长的白昼里游来骑在它身上的白生生的美人鱼。我于是爱上这天空、这大海，爱上了这一切……

可是，我的无形的航海家们又要来到，不知哪一天。他们将拉起我那扎入深水海藻中的锚，我那璀璨的帆又将被风涨满……

于是，我又将在那漫无路径的永恒中，在那永远孤寂的其他星体之间的红彤彤的白皑皑的海洋中驶进。

佳作点评

海是聂鲁达的梦想，他的一生几乎没有离开过海，死后他还是葬在海边，一年四季听海的浪涛声。聂鲁达借助"无形的航海家驾驶着船儿在大海上永不停息地遨游"这一形象，来表达自己对梦想的追求。大海是时间的象征，他借助船的漂泊，寓意人生态度。

消极抵抗

□［印度］甘地

消极抵抗并非武力抵抗。消极抵抗是通过使自身受苦受难而获得某种权利或权誉的方式。当我去做一个有违于我的良知的事时，我的力量来自我的灵魂。举例来说，政府通过了一项牵扯到我的法令，我不喜欢它，要迫使政府取消这项法令，武力抵抗我万万不能，如果我不遵守这项法令，宁愿接受违法的惩罚，我用的是灵魂上的力量，包括自我牺牲。

牺牲从来被认为是崇高的奉献。再者，如果这种力量运用于被证明是不正确的事业时，也只是使运用它的人受苦，他不至于使别人为他的错受苦。到目前为止，人做的很多事最后被证明是错误的。没有人可以判定错与对，没有人敢说自己的决定是对，或某人做的事一定错，只要他慎重地思考一下，其中道理不言自明。因此，我们面临的问题是，不去做我们认为是错误的事，为此磨励自己，不管后果如何。这是运用灵魂的力量的关键。

要想成为一个真正的消极抵抗者，你需要经过苦难训练方能成功。一般来说，随着肉体已被娇养得很虚弱，居住于肉体的心灵也已虚弱，如果没有心灵上的力量，灵魂上的力量便无从产生。我们必须摆脱童婚制和奢侈的生活来改善我们的身体状况。如果我去要求一个体弱不堪一击的人去堵住枪口，那我自己便会成为一个笑柄。做一个消极抵抗者很容易，同时也很难。我知道一位14岁的少年成了一个消极抵抗者，我还知道病人在做着类似的工作，我更知道享受健康和物质将无力去完成消极抵抗者的使命。大量的经验之后，在我看来那些想以消极抵抗来服务于国家的人必须保持完美的节操，居贫守穷，追求真理，培养无畏的精神。

节操是神圣而伟大的，没有了它，也就意味着远离坚定的最高峰。一个没有节操的人会失却毅力和伟力而变得懦夫一般柔弱。一个人的心灵被肉体束缚以后，他便不能做出任何伟大的努力，这可以被无数的事实所证明。那么，有家庭的人怎么办呢？无论如何节操是不可丢的。夫妻沉醉于热情之中，这方面至少是一种肉体上的纵欲。这种沉迷是严厉禁止的，除非是为了子孙的延续。但对一个消极抵抗者来说，即使是这种非常有限的沉迷，也是必须避免的，因为当下不是渴求子孙的时候。因此，一个已婚的男子能够保持节操，这个问题无需做过多的论述。还有别的一些问题：一个男人怎样说服他的妻子呢？她的权利是什么？等等。这些对于一个渴求加入一项崇高的工作的人并不难，他们总有办法安内持外。

正像存在着保持节操的必要性一样，守贫也是必要的。金钱企求和消极抵抗是不能并容的。这并非是要有钱的人把金钱扔掉，而是要他们对金钱冷漠。他们必须做好宁可舍弃最后一分钱也不放弃消极抵抗的心理准备。

我们把消极抵抗与真理联系在一起，为此，我们必须不惜一切代价地遵守真理。与此相关，一个人是否不能撒谎以求解救等科学问题就出现了，但这些问题只对那些想为撒谎辩解的人才存在。那些时刻都在追寻真理的人不会把自己置于这样的窘境中，而且，即便那样的话，他们也能及时从那种错误中走出来。

消极抵抗需无畏延续。那些一心一意在消极抵抗的道路上前进的人，在钱财、虚荣、亲戚、政府、身体折磨、死亡等各个方面都是无畏的。

这些原则不能因为困难而放弃。人的天性中人是有能力面对他可能遭遇到的各种困难或磨难的。我们应该具备这些优良的品质，哪怕你是一个不愿加入非暴力队伍中的人。无疑，那些以武力抵抗的人也要具有一些这样的品质。并不是人人都成为为理想而奋斗的战士。要想成为战士，就应该严守贞操，以贫穷为乐。

我们不能想象一个丢去无畏精神的勇士将会是什么样。我们可能想到他不必严守真理，但是，严守真理的品质和无畏的精神是不可分割的。假如一个人放弃了真理，他必定是出于某种形式的恐惧。如此，我们便不会对上述的四种品质感到悲哀。

然而，一个使用肉体之力的人不得不具备很多别的无用的品质，而消极抵抗者则根本不必。你会发现，一个持剑的人从根本上说是因为害怕；否则的话，剑便会从他的手中被扔掉，因为他不需要利剑。当一个挂杖的人忽然面对危险时，他会出于本能举起武器来自卫。当他心中没有危险时，他才知道以前自己只是妄谈无畏，这时他便会放下拐杖，感到惧怕已消失。

佳作点评

甘地瘦弱的身体里，竟然发出这么强大的声音。在甘地的文字中，贯穿着他的思想和精神品质。他的每一个字都深藏尖锐的哲理思辨，看似轻描淡写的一句话，却如寒气一样地逼人。读甘地的文字，需要静下心，慢慢地思，慢慢地悟，然后会有一种大汗淋漓地痛快。

走出的道路

□［印度］泰戈尔

一

这是脚走出来的一条路。

它从树林里出来，奔向田野，从田野通向河岸，来到渡口附近的榕树下，然后它从河对岸断裂的台阶拐向村里；尔后经过亚麻地，穿过芒果园中的树荫，绕过荷花池畔，沿着大车道的边缘，不知通向哪个村落。

在这条路上，曾经走过多少人哪！有的人越过我，有的人和我并肩而行，有的人只从远处现出了身影；有的人披着面纱，有的人则容颜袒露；有的人前去汲水，有的人则提着水罐返回村舍。

二

现在白昼已经过去，黑夜降临。

有一天，我曾经觉得，这条路是属于我的，完全属于我的；可是现在我才发现我带来了只能沿着这条路走一次的命令，此外再也没有什么。

越过柠檬树对面的那个池塘，经过有十二座庙宇的河边台阶，经过河滩、粮仓、牛舍——不能再回到那有着熟悉的目光、话语、相貌的住所！"原来是这样啊！"这是一条前进的路，而不是一条后退的路。

今天，在这朦胧的黄昏中，我再次回首返顾，我发现这条路就是一本被遗忘的歌集，歌词就是人们的足迹，而曲子就是那晨歌的乐曲。

有多少人在这条路上走过呀！这条路，在它自己那唯一的尘土画面上，简要地描绘出它们生活中的所有往事；这一幅画面，从太阳升起的方向通向太阳降落的地方，从一扇金灿灿的大门通向另一扇金灿灿的大门。

三

"噢，脚走出的路哇！请不要把那长久以来发生的许多往事积埋在你的尘埃里。现在我把耳朵贴在你的尘土上，请你对我悄悄述说！"

路，用食指指向那漆黑的夜幕，沉默不语。

"噢，脚走出来的路哇！这么多行人的这么多忧思，这么多希望都在哪里？"

无声的路，还是沉默不语。它只是从日出到日落默然地暗示。

"噢，脚走出来的路哇！那天落在你胸脯上面的落花般的足迹，今天为何无处寻觅？"

路，难道晓得自己的终点吗？凋谢的花和无声的歌已在那里飘落，星光照耀下的永不熄灭的苦难灯节也在那时庆贺。

♪佳作点评♪

泰戈尔是诗人。他的诗性散文如一句句人生的格言，令人遐思万千。

在许多作家的笔下，路象征人生的坎坷。泰戈尔散文中的路，是有着自己风格的道路。"有多少人在这条路上走过呀！这条路，在它自己那唯一的尘土画面上，简要地描绘出它们生活中的所有往事；这一幅画面，从太阳升起的方向通向太阳降落的地方，从一扇金灿灿的大门通向另一扇金灿灿的大门。"泰戈尔把路比喻成门，异想奇思，出人意料，奇幻的想象力创造出别具一格的诗情意境。

版权声明

本书部分作品无法与权利人取得联系，为了尊重作者的著作权，特委托北京版权代理有限责任公司向权利人转付稿酬。请您与北京版权代理有限责任公司联系并领取稿酬。联系方式如下：

北京版权代理有限责任公司

北京市东城区朝阳门内 55 号南门 1006 室

邮编：100010

电话：（010）58642004

E-mail:bookpodcn@gmail.com

Website:www.b